分手那天雨很大
Broke up on a rainy day

春风榴火 —— 著

四川文艺出版社

"书里有一句话,说爱并不存在于两个人的互相凝视,而是两人一起望向外在的同一方向。

"只有两个人真正朝着同一方向携手并进,彼此提携、彼此照顾、相互懂得,才德和心灵都要一起成长,才是我所期望的感情。

"我希望以后也能找到一个人,和他一起瞭望同一方向的星空。"

徐不周发来语音消息:"夏天,我记得你说想开着飞机去沙漠里看星星。"

夏天:"嗯?"

徐不周:"愿意带我一起吗?"

Stroll yó on
a rainy day

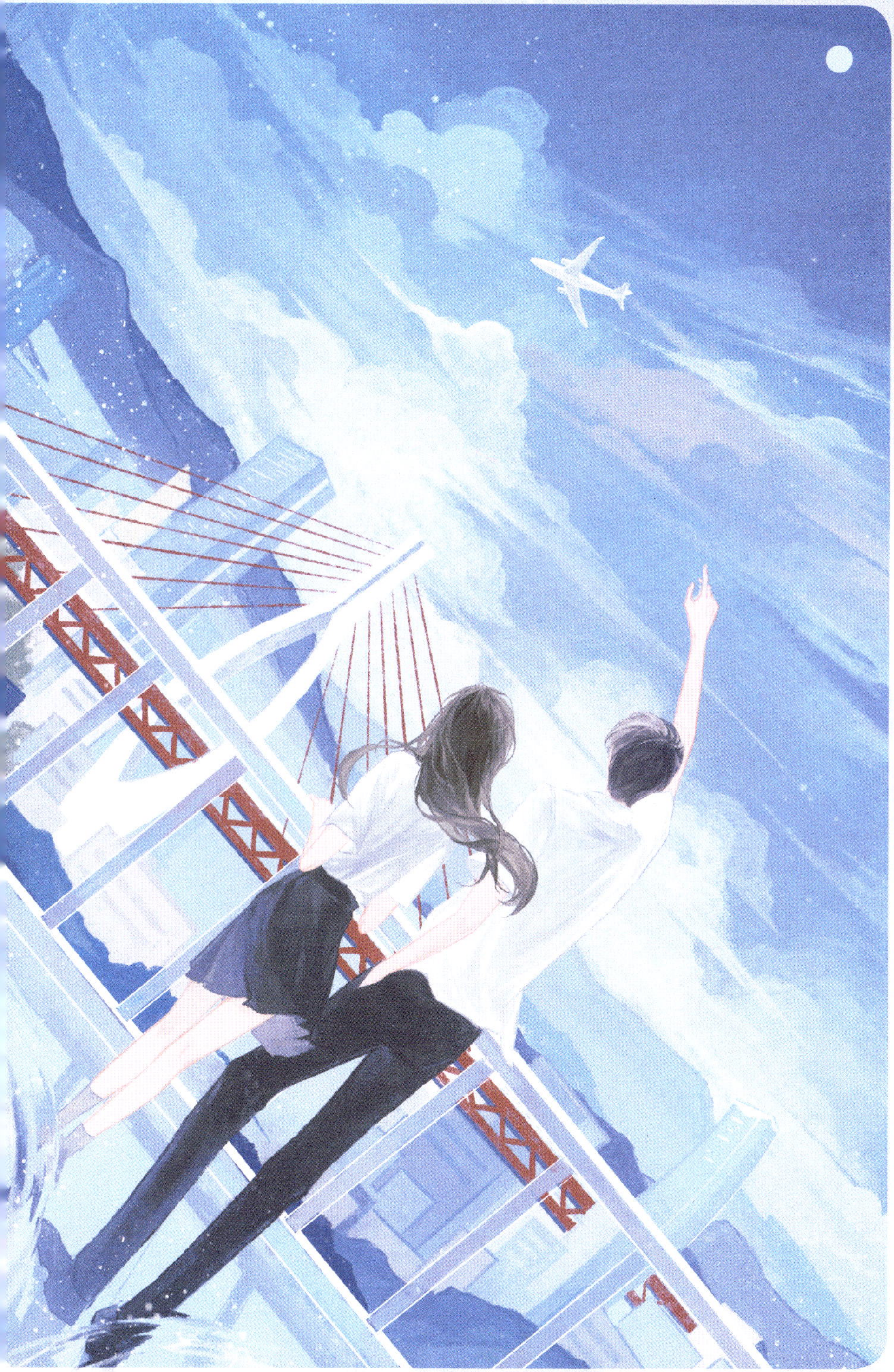

沙漠静寂，四野无人。

夏天将车停在了路边，借着明亮的月光，走上一个小小的沙丘。

她攥紧了披风，躺在沙丘之上，打开了手上那块腕表的定位功能，看到地图上出现了一个小蓝点。

"不周，我带你来沙漠里看星星了。"

"记得吗，我们约好了，瞭望同一个方向。"

另外一个小蓝点，永远不会再亮起了。

她躺在柔软的沙地上，漫天繁星落入眼眸。

在沙漠里看星星，和城市里的感觉真的很不一样，因为没有任何光源的影响，所以星河璀璨明亮得好似只为她一人而闪耀。

夏天从未感受过如此浩瀚的美景，斗转星移，近在眼前。

Broke up on a rainy day

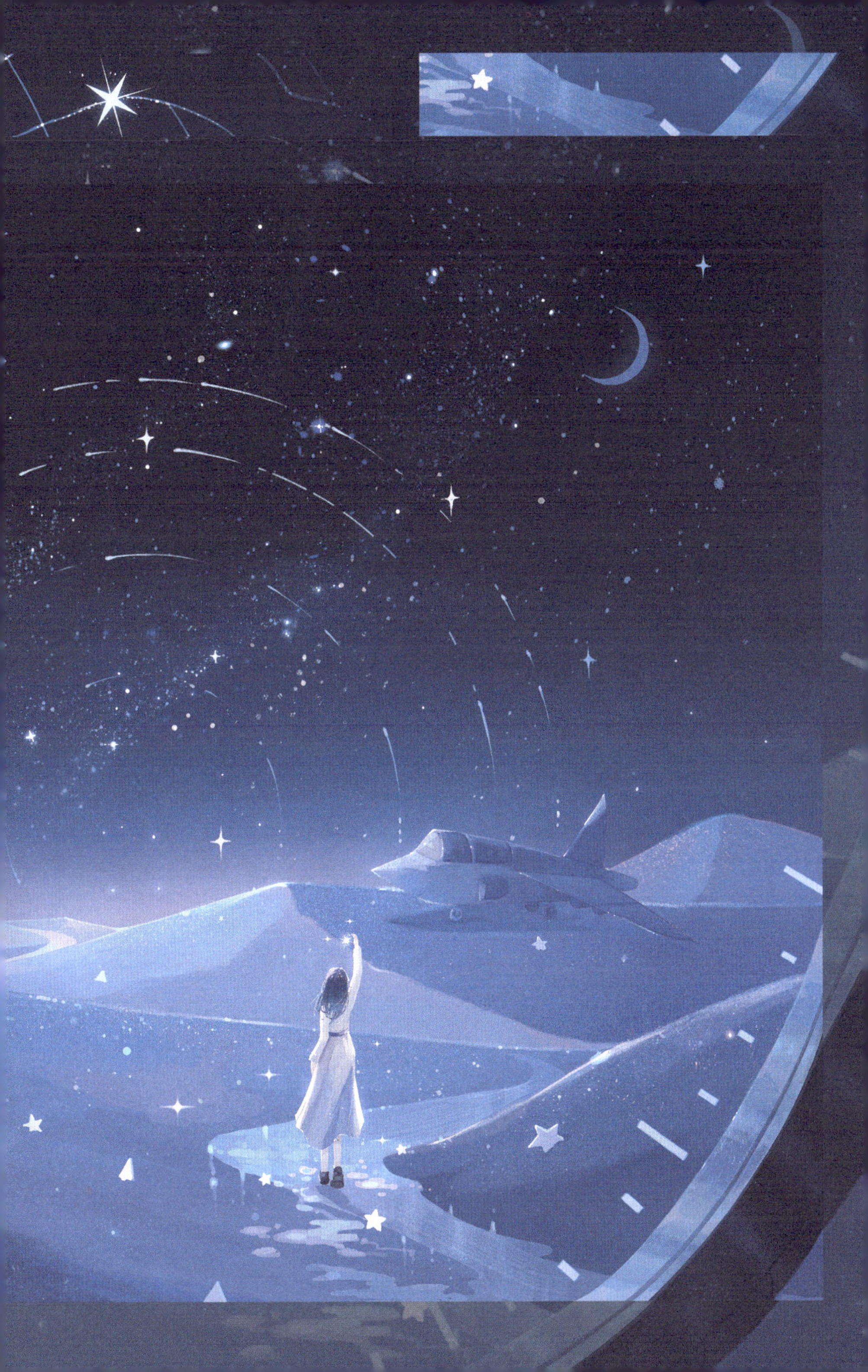

Contents 目录

001 第一章
《风沙星辰》与《黑色毛衣》

16.VI.38. 8

FORM ✈ TO

第二章
061

看到月亮，
也就看到了她的那颗星星

第三章
141

想和夏天一起看星星

185　第四章
永远是盛夏的雨季，淅淅沥沥

FLIGHT

第五章
261

如果你愿意随我而死，
又能否为我而活

BROKE UP
ON A RAINY DAY

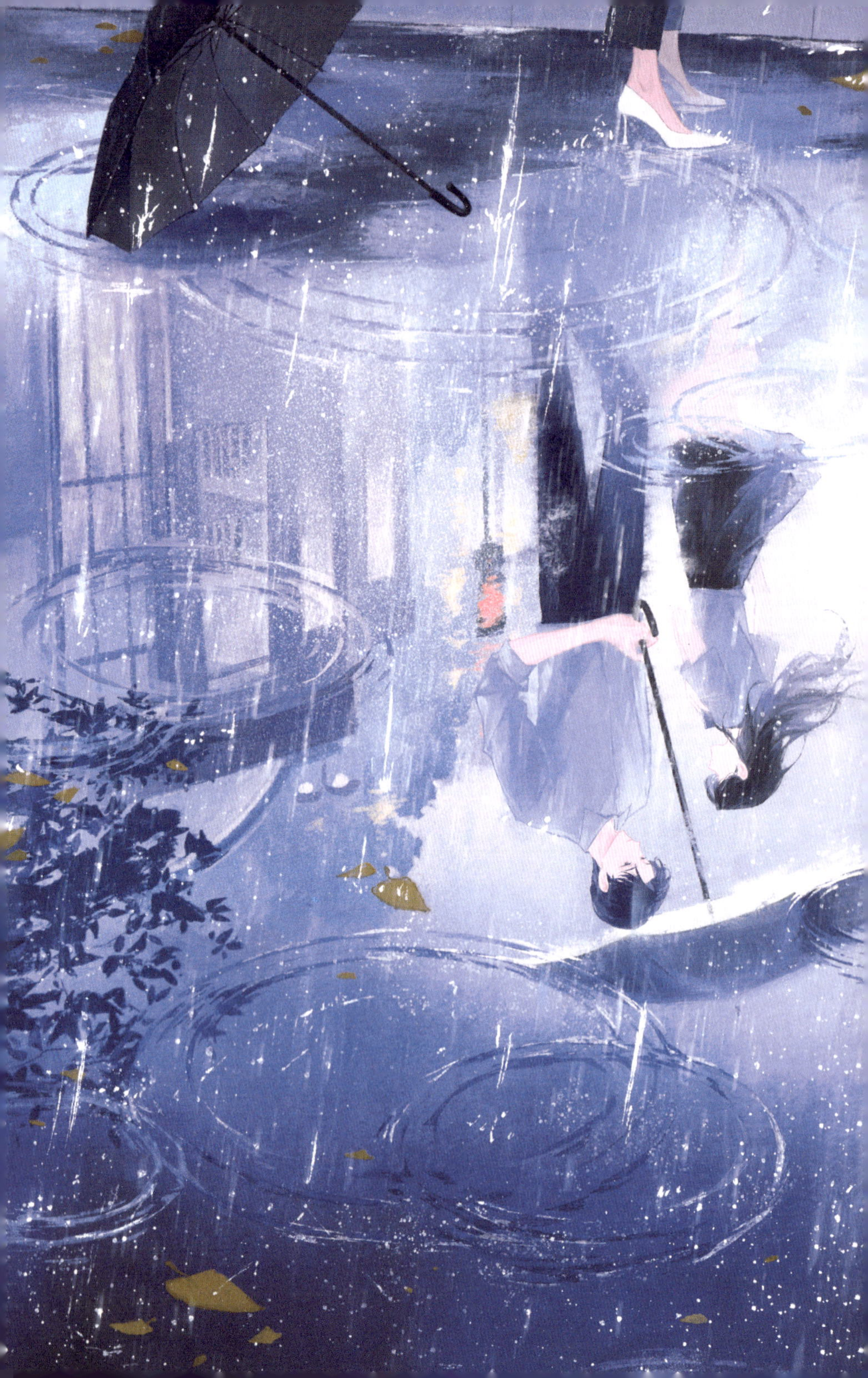

Broke up on a rainy day

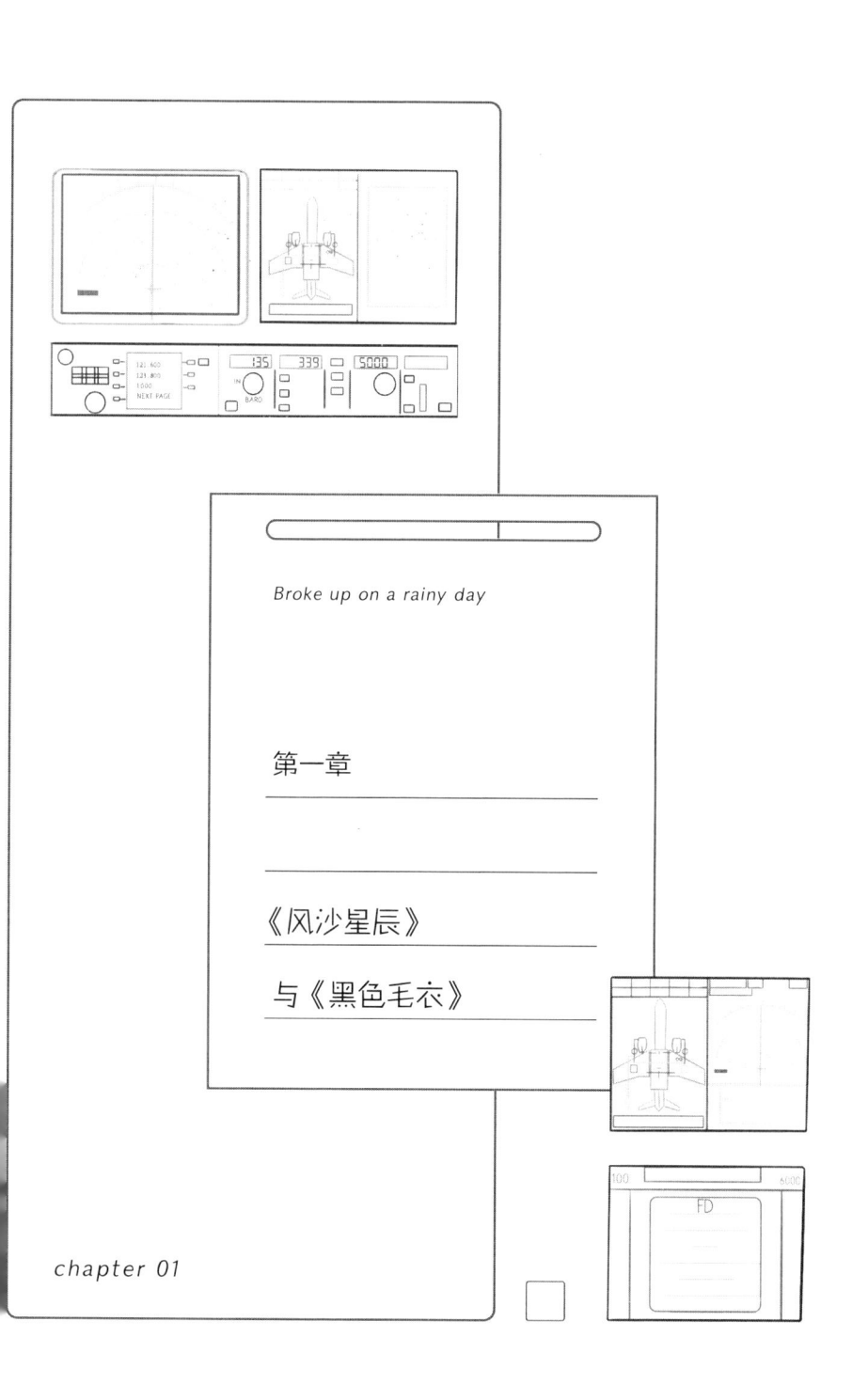

第一章

《风沙星辰》

与《黑色毛衣》

chapter 01

蝉鸣聒噪，叫嚣着似乎永远不会结束的漫长盛夏。

"咪咪，咪咪。"

夏天手里拿着一根火腿肠，来到院子外的篱笆边，轻轻地唤着——"咪咪，开饭了。"

她家住在拆迁安置的老小区，院子里时常会有流浪猫造访，小区里的流浪猫她都认识，她还给它们取了名字。

比如头顶上有一团黑毛的白猫，叫黑团；有只胖乎乎的大橘猫叫柠檬；还有一只叫声格外沙哑的麻猫叫狼外婆……

它们都认识夏天的声音，每每她站在篱笆外呼唤，它们就会从四面八方拥出来。

如果她不在了，猫猫们就会没有食物，就会饿死——夏天很享受这种被需要的感觉。

据她观察，黑团和柠檬好像谈恋爱去了，所以不常出现。即便出现也是出双入对。

今天出现的是瘦精精的麻猫——"狼外婆"。

"狼外婆"除了吃东西，它对其他事再无兴趣。

每次夏天一唤，它就从花丛中跳出来。它长得很丑，全身灰麻色，眼睛喎斜，丑萌丑萌的。

夏天将那根火腿肠掰开，一点一点地喂到"狼外婆"的嘴边："慢慢吃，还有哦。"

"狼外婆"吃光了夏天仅有的那一整根火腿肠，懒洋洋地蹭到她怀里撒娇。

夏天便像妈妈一样，轻轻抚摩着它的脑袋。

"啊！"

弟弟夏皓轩从小区黑乎乎的楼栋里跑出来，蹲在夏天身边："猫猫！我要耍！"

小男孩穿着私立小学规规矩矩的白衬衣制服，外套是淡蓝色小西装，领口处还有一个小领带，揣入外套之中，黑长裤下面的小皮鞋也擦得干净锃亮。

夏天连忙把猫猫抱走了："仔细把你的衣服抓得划了线，妈妈又要骂。"

"我要耍！我要耍！"夏皓轩闹了起来，"姐姐给我耍！"

"那你只可以轻轻摸。"

"好！"

夏天抱着小猫，小心翼翼地递到夏皓轩手边，让他摸摸猫咪的脑袋和身子。

没承想，夏皓轩袖子里早藏了一个从打火机里拆下来的点火器。这玩意儿可以电人。

滋啦的电流，没有伤害性，但特别疼。

他偷偷将点火器对着"狼外婆"毛茸茸的臀部，只听"咔嚓"一声，猫咪受到惊吓，在夏天的怀里挣扎着跳开。

野猫爪子尖锐，将女孩白皙柔嫩的手臂划出几道血痕。

反应过来时，"狼外婆"已经钻进半人高的苗圃里，消失得无影无踪。

"夏皓轩！你有什么毛病！"夏天吃疼地捂着手臂，生气地骂他，"你为什么要电它？！"

夏皓轩也惊慌了起来，生怕夏天去跟爸妈告状，于是哭嚷着跑回家——

"啊！妈，姐姐放猫抓我！"

"啊！好痛啊！"

没过多久，母亲林韵华就带着夏皓轩下了楼，揪着夏天一阵捶打："我养了个什么孩子，平时闷不吭声的，心坏成这样！"

"没有！是他……是他用点火器电猫！"夏天一边捂着头，一边竭力地辩解着。

"老娘拼了半条命把你弟弟生下来,在你眼里还不如一只破猫!当初你婆要把你扔了,老娘就不该心软!"

夏天不再言语,紧紧捂着手臂的划痕,侧身回避了母亲。

因为小区里好多人都探头望了过来,她觉得好丢脸,好难堪。

这种时候,回避是最好的办法,把脑袋缩回龟壳里,不听、不看、不应……

想想自己就是路边一块没有生命的粗糙石头罢了。

一顿发泄之后,林韵华拉着夏皓轩回了屋——

"幺儿,伤到哪里没有?"

"嗯……差点点。"

燥闷的盛夏,一丝风都没有,夏天蹲在草坪水管边,拼命冲洗着手臂上的猫抓痕。

去年高一的新生入学教育,学校开设过卫生常识讲座,老师讲到过被野猫野狗抓伤、咬伤,一定要打狂犬疫苗,否则后果不堪设想。

她跑回家找到了林韵华,把手臂的抓痕给她看:"妈,我要去打狂犬疫苗。"

林韵华还没开口,坐在窗边躺椅上织毛衣的婆婆喃喃道:"赔钱货。"

"打什么狂犬疫苗。"林韵华没好气地说,"前年被狗咬后不是打过了吗?"

"狂犬疫苗的有效期是六个月。"

"我早就叫你不要去逗这些猫啊狗的,你非要去!"林韵华狠狠戳着她的脑袋,"现在被抓了又要老娘掏钱。"

"'狼外婆'平时很温驯,从来不抓人,是夏皓轩他用点火器……"

"你还怪你弟弟!你心怎么这么坏?!"

夏天回头,看到夏皓轩坐在一堆乐高玩具里,冲她翻眼睛、吐舌头。

"如果是他被抓伤了,你给他打吗?"夏天咬牙问,"你给他打,为什么不给我打?"

正在织毛衣的婆婆冷不防来了句:"你能跟你弟弟比吗?他能传宗接代,你能吗?早晚是别人家的人,把你养这么大就不错了,一天想精想怪的。"

夏天想要反驳，但话到嘴边又给咽了回去。

她必须要到钱去打狂犬疫苗。

她不想死。

"妈妈，得了狂犬病会咬人，万一我把弟弟咬到了，哪个给你们传宗接代？"

此言一出，婆婆立马放下了手里的毛衣："啥子啊？还要咬人？"

"就像狗一样乱抓乱咬，咬到都是死。"

"打这个什么针要多少钱？"

"前年打是200元。"

林韵华终于还是骂骂咧咧地从钱包里抽出200块钱甩给她："拿去，老娘真的是养了个祖宗！眼看着你弟弟私立学校的学费又涨了，你还一天到晚想方设法掏空老娘！真的没法过了。"

夏天又望了夏皓轩一眼，他沾沾自喜地拼着乐高，似乎特别喜欢看姐姐挨骂的样子。

自小到大便是如此，仿佛姐姐挨骂都成了他生命中除了动画片以外，第二好看的场景了。

当天下午，夏天就去了卫生防疫中心，她自小玩到大的好朋友乔跃跃陪着她一块儿去的。

在缴费的时候才知道，狂犬疫苗最便宜的一针100元，要打三针。

乔跃跃是个特别仗义的女孩，毫不犹豫从包里掏出了100块，帮夏天补齐了疫苗费。

"谢谢跃跃。"夏天都要感动哭了，抱了抱她，"我攒够钱就还你。"

"不用还，小事一桩。"

乔跃跃是独生女，家境还不错，每周的零花钱特别多，100块钱对她来说还真就是小事一桩。

夏天有时候会羡慕她，也喜欢和她当朋友。她像个小太阳似的，浑身上下散发着温暖的光芒，暖和了夏天这冷飕飕的一颗心。

"下次你弟弟再这样，你就用点火器去电他。"乔跃跃出主意道，"这种熊孩子,就是欠收拾。"

"他要告状,然后爸就会揍我。"

"哼,别让我遇到他,姐好好教教他怎么做人!"

医生叫了夏天的号,乔跃跃陪夏天走进注射室,帮她撸起衣袖,露出了白皙纤瘦的手臂。

"不怕不怕,一下就好了。"

夏天笑着说:"我不怕的,以前打过。"

"嗯!"乔跃跃却很紧张,因为她特别害怕打针。

她紧紧攥住了夏天的手。

夏天的皮肤是非常自然的冷白色,和乔跃跃的手臂搁一块儿,都不是同一个色度。

当然,一个很重要的原因是乔跃跃喜欢打篮球,常常在操场上晒太阳。

夏天不太擅长运动,她完全属于清冷干净那一挂,五官面庞似乎也随了她的性子,属于藏在角落里独自美好的那种类型,一眼扫过去不会觉得多惊艳,但若是细看,再细看……就会发现,原来一花一世界。

她的世界,安静、细腻、丰富,让人忍不住细细研读,用心咂摸。

这就是夏天。

乔跃跃记得第一次见到夏天,是小学三年级。活动课上,所有男孩女孩都在操场上玩着老鹰捉小鸡的游戏。

乔跃跃是老鹰,她哇哇乱叫着,像个小怪兽似的,到处抓捕着"漏网之鱼"。

一回头,看到花园苗圃前,一个瘦精精的女孩慢慢地撕着一朵栀子花,先是花瓣,再是花蕊,最后撕得只剩了一个骨朵儿。

她望着地上摇晃的树影发呆。

周围全是蹦蹦跳跳的女孩们,欢声笑语中,她如此静谧、如此温柔。

仿佛风也停在了她身边,不忍离去。

乔跃跃情不自禁被她吸引,她想读懂那日她撕栀子花的意图。

但夏天发誓,她真的只是在发呆而已,甚至都快记不得那天的事了。

总而言之,乔跃跃成了夏天的好朋友,也成了她寂寥的青春中最嘹亮的一首歌。

………………

打完疫苗走出卫生防疫中心，天空飘起了雨星子。

两人一起等着公交车，夏天觉得手臂有些痒，挠了挠，抓痕处又被挠出了血。

乔跃跃可不是个会带纸巾的女孩，夏天碰巧也没带，只好问路边的人要了纸巾。

"哎呀，莫抠了。"

"有点儿痒。"

"回去贴一张创可贴。"

"嗯。"

很快，公交车进站了，乔跃跃上了车，嘀嘀两声刷了卡，看到车厢最后排角落有两个空位，生怕被别人抢占了，抓着夏天朝后排狂奔而去："快快快！"

公交车启动，夏天被她拉扯着，跌跌撞撞地扑过去，一不小心便撞到了人。

在充斥着汽油和杂味的公交车上，那人身上的木质雪松气息，顷刻间灌满了夏天的鼻腔。

有点儿像雪天的松木燃烧的气味，偏冷调，宁静沉稳，澄澈洁净。

夏天抬头，撞入了少年琥珀般的黑眸中。

那双眸子狭长而冷淡。当他睨着人的时候，会给对方一种明亮感。

如雨后青翠欲滴的苔藓，十分透亮。

拥挤的人群中，他个子是如此挺拔高挑，以至于当他望向这位撞入怀中的女孩时，锋利的下颌需微微低垂。

紧接着，两人同时发现……

夏天手臂上渗出的血珠子，蹭到了他干净的白衬衣上。

殷红夺目。

夏天睁大了眼睛，霎时间，心跳都停了半拍。

………………

就在这时,身后传来一个女孩尖锐的嗓音:"哎,你怎么回事啊,往我朋友怀里钻就算了,怎么还把他衣服都弄脏了!"

夏天抬头,望见少年身边一个直刘海长发女生,怒目圆睁地望着她。

她的豆沙色唇膏,莹润自然,很好看。

"对、对不起,我不是故意的。

"我赔……"

后半句话没说出口,夏天发现她没法赔,没钱赔。

这时,乔跃跃赶了过来,双手叉腰道:"干啥干啥!我朋友又不是故意的。"

"衣服都弄脏了!看吧,你知道我朋友一件衣服多少钱?"

"多少钱,赔就是了!凶什么凶!"

"赔得起吗你?!流血了不晓得去医院,跑来公交车上乱蹭什么!恶心死了。"

"嗬!流血有什么恶心的!"

俩女孩的泼辣程度旗鼓相当,直接吵了起来。

徐不周一言未发,漫不经心地打量着夏天。

她白皙的脸蛋已经窘成了樱桃红,藏在凶巴巴的女孩身后,漆黑的眸子低垂着,带着某种小兽一般的慌张,使劲儿拉着乔跃跃。

察觉到徐不周在看她,她也小心翼翼地抬眸睨他一眼。

他的黑眸如旋涡,似要将一切吸入深渊。

夏天脸更红了,惊慌地避开,无所适从地站着。

"梁嘉怡。"少年转头,不耐烦地扫了眼身边女孩,嗓音寡冷——

"闭嘴。"

"可……我……"

梁嘉怡还想说什么,抬头望见徐不周清隽的脸上写满了厌烦。

她立刻噤声,满脸委屈。

徐不周侧身经过夏天,径直来到车后排的门边,准备下一站下车。

梁嘉怡连忙跟了上去,挽住了他的手,撒娇道:"还没到站呢,不是一起看电影吗?"

徐不周冷淡地抽开了手，这让她顿时有些惊慌："徐不周……"

"我说过，待在我身边可以，保持安静，做不到就离开。"

下一秒，车门打开。

少年面无表情地下了车，细细的雨星子里，留下一抹朦胧清冷的背影。

只剩梁嘉怡愣愣地站在门前，眼底盈满了泪水，愤恨地回头望了夏天和乔跃跃一眼。

…………

乔跃跃耸耸肩，表示这锅她可不背，牵着夏天坐到了车后排。

"真是一出大戏，徐不周翻脸现场，怎么没录下来呢哈哈哈。"

"你认识他？"夏天望向乔跃跃。

"徐不周啊，哪个不认识嘛，别说你不认识。"乔跃跃用纸巾帮她擦拭着血迹，理所当然道，"南渝一中公认的校草，家世显赫，他也是各种理化奖项拿到手软的学神级人物了。"

"我知道他，但不熟。"

"你这种乖乖女要和他熟了……那就惨了。"

乔跃跃望了望前面哭成泪人的梁嘉怡："看看她，就知道这男人不是什么好的，前些年还有虐狗的黑历史，休学了半年，据说是被送去国外治病了。"

她指了指自己的脑子，暗示她，对方这里不太健康。

"但他成绩很好。"

每次考试放榜，徐不周的榜首之位无人能撼动，成了南渝一中无人可以超越的神一般的存在。

"对啊，他父母都是业界精英，他的智商不会低啦。"八卦的乔跃跃如数家珍道，"家里也很有背景，不是一般人惹得起的，所以就算出了一些负面的事件，网上都闹开了，家里也分分钟摆平了。"

的确，众所周知，徐不周是个问题少年，浪荡纨绔是他的标签。

夏天低头看着手上的猫抓痕，记忆回溯到了两年前的那个夏天。

徐不周，她的英雄。

夏天回家的时候，爸爸也回来了，正欢天喜地抱着夏皓轩亲了又亲。

"宝贝儿，我的宝贝儿，想死爸爸了，爸爸出差，你有没有想爸爸啊？"

"有！"

夏皓轩敷衍地和老爸亲热了一下，然后迫不及待地拆开了老爸给他带的 V 形六缸引擎乐高赛车盒，满眼放光。

"啊，机械联动，老爸好棒啊！"

林韵华从房间里走出来，睨了夏仁一眼："你就惯他，这东西动辄就是好几百，你每次出差都给他带，浪费钱。"

"怕什么浪费，听说拼这个能开发智商，好多成年人都在玩。"夏仁坐在了拼图软垫上，和儿子一起拼起了乐高玩具，"我儿子好好开发智商，将来考名牌大学，光宗耀祖。"

母亲叹了口气："说起这个，我就头大，你看看他期末考试成绩，稀烂，年级倒数几名！再这样下去，考啥子名牌大学，想考个好点的初中都难。"

"急什么，这不是还早嘛。"夏仁拿起乐高积木，趴在地上对夏皓轩说，"来，儿子，爸爸陪你耍。"

"不要！你别碰！这是我的……不准碰！"夏皓轩完全不买账，一把推开了夏仁。

"老子给你买的！老子还不能碰了，你这黄眼狗。"

"哼，就不准碰。"夏皓轩大声嚷嚷着，"我的东西，谁都不准碰！"

婆婆端着红烧排骨走出厨房，对夏皓轩道："孙孙小声点，别伤着嗓子了。哎呀，你这么大个人了，还跟娃娃计较啥？孙孙，别理你爸，婆婆疼你。"

"哼！"夏皓轩瞪了夏仁一眼，"快走开！"

夏仁揉揉鼻子，骂骂咧咧地转过身，看到默默站在门边的夏天，一腔不满正无处发泄："你戳在那儿做啥！还不快帮你婆婆端饭，跟个木头似的，笨戳戳的！"

夏天慢条斯理地去厨房端菜舀饭。她心里想，自己再笨，也不至于像夏皓轩 100 分的数学考试只考 9 分。

吃饭的时候，夏天对林韵华道："妈，今天狂犬疫苗是300元，我找乔跃跃借了100元，我要还给她。"

林韵华给夏皓轩夹了一块红烧肉："前年都是200元，怎么又变成300元了？"

"不晓得，涨价了吧。"

"没钱，找你爸要。"

"爸……"

婆婆暗骂了声，说："打什么针要这么多钱，要了200元还不够，心思都用在怎么从大人手里骗钱上了呢。"

"没有骗，就是300元，我还有医院开的单子。"

她连忙把单子取出来，递给了爸爸。

夏仁扫了单子一眼，漫不经心道："你同学借了你100元？"

"嗯。"

"你们玩得好不好？"

"她是我最好的朋友。"

"那就先欠着呗，你自己攒钱慢慢还。"

"……"

吃过饭后，夏天用家里备用的老人机给乔跃跃发了短信："我爸妈不给我钱，等我攒够了……就还你。"

乔跃跃："哎呀，说这些！是不是不拿我当姐妹！"

夏天："谢谢，亲亲你。"

她心里很不是滋味。

自己的家境其实不算差，爸爸是国企职工，每每出差都会给夏皓轩带玩具，动辄上百。

妈妈在小区里经营一家茶馆，说白了就是麻将馆，挣的钱比爸爸还多，奶奶还有每个月6000的退休金。

但这所有的收入，都砸在了夏皓轩身上，他自小到大吃穿用度全是最好的，甭管是幼儿园还是小学，都是上私立。

而在他们这里，夏天100块都要不到。

这个世界公平吗？如果让夏天回答，当然不。

但若问到原因，她会沉默。

因为她是女孩，荒诞又真实。

就像她卧室窗外的那堵黑墙，爬满了青苔，阴暗潮湿，常年充斥着霉腐味。

谁会在房子窗户外修一堵遮天蔽日的院墙，这太可笑了，但……

这就是最真实的人间，她的人间。

夜间，天气仍旧燥闷。

夏天房间里的空调制冷效果实在不佳，她一动不动，鼻尖都能渗出薄薄一层汗来。

婆婆在她半掩的门前站了会儿，又骂骂咧咧地怪她开空调浪费钱。

夏天摸出一个小MP3，戴上白色的接线耳机，播了一首《黑色毛衣》。耳机线有些脱胶了，隐隐可见红绿的导线。

她摸出手账本，在本子上写道——

"狂犬疫苗第一针8.21，下一针7天后，再下一针21天后。"

"记得攒钱还给跃跃：100块。"

"我也想玩乐高，我想拼一个大城堡。"

耳机里传来《黑色毛衣》动情的旋律——

"再说我爱你，可能雨也不会停，黑色毛衣，藏在那里。"

夏天的思绪忽然飘到了今天的公交车上，她视线下移，看到左手手臂上细细的抓痕，已经凝痂了。

她用娟秀的字迹，在本子上写下了"徐不周"三个字，跟着省略号的六个点。

…………

晚上九点，夏天从洗手间洗完澡出来，夏仁躺在沙发上，跷着二郎腿看综艺节目。

"夏天，下楼去给你爸买包烟。"

"我洗完澡了。"夏天用干发巾包着湿润的长发，扫了眼地毯上正在玩乐高玩具的夏皓轩,"让弟弟去嘛。"

"不然怎么说你这丫头心坏。"婆婆戴着老花镜织着毛衣,骂道,"你弟弟这么小,走丢了怎么办?"

"副食店就在小区楼下,你们平时放他下楼跟小朋友玩,也没人看着啊。"

夏仁顺手抄起烟灰缸,但没有砸,做了个吓唬的动作:"你还跟你婆顶嘴了!"

夏天只好回房间换了衣服,连头发都没来得及吹干,接了钱下楼给爸爸买烟。

副食店是邻居佘叔叔开的,他是个四十来岁的秃顶男人,平时看到夏天都会喊她,夏天对温和健谈的佘叔叔的印象挺好的。

"佘叔叔,一包红塔山。"

佘朗正在树下围观隔壁茶馆的几个妇女打麻将,见她过来,踏着人字拖走回店里,扔给她一包红塔山:"又来给你爸爸买烟啊?"

"嗯。"

佘朗扫了夏天一眼,她穿着盛夏里常见的吊带和短裤,外搭一件薄薄的防晒罩衫,隐约可见白皙的皮肤,湿润的发丝垂在肩上。

"这么热,还穿长袖热不热啊。"佘朗从冷冻柜里取出一瓶冰可乐递给夏天,"拿去喝,叔叔请你。"

"啊,不用了,谢谢叔叔。"

"拿去拿去。"佘朗走到夏天身边,将可乐罐递给她,"你爸的烟都在我这儿买的,请你喝杯可乐不算什么。"

"那谢谢佘叔叔了。"夏天接过了冰可乐,对他报以充满感谢的微笑。

佘朗看着她,感叹道:"夏天啊,你说说你爸妈,也真是过分啊,这都什么年代了,没见过重男轻女到这份上的。

"你看看满大街,有几个是重男轻女的家庭哟!唉,你也是投错胎了,遇到这对奇葩夫妻,你要是给我当女儿,我肯定疼你啊,这么乖的女儿。"

夏天心里有些隐隐难过,感激地看着佘朗:"谢谢叔叔,我先回去了。"

"好好，慢慢走，有什么需要的就来找叔叔。"

佘朗看着她远去的背影，眼底浮现一丝不明的意味，周围有妇女打出一套杠上花，对佘朗道："人家的闺女，关你什么事，没事献殷勤。"

"又关你啥事，瓜婆娘，打你的麻将哟。"

那段时间，巷子里再不见那只叫"狼外婆"的麻猫的身影了，不管夏天用猫粮还是火腿肠唤它，都不再出现。

兴许是那次被点火器吓跑了，不敢再来了。

她心里隐隐有些难过，"狼外婆"是她最喜欢的流浪猫，特别温顺，每次饱餐一顿之后，别的猫都走了，只有"狼外婆"会留下来，翻肚皮让她摸摸。

希望它能被好心的主人收养，过得稍微好一点，别再四处流浪了。

但是想想也不太可能，"狼外婆"真的很丑，一身麻色的杂毛，比一般颜值的猫都丑好多。

小区里好多猫咪都被"绑架"了，有了新主人。

只有"狼外婆"，一直没人要。

除了夏天，大概没人愿意投喂这种丑猫。

她对它产生了某种同病相怜的感觉。

第二针狂犬疫苗之后，夏天终于返校了，刚到教室就听到班上同学全在讨论，说徐不周转到他们文科（一）班了——

"他为什么转班啊！他不是在理科火箭班吗？"

"而且是物理竞赛奖项都快拿到手软的理科天才。"

"谁知道啊，理科这么厉害，不晓得为啥想不通要转文。"

乔跃跃激动地抓着前排女生问："确定是我们班？"

"刚刚我亲眼看到他在老周办公桌前登记资料，绝对稳啊！"

"文科班男生本来就少，这位大佬转过来，我们班篮球队有希望了啊！"

女生睨了乔跃跃一眼："跃跃，你真不愧是篮球队队长啊，听到校草转过来，脑子里居然盘算这个。"

"那不然呢！"乔跃跃撸起袖子，"我对那位……可不敢有什么其他心思，不然都不知道怎么死的。"

夏天认真地记着地理知识，并未加入乔跃跃她们的讨论行列。

忽然间，教室安静了下来，班主任周平安领着少年走进了教室——

"这学期，我们班有新同学从理科火箭班转来，他的成绩我就不用多说了，你们有什么学习方面的问题，尽管向他请教。

"尤其是你们那个数学，我都没眼看，烂成一坨渣渣了，还一渣渣一窝。他的数学成绩每次都是满分，好好虚心向人家请教啊！"

女生们发出阵阵"哇呜"的呼声，当然多少也带着戏谑之意。

男孩们则更加激动了。

开玩笑，徐不周啊！这位的篮球……太厉害了。

"喀。"周老师让大家安静下来，回头对他道："做个自我介绍吧，让同学们好好认识你。"

少年走上了讲台，在黑板上用遒劲有力的楷体甩下三个字——

徐不周。

"没什么好介绍的，你们有什么问的。"他的嗓音带了几分质感。

夏天情不自禁地将视线从地理书上移开，望向了讲台上的少年。

他的脸庞极有轮廓感，棱角分明。皮肤白得很干净，狭长的单眼皮和薄薄的唇，给人一种冷淡感。

瞳眸深如古井，一眼望不到底。

乔跃跃率先举手——

"加入本班篮球队吗？"

徐不周："当然。"

"嗷！"

有男生不满道："哎呀，乔跃跃队长，现在是自我介绍时间，你这些课后私聊不行吗？"

"关你啥事？"乔跃跃努努嘴。

又有女生举手问道："徐不周，你今年多大呀？"

徐不周耐心回答："休学了一年，快十八岁了。"

后排有男生问道:"徐不周,听说你喜欢网球,学校那个网球馆,真的是你爸投资建的吗?"

班上同学嘻嘻哈哈地笑了起来。

班主任周平安咳嗽了一声:"希望同学们问点正常的问题,比如兴趣爱好这些。有些内容……私下问就行了,一个两个都十七八岁的人了,这点常识都没有?"

同学们更是爆笑了起来,班级氛围格外轻松和谐。

徐不周平淡地回答了这个问题——

"是。"

"好家伙!"

"果然……富二代。"

班主任立刻道:"安静安静,没有问题,我们就要开始上课了!"

这时候,人群中,夏天弱弱地举了手。

众人回头望过去。

她红着脸,没敢抬头看他,只很小声地问了句:"徐不周同学,你为什么要理转文?"

徐不周嗓音平缓,淡淡道——

"原因一,高中理科知识都自学完了,没必要留在理科班耗时间。原因二,我的梦想是成为飞行员,地理知识很重要。"

"那你为什么想成为飞行员呢?"夏天顺理成章问出了第二个问题。

只有在这种时候,隐没于人群之中,她才敢堂而皇之地对那个少年……希求更多的了解。

没有人会见怪。

而对于这个问题,徐不周停顿了片刻,给出了答案——

"休学那半年,读了一本书叫《风沙星辰》。讲了一个孤独的飞行员的故事,对我影响很大。还有问题吗?"

"没有了。"

"那我有一个问题。"徐不周嗓音冷淡,略带嘲讽,"想了解我,却不看我,这位同学你知道'礼貌'两个字怎么写吗?"

夏天全身一个震悚，蓦然抬头，和讲台上的少年电光石火地对视了一眼。

少年眼神锐利，似将她钉在了椅子上。

一瞬间，夏天脸颊火烧火燎，红得宛如三月里烂熟的樱桃。

"对不起"三个字还未来得及说出口，却见徐不周嘴角轻佻地勾了勾——

"开个玩笑。"

班主任让徐不周自己挑个位子，徐不周径直朝着夏天这一列走了过来。

夏天心脏哼哧哼哧跳得跟牛拉车一样。

最后，他坐在了穆赫兰身边，就在夏天后一排。

穆赫兰是个高个儿微胖男孩，在他落座后还和他对了对拳，两人看起来似乎是很好的朋友。

徐不周在夏天的身后，只要她的背稍稍往后挪几寸，就能碰到他的桌子。

本来有时候听课累了，她也会撑着后排的桌子靠一靠。徐不周一落座，后排的桌子仿佛变成了某种带有神圣性的东西，她碰都不敢碰一下。

夏天感觉自己的后背变成了铁板一块，都要麻了。如果徐不周在她后排坐一个学期，兴许会治好她后背微驼的毛病。

同桌乔跃跃一整天都用某种怪异的眼神盯着已然变身"漏电机器人"的夏天。

放学后，徐不周拎着篮球，挑着黑色斜挎包，跟几个少年一起离开了教室。

路过她身边时，掠起一阵风。

夏天嗅到他身上冷冽清新的雪松气息，心尖、神经末梢都忍不住为之战栗。

乔跃跃在门外走廊上叫住了徐不周："哎哎！等下，你还记得我不，上次在公交车上，我朋友把你的衣服弄脏了，那件衣服呢？"

徐不周侧眸，眼神寡淡地扫了扫她："扔了。"

"哦，我还说交给我们，帮你洗干净呢。"

穆赫兰笑了起来："呀喂！一来就帮洗衣服，我们乔大队长也秒变小女人了。"

乔跃跃大方地和他们开着玩笑："我哪儿会啊，不过我们家宝贝会嘛。"

说罢，她回头望了望趴在窗户上暗中观察的夏天。

小姑娘只露出了一双猫咪眼，见她望过来，连忙回避，藏在墙后面。

"衣服都扔了，这……还需要赔钱吗？"

徐不周指尖捏着篮球，随意地兜了个圈："不强求。"

言下之意，赔当然会接受，不赔也不勉强。

"不愧是徐不周啊，就是大方！那就道个歉啦！"说罢，乔跃跃想像哥们儿一样伸手拍拍徐不周的胸膛。

却没想到，少年反应敏捷，蓦地扣住了她的手腕，力道惊人，疼得她大叫着："疼、疼！"

他很不客气地甩开了乔跃跃，表情冷冽，眼神结了一层薄冰："少动手动脚。"

"哎哎！晓得了。"乔跃跃知道他的脾气，不爽地揉了揉手腕，撇嘴道，"就是给你道个歉嘛。"

徐不周手肘搁在走廊护栏上，眼底含了几分戏谑："当事人都没在，道个什么歉。"

乔跃跃眼底一喜，连忙道："等着，我把人叫过来！"

说罢，她一股风似的冲进教室，揪住了正欲逃的夏天："宝，机会来了！"

"什么呀？"夏天宛如应激的猫咪，竭力挣脱，"放开、快放开！"

"哎呀，你这一天僵得跟个机器人似的，我还看不出来啊？快去，人家等着呢。"

"不！不去。"

"别怕，只是道个歉而已，难道你弄脏了人家的衣服不道歉吗，礼貌呢？"

"你别拉扯我,你先松开。"

乔跃跃松开了她,她顺了顺自己鬓边的发丝,又用袖子擦了擦鼻梁上浸润的汗珠,深呼吸,朝着教室门走去。

心脏宛如鼓点般,越靠近,鼓点声越是密集……

终于,她做好了表情管理,推门而出,却见徐不周已经被梁嘉怡拉到了走廊尽头的楼梯口。

夕阳光透过斑斓的天窗,在他脉络分明的颈上投下一道微红,带着几分性感。

他侧脸轮廓锋锐如刃,眼窝深邃,黑眸淡漠地扫着面前哭泣的少女。

梁嘉怡拉着他的衣角,很委屈地咬着下唇,似在竭力忍耐着啜泣……

终于,片刻后,徐不周顾长白皙的手从包里掏出一包纸巾,递给了梁嘉怡,然后拉着她下了楼。

那一瞬间,夏天感觉自己的心都飞起来了。

坐过过山车吗,缓慢地升上山头,下一秒,"嗖"的一下跌入谷底,有几秒是近乎窒息般的缺氧……

夏天抽回了视线,回教室背好了双肩包,和乔跃跃一起走出教学楼。

过山车也缓缓入了站,故事宛如未曾发生,一切归于平静。

……

喜欢徐不周的女孩儿不在少数,梁嘉怡很幸运。

放学的路上,夏天叼着一根老冰棍儿,跟乔跃跃一起走在下坡路上,听乔跃跃这八卦女王絮絮叨叨讲述着徐不周的八卦。

"梁嘉怡跟在他后面转了一年多嘛,只要他有篮球赛,天天都去球场边给人加油。

"她对他啊,那是完全没底线了,甚至说如果他喜欢这些,可以和他一起做。"

夏天听她说前面的内容,表情都淡淡的,兀自消化着情绪。

直到她说出最后这一句,她才惊悚地抬了抬头:"跟他一起做什么?"

乔跃跃挑眉,露出了浅浅的抬头纹,凑近她,意味深长道:"徐不周不是有虐狗黑历史吗?她甚至说可以和他一起……这简直就是没底线了吧，疯子真的会相互吸引。"

话音未落，夏天打断了她："徐不周不是疯子……"

乔跃跃望向她，眼底浮现一丝不明的意味。

夏天连忙掩饰地补充道："你见过哪个疯子能拿物理竞赛的国际金奖？"

"哈哈哈。"

乔跃跃一把攥住了夏天的衣领，激动地望着她："刚刚我还不能确定，现在看来坐实了哟！你这两耳不闻窗外事的乖乖女、好学生，什么时候这么护着别人呢？"

夏天没有承认，也没有否认，只喃喃道："他们又和好了。"

乔跃跃叹了口气："就算和好了，我先预言一下，坚持不过两周。"

一阵风吹过，带着盛夏的余热，拂过夏天微红的脸蛋。

"他们怎么成为朋友的？"

"你这就问对人了。"见从来不爱多管闲事的夏天居然也对此事感兴趣了，她如数家珍道——

"六月底的那场暴雨，他生日那天，梁嘉怡在他公寓楼下淋了两个小时的雨，给他送一份鸡蛋仔。

"最后徐不周还是下楼了，事情就是这样。"

夏天睨了她一眼："人家公寓楼下发生的事，你都知道了，上哪儿听的呢？"

"他在外面住啊，他的公寓是跟几个朋友合租的，据说是觉得学校的住宿环境太差了，那位吃穿用度什么不拣最好的？"

夏天不再吭声。

…………

告别了乔跃跃之后，夏天独自来到了市图书馆。

刚到人文阅览室门前，她看到梁嘉怡也在。

她面容白皙，唇色嫣红，穿着一件方领泡泡袖连衣小黑裙，发丝垂在肩上，发尾微卷。

她拿着稳定的云台，云台上挂着手机，似乎正在做直播——

"直播间的宝子们，好久不见啊，我现在在市图书馆哦。

"我很喜欢看书,陶冶身心。

"我的大帅哥同学也在,今天我陪他啦,我们都很喜欢看书阅读。

"你们想看他啊,不过他不喜欢出镜,哎,下次吧。"

阅览室的工作人员走出门,很不满地招呼着她,让她小声一点,不要打扰别人。

梁嘉怡撇撇嘴,稍稍走远了些,来到了落地窗边。

"等会儿我要和大帅哥去吃牛排,一会儿给你们直播啊,么么哒,拜。"

夏天从她身后经过,进了图书馆阅览室,径直去计算机设备前查阅了《风沙星辰》这本书。

屏幕上显示图书馆还有一本藏书,她记下了索书号。

图书馆的人文阅览室非常大,卷帙浩繁,她沿着空旷的过道走了长长一段距离,找到了书柜。

不承想,在这一格的狭窄书架前,她看到了少年干净的身影。

他背着黑色单肩挎包,懒散地倚在深木色的书架上,低头翻着一本书,漆黑的眉眼压着,神情冷淡。

空气中弥漫着旧书特有的味道,宛如旧时光的气息。

夏天从来不喜欢这座城市的盛夏,直到那一刻。

如果他接受梁嘉怡是源自盛夏那一场雨,夏天想,她愿意盛夏的暴雨每日都湿透她的梦境。

徐不周余光扫到有人过来,侧身让路。

夏天只好硬着头皮走了过去,假装没有看到他,认认真真地在书架上寻找着索书号对应的书。

只是那本书所在的位置好像空出了一块,她没能找到。

这时,身边少年缓缓将他手里的那本书,搁回了书架,插空的位置正好是夏天索书号寻找的那个位置。

只是……那本书并不是她要找的那本。

徐不周已经拎着挎包离开了。

他不记得她,因为听穆赫兰说,他有脸盲症,他们一起打球打了三个月,徐不周才能勉强叫出他的名字。

安静的书架前只剩了夏天一人孤零零的身影,她准备离开了。不承想,徐不周又溜达着走了回来,她走出去时险些撞上他的胸膛。

她像个快没电的玩具车似的,狠狈地刹住脚步。

徐不周从书架里抠出那本书,漫不经心递到她手里:"《人的大地》,又名《风沙星辰》,如果你在找这本。"

说罢,他面无表情地转身离开了,只留下一抹清淡的雪松气息,久久地弥漫在夏天的世界里。

一切都那么快,快到她的心脏都还来不及加速跳动,便归于沉寂了。

她低头,看着这本旧书。书里有一枚绘着卡通狐狸的书签。书签上,一行遒劲的楷体字,写着——

"我只是一个迷失在风沙与星辰中的凡人,呼吸着天地间的温柔"。

周日静谧的下午,夏天一个字一个字地阅读着那个孤独的飞行员的故事。

他迷失在沙漠中,孤独却自由。

沉浸其中,不知不觉夜幕已然降临,她甚至连晚饭都忘了吃。

门外又传来夏皓轩大吵大闹的尖锐嗓音,间杂着婆婆哄他的声音。

夏天给自己戴上了耳机,播放着歌曲,走到窗边,望着防盗栏外那堵爬满青苔的墙。

其实这不是墙,只是因为这栋居民楼地势较低,而楼栋正好靠近了坡地。他们家又住低层,这坡正好挡住了夏天的窗。

坡地上的梧桐树下,时常有老头下象棋、老太打麻将……他们聊天说话的声音清晰可闻,就像在夏天的头顶上盘旋。

窸窸窣窣,细细碎碎,这些日常的琐碎,如同密织的蛛网,铺天盖地笼罩着她的生活。

夏天努力抬头,望着坡地之上的一点狭窄天光。

夜空,洒下一隙星光。

几分钟后,她在手账本上写下两行字——

"成为女飞行员。"

"在沙漠里看星星。"

房门把手被人按下，发现上了锁，砰砰砰的剧烈敲门声传来——
"夏天，你还上锁了！快开门！"是妈妈林韵华的声音。
夏天慢吞吞地走过去，打开了房门。
"哪个喊你在家还锁门的！"
"我长大了，有时候不方便，你们从来不敲门。"
"少废话，出来。"
"干什么？"
"你弟弟要吃甜品，陪你弟弟去买。"
"不，我要写作业，今天家庭作业很多。"
夏皓轩哭闹了起来："我要吃！我就要吃！现在就要！妈，你去给我买！"
"茶馆三缺一，我要去凑桌了。夏天，你陪他去买。"
夏天想了想，说道："我可以陪他去，但我也要吃。"
催林韵华的电话又来了，她一面匆匆接了电话，一面换鞋子出门："马上马上，来了。"
说罢，林韵华随手甩给了夏天20元："带你弟弟去。"
"20元买不到。"
夏皓轩也帮腔道："就是，一份甜品至少50元！"
"啥子东西这么贵哦！"正在厨房里做泡菜的婆婆听到这话，匆匆跑出来，"轩轩，婆给你做冰汤圆嘛。"
"哪个要吃你的臭冰汤圆，老土！"夏皓轩毫不客气地回道，"我就要吃甜品！就要吃甜品！"
林韵华急着出门，索性又摸出一张红票子递给夏天："带他去买。"
"那我也要吃。"
"行行。"
夏天接了钱，带着夏皓轩去了附近的商业中心，在一楼的甜品店给他买了一杯杨枝甘露和一份榴梿班戟。

夏皓轩吃完了自己的甜点,本来还想蹭夏天的那一份,但看她居然没给自己点,问道:"姐,你怎么不买啊?"

"都晚上了,我减肥。"

"你不想吃,还问妈妈要钱。"

夏天睨他一眼:"关你什么事。"

"我要告诉妈妈,说你骗她钱!让她把钱收回去。"

"你要是敢回去告状,下次我就再也不带你来吃甜品了。"夏天威胁他。

小孩嘴巴上满是甜腻腻的奶油,低头思忖了一下,似乎也觉得得罪姐姐不是一件很好的事情。

毕竟家里爸妈工作忙,婆婆又啥都不懂,晚上出门玩这些事情,还得依靠姐姐。

"好嘛,我不说,但你要把钱分一半给我。"

"你个小娃儿,要钱做什么?"

"那你要钱做什么?"

"我欠乔跃跃的钱,要还给她。"

她给夏皓轩点了甜品之后,还剩40多呢,再攒攒就够100块了。

"我要给我同桌买雪糕。"夏皓轩说,"她最喜欢吃雪糕了。"

夏天拧了拧眉:"你才三年级,小屁孩一个,别学着大人请客乱花钱。"

"这有啥,上学期我同桌都换了好几个咧,我常请客的,我上一任同桌喜欢追星,我还给她买明星贴纸了。"

夏天:"……"

夏天不知道现在的小学生人情关系都这么丰富了。

她读小学那会儿,还什么都不懂。就算现在是高中了,青春也犹如一潭死水。

只对一个人,平地生了波澜。

那是她的秘密,或许会被永远掩埋,藏在寂寞的风沙与星辰中。

"我现在不能分给你,我要还乔跃跃的钱。"夏天拒绝了夏皓轩的无理要求。

"我就要!不然我就回去告你状!"

"你要是回去告我状,我就不带你回家了。"

"哼!不带就不带!"

夏天也不会惯着他,家里父母、婆婆都惯着他,结果他不仅没学好,反而脾气越来越坏。

她起身作势离开甜品店:"我走了。"

"走就走!"夏皓轩也毫不妥协。

夏天装模作样地走了几步,躲在了一个很大的卡通娃娃熊身边,朝着甜品店望了望。

本来以为夏皓轩会追出来,没想到等了几分钟,居然不见他出门,她好奇地又踱步回去,却见甜品店靠窗的位置,已经没有了夏皓轩的身影。

夏天连忙询问店员,店员说小朋友几分钟前从另一边的出口离开了。

这下子,夏天慌了神。

如果她把弟弟弄丢了,天知道回去后父母会怎样对她,打死她都不会可惜。

夏天急得眼泪都掉下来了,慌慌张张地每家店挨个寻找着,只差摸出手机报警了。

在一家名叫蓝色空间的游戏厅落地玻璃窗外,夏天看到了夏皓轩的身影,小孩正津津有味地围观着一个男生打游戏。

周围还有几个孩子,他站在其中,看得眼神都呆了,伸长脖子拼命往里凑,宛如被厨子提在手里的鹅。

夏天连忙冲进去,将夏皓轩揪了过来,带着哭腔质问道:"你为什么要乱跑?!"

"你是家里的宝贝疙瘩,你丢了他们要打死我,你不要害我好不好?!"

夏皓轩从来没见夏天这样生气过,以前不管他做多么过分的事情,这个老实的姐姐都只是默默忍耐。

没想到乌龟也有爆发的一天。

他哪里能受这样的委屈,一把推开了夏天,回嘴道:"关你什么事!我想去哪里去哪里!你以为你是谁?赔钱货!"

他现在还不懂"赔钱货"什么意思,只是听婆婆天天挂在嘴边,于是有样学样。

夏天见他现场发疯,也觉得很丢脸,攥着他的手,想拉着他回家。

奈何这小家伙平日里被他婆婆每天两个鸡蛋、两包牛奶,喂得膘肥体壮,他用力挣脱了瘦削的夏天,转身就往游戏厅门口跑去。

夏天哪能让他跑了,连忙追上来,抓住他的手腕:"不准走!"

姐弟俩现场角力起来,夏皓轩一把推开她,结果自己也因为惯性,重心不稳,碰到了身边一个正在玩游戏机的少年。

徐不周本来眼看着就要破游戏纪录了,被他这一撞,棋差一着,游戏机屏幕上出现了"失败"的字样。

围观的男孩们纷纷发出惋惜声——

"哎呀!"

"太可惜了。"

"只差一点啊就破纪录了。"

"哪儿来的小孩,真讨厌!"

徐不周穿着件黑色涂鸦 T 恤,颈项上挂着一个白色耳罩式耳机,偏头扫了来人一眼,见是个小孩,没做计较,重新投币开了机子。

夏皓轩居然很不客气地冲徐不周来了句:"看啥看!"

徐不周将游戏手柄扔机器上,冷冷淡淡道:"骂谁?"

"骂你!"

周围人嘻嘻哈哈地笑了起来。

夏皓轩简直气疯了,以为还跟家里一样,发癫有人惯着他,又冲他骂了一句。

只见徐不周用一种极严厉冰冷的目光瞪视着夏皓轩。

夏皓轩被徐不周的眼神吓蒙了,跌坐在了地上,难以置信地望着面前这位面若冰霜的少年,他眼底渗满泪花,指控道:"你……你欺负小孩!"

"你还知道你是小孩,毛都没长齐还要不学好?"徐不周缓缓蹲下身,挑衅地拍了拍他的脸,"道歉。"

"我……我不!"

徐不周揪着他的衣领,粗暴地将他拖到了窗台边,作势就要将他扔下去："现在有改变主意吗？"

他嗓音轻蔑。

"啊啊啊啊！"夏皓轩发了疯似的大叫了起来，"姐！救命，救命！"

夏天站在墙边，面无表情地冷眼旁观这一切。

虽然不该，但她无法否认，看到夏皓轩被收拾，她心底有一丝快意。

那人是徐不周，所以谁都救不了他。

"骂了人，就要道歉。"她说。

纵然夏皓轩只是个小孩，平时被家里人哄着、惯着，但小孩也是最能从别人的眼神里察觉到情绪的。

面前这男人深黑无底的眼瞳里，弥漫着森然的冷意。

他绝对说得出、做得到。

"对不起！"夏皓轩毫不犹豫地道了歉，哭哭啼啼大喊道，"我错了，我错了！"

徐不周扔开了他，低头摆了摆手，驱散晦气。

男孩踉跄着倒地，连忙朝着夏天爬过来，显然吓得不轻："姐，姐……"

"疼吗？"夏天淡淡问。

夏皓轩哭得上气不接下气。

纵然他平时在她面前作威作福，但是被别人这样恐吓了一顿之后，才发现原来只有在亲人身边，才是最安全的。

"疼！"

"疼就记住，不要随便骂人。走出家门，没人惯着你。"

徐不周听到这话，漫不经心地扫了她一眼。

女孩穿着宽松的白T和短裤，干净清爽，一双长腿白皙而笔直，蓬松的刘海随意地垂在鬓边，五官并不是那种一眼就让人惊艳的类型，很普通。

但她身上有股子沉静的质感。

徐不周抽回了视线，拎着手柄，投币玩游戏。

这时候，有个胖乎乎的鬈发阿姨走了出来："哎呀，人家还只是个孩子，你们这样太过分了吧。"

她望着夏天:"你家孩子这么被欺负,你还看得下去,我都看不下去了!你是不是他家里人啊。"

夏皓轩见有人帮他说话,哭得更大声了,上气不接下气,满是委屈。

"呜呜呜!"

阿姨一个劲儿地谴责夏天,却也不敢多说徐不周一句。

毕竟那少年方才的冷戾劲儿,谁看见了都不敢去招惹他。

"到底该谁道歉哟,大的欺负小的,太没王法了吧,你家大人也真的太不负责任了。"胖阿姨拉着夏皓轩的手,温柔地替他擦了眼泪,"真是可怜啊,孩子。"

"你这么心疼,你拿回去养吧。"

夏天实在觉得不堪,转身走出了游戏厅。

夏皓轩是被吓破了胆,见夏天离开,也连忙追了上去,生怕再被人欺负。

阿姨自讨了个没趣儿,只能感慨:"现在这些女娃儿,一点爱心都没有。"

徐不周缓缓抬头,望向了女孩远去的纤瘦背影,孤零如蝶。

穆赫兰走了过来,笑着说:"嗬,没想到你居然把她弟弟揍了。"

"认识?"

"拜托,她在你前排坐一周了,你不记得?"

徐不周似想起了什么。

上次图书馆见到的……好像也是她。

"印象不深。"

"你这重度脸盲症……"

穆赫兰背靠着游戏机,一边看他玩,一边感叹道:"她弟弟简直就是个混世魔王!上次她妈带他来学校,这熊孩子……当着所有同学的面儿,掀了她的裙子。当时好多人看到,她被人嘲笑了大半个学期。"

徐不周:"……"

有点后悔,刚刚没真把这小孩丢出去。

打完第三针狂犬疫苗，夏天终于攒够了钱。

这100块足足凑了二十几天，每天中午食堂打饭的时候省下一两块，平时买东西再讲讲价，总算攒够还给了乔跃跃。

乔跃跃看着那一堆零钱，知道她攒得很辛苦。

"哎呀，说了不还嘛！你这个人……不拿我当姐妹！"

"亲兄弟也要明算账。"夏天将钱揣进了乔跃跃的包里，"拿着嘛。"

"那我请你喝奶茶。"她拉着夏天去了学校外面的奶茶店，帮她和自己点了杯葡萄冻冻："我跟你说，梁嘉怡和徐不周，又闹翻了。"

夏天细长的腿钩着高脚椅，专心致志地喝着饮料，舌尖一阵酸一阵甜："噢。"

"梁嘉怡跟小姐妹炫耀的时候，小姐妹非要看她那个同学。然后她就去偷拍徐不周发社交平台，让他发现了。"

"拍照而已啊。"

"你不知道，她犯了徐不周最大的忌讳，两年前因为虐狗那事儿……啧，当时被骂惨了！他流传在网上的照片都被网友乱P，所以他特别忌讳这个。你说说，梁嘉怡这不是往枪口上撞吗？"

夏天的心蓦地一紧："他因为这个休学的吗？"

"是啊。"乔跃跃一手掌握着最新八卦资讯，"他不喜欢被人拍照片，所以当场就翻脸了。梁嘉怡这几天又在哭着求原谅，但这次……估计没戏了，她真的太作了。"

这件事很快得到了证实。

每天早上，夏天都能看到徐不周桌上搁着各式各样的蛋糕啊、牛奶啊之类的早餐，还有女孩道歉的便笺。

徐不周一眼都没看，直接扔给了同桌穆赫兰。

那段时间，穆赫兰足足被他喂胖了好几斤。

周三的自习课，乔跃跃回过头，试探性地询问："徐不周，你和梁嘉怡真闹翻了？"

"关你啥事呢！"穆赫兰咋呼道，"你是不是看上他了？"

"这也不关你的事，好吧？"乔跃跃冲穆赫兰翻了个白眼，望着徐不周清冷的脸庞："你们……还会和好吗？"

穆赫兰大喊道："我去！你不会真的想追我们徐哥吧！"

"主要是……他们这折腾的，别人看了也没底啊。"乔跃跃大大方方地说："给个准话吧，否则别人心里也是悬着的，到底还会不会和好了？"

徐不周头也没抬，细长漂亮的指尖拎着笔，在纸上写下一行英文，漫不经心道："不会。"

"哎呀，这可真是……"

乔跃跃嘴巴都笑烂了，眉眼弯弯如月，向他递来一张篮球队成员资料本："来，填个资料表，明天开始一起练球。"

徐不周接过了资料表，随手填了信息。

穆赫兰不满地说："早就说不周要入队了，你现在才让人家填资料，居心何在啊？"

乔跃跃撇撇嘴："我们篮球队只欢迎没有粉丝时刻追随的男青年，谢谢。"

"凭啥，这啥破规矩！"

"凭我是队长，我说了算。"

徐不周填好了资料，将本子递还给了乔跃跃。

乔跃跃接过来，又顺势递给了同桌夏天："来，宝贝，你也填一个。"

夏天捏着笔的手微微浸出了汗，诧异又惊悚地望向了乔跃跃。

乔跃跃大大方方地说："明天来操场一起训练。"

"可……我不会。"

"学嘛！"乔跃跃将资料本摆到夏天的桌上，"放心，姐三天就把你教会。"

夏天犹豫再三，还是拧开了笔盖，惊心动魄地在申请单上写下了自己的信息。

信息包括姓名、年龄这些基本资料，她注意到最后一栏……是QQ号。

她心脏跟兔子似的，都快跳出胸腔了。

乔跃跃似乎也看出了女孩的心思，替她将本子往前翻了一页，莹润的指头戳了戳徐不周的QQ号，甩给她一个意味深长的眼神。

夜间，夏天趁着家人都睡了，从柜子里翻出了备用的老人机，然后在 APP 应用商城里找到企鹅图标，下载了一个简易版的软件。

她记忆力很好，QQ 号看一遍就记住了，一字不漏地输入了进去，添加好友。

徐不周的头像是一个企鹅的系统头像，看起来……就像一个不太靠谱的新号。

他名字只有一个字——风。

夏天忽然想到了一首歌，稍稍红了脸。

即便只是一个美丽的巧合，也让她的心情像一罐冰可乐，咕嘟咕嘟地冒着泡。

她添加了他的好友，写的是：hi，可以和你交个朋友吗？附带一个笑脸符号。

点击发送，她紧张地躺到了床上，看着天花板，脑子放空，灵魂出窍……

时间一分一秒地溜走，她足足等了十分钟，手机并未发出任何提示，她不甘心地打开页面，也没有看到通过好友的回复消息。

夏天一直坚持到作业写完的半夜十二点，还是没能等到任何回音。

他没有加她，石沉大海，杳无音信。

夏天放弃了，她退出并卸载了软件，将大屏老人机放回了柜子里。

那段时间，她从不找他说话，虽然已经习惯他坐在自己身后，但两人都是各做各的事情。

徐不周就是这样的人，有人找他，他会搭理，但绝不会主动招惹别人。

所以他们从无交集，无论是上次公交车事件，还是他把她弟弟揍了那件事后，他们之间都没再说过一句话。

夏天想，徐不周根本不认识她。

她也拥有不了这样的风。

因为上次在电动城里，夏天对夏皓轩受欺负冷眼旁观，这小孩一直铆足了劲儿想要报复她。

那天早上,他趁着夏天去洗手间洗漱的间隙,偷偷溜进她的房间,从柜子里偷了她一片卫生巾。

夏天匆匆吃了早饭,步行来到学校。

南渝一中距离她家不算远,但是要上坡和下坡,几乎等于翻过一座山,才能抵达,这也是C城的特别之处。

一路上,她都感觉路人似乎在盯着她看。

她有些诧异,摸出小镜子看了看自己的脸,没发现什么问题,也没有沾染东西。

夏天没有多想,径直去了学校。

学校的地势很低,相当于建在一个小型盆地里,每次入校都要经过一段长长的下坡路。

夏天发现周围有男生骑着自行车从她身边经过,还不住地回头望她,发出不怀好意的哂笑。

她是个平凡安静的女孩,从来没有赚过如此高的回头率,不禁心头有些打鼓,又摸出小镜子照了照自己,看自己的头发有没有乱,然而也没有发现任何异常之处。

这太奇怪了,她不由得加快了步伐,朝着教学楼走去。

走廊上,穆赫兰和徐不周他们几个少年背靠着护栏,正在讨论着昨晚NBA的精彩比赛。

徐不周穿着白衬衣,领口随意地敞着,露出了一截漂亮的锁骨。温煦的阳光在他光洁的额间洒下一片光斑,照得他眉眼通透,睫毛似在发光。

他指尖拎着一盒牛奶,有一搭没一搭地应着他们,时不时绽开一抹笑意。

然而,在夏天经过他们时,站在最外围的穆赫兰,忍不住大叫了一声——

"我的天!"

夏天脚步猛然一顿,诧异地望向他。

穆赫兰宛如吃了苍蝇一般,脸色怪异,皱着眉头:"夏天,你裤子后面有东西。"

夏天回头,蓦然发现,她裤子后面贴了一张拆开的卫生巾。卫生巾的位置贴得非常微妙,刚好就在她臀部,看着……就像她摘了之后忘了扔、粘在裤子上似的。

徐不周本来在看手机,听到动静,薄薄的眼皮抬了抬,望向了她。

卫生巾是干净的,一片白色,就这样大咧咧地粘在她的裤子上。

夏天宛如被炮弹轰得魂飞魄散了一般,脸色酱紫,胸腔里的氧气被一点点清空,她感受到了近乎窒息的痛苦……

又有好几个男生跑到教室,吆五喝六地跑出来看热闹。

别班也有不少女生将脑袋伸出窗户,望着走廊上的女孩。

大家叽叽喳喳讨论着——

"天哪!"

"她都没注意吗?"

"丢脸啊!我真的要尴尬死了。"

"真的很恶心,她是不是女孩子啊!居然这都能……"

一阵穿堂冷风吹过,她全身颤抖了起来。

所有人的眼神,宛如刀片般凌迟着她的血肉,将她片成了骨架子。

她成了背负十字架的异类,接受着每个人目光的审视,她单薄的双肩微微弓着,眼泪掉了下来,滴落在地上。

她宁可死。

下一秒,徐不周走进人群,扯下了她裤子上的卫生巾,一转身,坏笑着贴在了穆赫兰的背上。

"不周,干、干啥?!"

徐不周眼角微弯着:"玩玩。"

"这有什么好玩的啊!"

"哈哈哈。"有男生笑了起来,"穆赫兰,它很适合你,戴着呗!"

穆赫兰扯下了卫生巾,直接拍在了说话男生的脑袋上。

男生像是被道士贴了符咒的僵尸似的,僵了几秒,周围的男孩全都笑了起来,女孩们也笑着骂了起来——

"你们够了啊,这有什么玩的。"

"好无聊啊你们男生。"

"真的有病!"

一整个早上,男生们追着互贴,那张卫生巾都快被他们玩烂了。

穆赫兰看着独自坐在角落里低着头的女孩,似乎明白了徐不周的用意,主动走过去接过卫生巾,贴在了自己身上——

"我跟你们科普一下。这叫啥?这叫卫生巾,每个女生每个月都要用的。"

"穆赫兰,你懂完了!"

"我当然懂啊。"

"穆赫兰,你别玩了!"有女生羞红了脸,"太丢人了!"

穆赫兰大咧咧地说:"这玩意儿不就是卫生用品,有啥丢人的?"

话音刚落,全班寂静,有男生不断对他使眼色。

穆赫兰艰难地咽了口唾沫,僵硬地转过头,看到班主任周平安脸色阴沉地站在他身后。

穆赫兰:"……"

早读课上,周平安被这帮无聊的男生气得吹胡子瞪眼,一天到晚吃饱了撑的,什么都拿来耍。

但没有人再嘲笑夏天。

一帮无聊的男生帮她悄无声息地消解了这场几乎可以载入史册的社死瞬间……

第二节课,夏天终于平复了心绪,偷偷给穆赫兰写了一张字条:"谢谢你。"

穆赫兰:"英语课代表,下午把你的英语卷子借我抄,我就谢谢你了,嘿嘿。"

夏天:"这不可能。"

穆赫兰:"呜呜。"

夏天捡回字条,却看到穆赫兰潦草的字迹旁边,有一行截然不同的漂亮小楷字,写着——

"不谢我?"

她当然认得那个字,那是她每每看见都会心跳加速的字迹……

一瞬间,她又变成了机器人,全身僵硬得一动不敢动。

乔跃跃见她跟穆赫兰传字条,都能传得脸颊通红。凑过来,看了看字条,立马抓起笔塞给她,用眼神让她把握机会。

夏天颤抖地拎着笔,写下了一行字,偷偷递到了后排徐不周的桌上。

徐不周漫不经心地拆开了纸团,不禁失笑。

女孩用很卡通的字体,认认真真地写了一行字——

"徐不周,你也想看我的英语卷子吗?"

下午的自习课,穆赫兰见徐不周竟然借到了英语课代表的卷子,惊呆了。

这位正直姐……怎么还厚此薄彼啊!

夏天的英语成绩是真的很好,即便徐不周理科成绩门门满分,但英文成绩比她还是差一些。

她语感好得惊人,作文也写得非常漂亮,经常被英语老师夸奖。

徐不周拎着英语卷子,懒得查了,有答案不看是傻子。

这方面,学神和学渣没什么区别。

穆赫兰想凑过来蹭答案,但徐不周没让他看到。

"哎!不周,不仗义啊,你都能看,还不给我看!"

"我看的前提……是我会做。"徐不周眼皮微抬,扫了他一眼,"你会吗?"

"啊这……你会你还看。"

"对个答案,晚上多练会儿球。"

"对哦,今天要训练。"穆赫兰用笔头戳了戳斜前排的夏天:"课代表,今天打球你也会来吗?你入队之后,一次都没来过呢。"

"我不去了。"夏天转身道,"我回去教训我弟弟。"

"啊是,你家熊孩子真的太过分了!是要好好收拾,得揍,赶明儿带出来,让不周帮你好好教他做人。"

夏天终于鼓起勇气,抬眸看了眼徐不周。而在此之前,她从来不敢直视他。

他没应声,低头涂着机读卡,很认真。

少年的唇线很薄,形状漂亮,有种勾人的性感。

夏天的视线不禁落到了被他压在手下的机读卡上。

他的指腹正好落在她的名字上……

夏天。

她克制地抽回了视线,心里一片兵荒马乱。

傍晚时分,夏皓轩似乎预感到会有一场狂风暴雨,夏天一进门,他跟游鱼似的钻进房间不肯出来。

"夏皓轩,出来谈谈。"夏天耐着性子叩响他的房门。

"不!你要揍我!我不出来。"

"你也知道自己干了什么好事。"

"就不出来!就不出来!"

"不出来是吧。"夏天走到橱柜前,将他前两天刚拼好的乐高赛车取了出来,"你再不出来好好承认错误,你的车就要替你道歉了。"

这招果然有用,夏皓轩忙不迭跑了出来,冲夏天大喊道:"你别冲动!可以揍我,别碰我的车!"

夏天知道他最宝贝他的乐高车,不怕制服不了他。

"你今天干了什么好事?!"

"我……我不就是拆了你一包那个嘛。"夏皓轩红着脸说,"好奇啦,看看而已。"

"你把它贴在我裤子上!害我一路被嘲笑!"

"什么啊,我、我没有。"夏皓轩心虚地说,"我只是搁在你的椅子上,你自己坐的时候粘上去了嘛。"

"你知不知道男孩子不能随便碰女孩子的东西!"夏天走过来揪他的耳朵,"你太过分了!"

这时候,婆婆从房间里走出来,凶巴巴冲夏天道:"你干啥?这么大的人了,还欺负你弟弟!"

见婆婆出来,夏皓轩知道自己有了依仗,赶紧冲到婆婆怀里:"她欺负人!"

"快把车子放下!不然等你爸回来了,有你好看!"

夏天控诉道:"婆婆,你知不知道他今天做了什么混账事!"

"轩轩,你做了什么?"

夏皓轩红着脸,支支吾吾道:"我把她的那个……那个卫生巾丢椅子上,她自己坐上去,粘着去了学校被同学嘲笑,回来找我算账,明明是她自己没注意,怪谁呢?"

"哎呀!"婆婆指着夏天,激动地捶胸顿足,"太丢脸了,真的太丢脸了!"

夏天难以置信地看着她:"你说我丢脸?明明是他干的好事!"

"你是个女孩子家,怎么这么丢人现眼,还怪你弟弟,名声都毁了,以后看谁还敢要你!"

夏天被她气得说不出话来:"怎么还是我的错了?"

"怎么不是?在这个家里,你爸、你弟地位最高,你和你妈都得乖乖听话,你弟做什么都是对,你做什么都是错。"

"你也是女的。"夏天咬着牙,瞪着她,"也能说出这样的话!"

"这是自古以来的道理。"

夏皓轩笑嘻嘻地看着夏天,得意扬扬,似乎特别喜欢欣赏她被大人批评之后的委屈样。

"夏皓轩,给我道歉。"夏天根本懒得再和婆婆多费口舌,举起了他的乐高车,作势要砸。

"不要!"夏皓轩收敛了得意之色,紧张道,"别碰我的车,你要我做什么都行。"

"你给我道歉。"

夏皓轩停顿了很久,终于不甘地撇嘴:"对不起嘛。"

一听到宝贝孙子居然给夏天道歉,婆婆接受不了,瞬间怒了:"你这没皮没脸的小白眼狼!当年就该把你丢进厕所里,臭不要脸的居然还要你弟弟道歉,你可真拿自己当根葱,什么玩意儿!"

夏天急促地喘息着,看着面前这个满脸褶子、头发花白却面目可憎的老妇人。

"我……我做错什么了,你们要这样对我,又不是我自己要出生。"

"谁让你不是儿子,这就是你的错,你一辈子的错。"

那一瞬间,夏天的心都绷紧了。

她拿着乐高车的手颤抖着,几秒之后,狠狠往地上一掷,爆发地大喊道:"我是女孩不是我的错!是你们的错!"

接下来就是夏皓轩疯狂的尖叫声,他心碎地看着地上已经被砸得稀巴烂的乐高车,恶狠狠地望着夏天。

夏天的表情似乎比他更狰狞,这让欺软怕硬的小家伙望而却步,不敢找她麻烦,只能挑软柿子捏,回身用力推了婆婆一把——

"啊啊啊!都怪你!都怪你!"

夏皓轩被他婆婆每天两个鸡蛋养得膘肥体壮,这一推,力道着实惊人。

婆婆被他推得撞在了柜子上,趔趄着,摔倒在地,"哎哟、哎哟"地叫唤了起来。

她年事已高,一把老骨头,哪里经得起这样的撞击,看起来都快不行了。

父亲上班了,母亲在茶馆打麻将,家里没别人了,夏天见此情形,赶紧翻出家里的备用老人机,拨打了120。

很快,救护车"呜啦呜啦"地驶入小区,几个医生、护士将婆婆抬着上了救护车,夏天和夏皓轩也赶紧跟了上去。

医院里,医生告诉夏天老人家骨折了,这把年纪,可禁不起摔啊。

夏皓轩自然也知道自己闯了大祸,恶人先告状,用他的智能手表给爸爸和妈妈都打了电话,控诉了夏天的"暴行",还说她害得婆婆摔跤住院了。

反正……反正到时候追究起来,婆婆肯定也会帮他说话,最后遭殃的人还是他姐。

夏天看着夏皓轩在医院走廊里打电话,添油加醋地告状。

她感到全身冰冷。

是，无论是谎言还是真相……都不重要，她的父母根本不在意。

不管夏皓轩犯下什么弥天大错，被惩罚的人……都是她。

荒唐吗？

就是这么荒唐，她的出生就是错误。

在父母赶到医院的前一刻，夏天已经跑了，不能留下来，否则她爸会打死她。

夜幕降临，华灯初上，初秋的风凉爽地吹拂着，对她来说，却寒冷彻骨。

她跌跌撞撞地狂奔着。

逃，只能赶紧逃，逃离那个令人窒息的家庭。

夏天不知道自己跑了多久，来到了家附近的一个狭窄的上坡窄巷上，巷子左右开着热闹的火锅店、小面馆，还有副食店……

尘世喧嚣，她却只想逃离。

她爬上阶梯，疲倦地坐在了梯口，抱住了膝盖，将脑袋埋在膝盖上。

远处支流的江水汹涌奔流，汇入主干流。

这时候，夏天感觉有毛茸茸的东西在她身旁蹭来蹭去，她低头，看到"狼外婆"不知道从哪儿冒出来了，正在她身边亲昵着……

她一时间忘了难过，伸手摸了摸它的脑袋。

猫咪连忙仰头蹭她。

"'狼外婆'，你这几天去哪儿了？"

"怎么会在这里呀？"

"上次真的把你吓坏了吧，难怪你会跑……"

她也想跑，如果她像"狼外婆"一样自由自在的话，一定会逃离这个家。

忽然间，夏天注意到，"狼外婆"的后肢好像受伤了，走路的时候都会把左后肢提起来。

她赶紧把猫抱起来，发现猫咪的尾部好像被烧秃了一块，腹部也有刀子划痕，很明显。

很显然，"狼外婆"消失的这段时间……遭遇了很可怕的事情。

"有人虐待你吗？

"你后来逃走了吗？

"你怎么这么笨，不跑快一点，让坏人抓住了。"

夏天说着说着，眼泪滚落了下来，她不仅心疼这只猫猫，更因为它和她有某种同病相怜的命运。

她因为是女孩所以不被家人待见，而"狼外婆"也因为长得太丑，总能激起某些人邪恶的冲动，所以总被欺负……

夏天真的好难过，一边擦着眼泪，一边把猫猫紧紧地抱在怀里。

一人一猫依偎了好久，看看时间，已经将近凌晨了。

夏天终于还是起身走下了阶梯。

太晚了，她必须回家，不然就真的要像流浪汉一样在街头睡觉了。

回家会挨揍，但外面……更危险。

"狼外婆"一瘸一拐地下了阶梯，跟在她身后。

夏天走到大马路上，"狼外婆"还一直跟着，她好几次回头让它离开，它都不肯走。

"我没办法带你回家，你会被夏皓轩那个小魔头玩死的。

"就是上次电你那个坏蛋……你跟我回去，他会天天电你。

"你快走吧，小心点，不要再被人抓住虐待了。"

便利店门口，几个落拓不羁的少年走了出来，在街头聊起了天。

穆赫兰"欸"了声："那不是英语课代表吗？"

徐不周倒了一颗薄荷糖扔嘴里，收了盒子，漫不经心地抬头。果然看到街上有个面熟的女孩迎面走来，一路抹眼泪，哭得很伤心……

身后还跟了只残疾猫，一瘸一拐地追着她。

不知道为什么，这一幕……居然有点戳了他的心。

穆赫兰赶紧叫住了她："夏天，哪个欺负你了？哭成这副样子。"

夏天微微愣住，望向他们。

徐不周站在人群中，薄薄的眼皮微抬，带着某种深秋的冷感。

黑色卫衣帽几乎遮住了他半张脸，但轮廓依旧锋锐挺拔。

她有些不知所措，和他距离几步路，彼此相望着。

眼泪风干在了脸上。

片刻后，少年从包里摸出了薄荷糖盒，拇指抠开盖子，伸到她面前，眼角微勾——

"接着。"

徐不周给了她一颗薄荷硬糖，甜味顷刻间弥漫了舌尖，鼻息通畅，带了丝丝凉爽。

周围男生嘻嘻哈哈地开起了玩笑——

"哎！不周哥，我也要吃，你咋不给我啊。"

"我也要吃，我也要！"

"人家从来没吃过不周哥的糖糖呢。"

徐不周轻笑着，声音低沉："一边去。"

夏天抿着糖，小心翼翼地望着他。

少年的张扬恣肆写在了他的眼角，与他有关的青春……是那样耀眼。

她心头仿佛起了一枚火星子，长风一吹，野火燎原。

"夏天啊，这么晚了，你为啥还不回家啊？"有男生问。

夏天低头沉默，穆赫兰大声说道："还用问，这一看就是和家里人闹矛盾了，离家出走嘛。"

今天卫生巾事件，大家有目共睹，所以都能猜到几分闹矛盾的原因。

她家重男轻女，家里有个魔头弟弟，班上同学也有所耳闻。

徐不周蹲下来，伸手摸了摸"狼外婆"的脑袋，似乎很喜欢这类小动物："你的猫？"

"不是，流浪猫。"

"残了？"

"可能……被人虐待了。"

他顾长漂亮的手指撩了撩猫猫的脑袋。

"狼外婆"对陌生人已经有了警惕感,不熟悉他的味道,赶紧躲到夏天身后。

"那个……你们手机可不可以借我一下,我想给乔跃跃打个电话。"

夏天真的不敢回家,婆婆出了这么大的事,今晚父母正在气头上,她要是回去了,只怕凶多吉少,再度把她撵出去都有可能。

徐不周解锁了屏幕,将手机递给她。

最新款的手机,流畅丝滑,界面是系统自带的海岸线风景图。

夏天拨打了乔跃跃的电话,但是很遗憾,提示对方已经关机。

乔跃跃睡眠不好,睡觉前会关手机,以免被垃圾短信打扰。

夏天满脸愁容地还了手机:"谢谢。"

穆赫兰顿了几秒,偏头问徐不周:"要不,让她去我们公寓?"

"一帮男的,带个女孩回家?"徐不周觉得这个提议很荒唐。

"这没什么啊,不是还空了一间房没人租嘛。"

"出了事谁负责?"

"能出什么事,大家都是同学。而且她大半夜在街上晃,出事的概率更大吧。"

徐不周抬眸扫了她一眼。

小姑娘穿着单薄的白T恤,外面一件防晒罩衫,素面朝天,哭得又是梨花带雨。

这搁午夜无人的大街上,不出事儿才怪。

徐不周沉吟片刻,询问她道:"跟我们回去吗?三个男的,我、穆赫兰,还有另一个外班的。

"房间有,晚上自己锁好门。"

夏天犹豫片刻,低头看着脚边和她一样无依无靠的流浪猫:"请问……我可以带'狼外婆'一起吗?"

徐不周点头:"可以。"

徐不周和穆赫兰他们合租的公寓是一个工业风格的复式房,很大,上、下两层加起来足有两百来平方米,不管是沙发还是橱柜装饰,都带着几分赛博朋克的未来风格。

房间客厅上随意地搁着几个瓶子、游戏机手柄……并不是很整洁。

穆赫兰进屋之后，宛如箭一般弹过去，抓起他扔在墙角的臭袜子，丢进了一楼洗手间的脏衣篓里。

客厅里有个男生正赤着上身刷牙，腹部隐隐有了肌肉的雏形，但还没练得特别明显，他一回头，对上了夏天清澈的杏眸，眨巴眨巴眼睛，手里的牙刷都险些掉了。

"陈霖，你这也……太放飞自我了吧，快去把衣服穿上，有客人来了！"看到陈霖这样，穆赫兰赶紧说。

陈霖愣了好儿秒，赶紧跑回房间，套了件黑T恤走出来，脸颊泛着几缕不自然的红晕，望向了徐不周："怎么回事，怎么把女的带回来了？"

徐不周懒散地倚在沙发上，随意介绍："这是我们班英语课代表，叫……"

见他微顿，夏天连忙接茬："我叫夏天。"

陈霖移开了视线，脸颊微烫："知道，我问的是，你们怎么把一姑娘带回家，疯了吧。"

"她没地方去，这大半夜的，留在街上太危险了。"穆赫兰解释道，"同学之间要相互帮助嘛，收留她住一晚，又没啥损失，我们正好还有一间房呢。"

"不行，说什么也不行！我绝对不同意，让女的住进来，真的太烦了。"

"一晚上而已啊。"穆赫兰继续劝着，"你把门一关，人家也影响不到你什么。"

"她还带了猫，我最讨厌猫了！"

"这……那我们总不能把她赶出去吧！"

徐不周指尖把玩着一支笔，嗓音平淡——

"你有两个选择，第一是闭嘴，另一个是收拾东西，出去。"

嗓音虽然平淡，但威胁力十足。

这公寓是徐不周的，他是房东，成了兄弟之后，他也没再收他们的租金。

即便收，也只是象征性让他们请客吃顿饭罢了。

所以，他是绝对有资格让他们收拾东西离开的。

徐不周都开口了，陈霖自然不好再说什么，只不满地瞪了夏天一眼："不准进我的房间！"

夏天："……不会。"

现在已经很晚了，穆赫兰简单地对夏天介绍了一下房间："楼上楼下各两间，我和陈霖住楼下，楼上是不周的房间，当然空的那一间房也在上面。你要洗澡的话，就在楼上洗吧，用不周那一间。"

夏天红着脸说："我就简单凑合一晚就好。"

公寓区域分隔很明确，楼上的空间是属于徐不周一个人的，所以不管楼下被男生们造得多凌乱，但楼上的空间却保持着绝对的整洁。

无论是靠墙的黑铁书架、墙角绿植、模型装饰……几乎一尘不染，也毫无凌乱之感。

那间空余的房间很小，全然封闭的空间，一张小床，一个小沙发，小小的床柜，但地上也还铺着地毯，装饰简约而温馨。

夏天回房间后便锁上了房门。

她很局促，不敢碰太多东西，连床都不敢睡，因为没有洗澡，只在小沙发上蜷缩着躺下来，准备就这样简单地凑合一晚，对付过去。

能有住宿的地方已经很好了，否则她大概真的要像"狼外婆"一样，不是回家被打死，就是露宿街头。

"狼外婆"自然也安置在了她的房间里，夏天看到猫猫跃跃欲试地想往床上跳，赶紧制止它："不可以睡床哦，不要弄脏了床单，睡地毯就好。"

"狼外婆"见她阻止，似也明白了她的意思，很乖地不再跳上跳下，在地毯上找了个舒适的位置，躺了下来。

寂静的夜，她太疲倦了，很快便进入了沉酣的梦乡，今晚是她和他的梦境相距最近的一夜。

今夜久久难以入睡的人，在楼下。

陈霖坐在书桌前，一盏暗黄的小夜灯笼罩着他有几分英俊的脸庞。

他从柜子里取出那张被退回来的圣诞贺卡，卡片上极其真诚地写着两行字——

"我喜欢的季节，不是春天，不是秋天，也不是冬天。

不知道有没有这个荣幸，像当空的烈日一样，得到夏天的垂青。"

陈霖是个超有文艺细胞的男孩，一向很含蓄，不喜欢太过直白的什么"我喜欢你""我爱你"之类的告白，他会选择更文艺的方式来表达，即便被拒绝了，也不会太丢脸。

暗示嘛，给别人面子，也给自己台阶。

果然，夏天给予他的回应，也含蓄而明白——

"对不起，夏天已经有了它的萤火虫。"

她不喜欢将万物融化的灼灼烈日，她喜欢如星光一般暗淡的萤火虫。

萤烛之光，就足以照亮她的夏夜了。

陈霖看着窗外的月色，呼吸也变得温柔了起来。

这贺卡是去年圣诞节送出去的，没有署名，也不是亲手交给她，所以她当然不会记得、认得他。

陈霖细细地品味着卡片上的那句话，猜测她已经有喜欢的人了。

可是为什么还没有在一起？难道是她喜欢的人不喜欢她？

那人一定是瞎眼了。

次日清晨，男孩们几乎是掐着上学时间起床的，匆匆爬起来洗漱，挂着迷蒙的睡眼来到客厅。

然而，眼前的一幕却让他们惊呆了，客厅已经被收拾得干干净净，茶几上的饮料瓶子不翼而飞，干净的沙发毯规规整整地叠好了铺在沙发上，垃圾桶也全部被倾倒干净。

吧台上，煎蛋牛奶和吐司三明治，一式三份，牛奶还是温过的，冒着袅袅的热气。

穆赫兰看着夏天在开放式厨房里忙碌的身影，咽了口唾沫："这这这……夏天你这也太贤惠了吧！居然连早饭都做好了？！"

夏天端着最后一份早餐走出来，摘下了卡通围裙，笑着说："我本来就醒得早，谢谢你们收留我，这是心意。"

穆赫兰喝了一口牛奶,抓起吐司三明治大嚼着:"我们欢迎你天天来!不收租金!"

陈霖将书包搁在沙发上,走过来吃早饭:"这事你说了不算。"

这时候,徐不周慢条斯理从楼上溜达了下来,单肩挂着包,睡眼惺忪,懒散地打了个呵欠。

见他们都围在桌前,他嘴角冷冷勾了勾:"都吃上早餐了?"

"不周,快来尝尝,夏天的厨艺好好啊。"

他坐了下来,长腿钩在了高脚椅上,随手拎了一杯未动过的牛奶,夏天连忙将另一杯给他:"这是你的。"

"谢了。"

她又将一份吐司三明治和煎蛋递到他面前。

徐不周喝了一口热牛奶,喉结滚动着,吞咽了下去,动作却轻微地顿了顿。

舌尖的甜腻,恰是他喜欢的甜度,不多一分,也不少一分。

陈霖注意到他神情轻微的变化,问道:"不周,怎么了?"

"没,甜度正好。"

"甜吗?"穆赫兰尝了尝自己的牛奶,"没味道啊。"

夏天连忙说:"可能我忘了放糖,你要吗,我给你加。"

"啊,不用不用,我不喜欢吃太甜,不像徐不周……一个大男人这么爱吃糖。"

"我乐意。"

徐不周一口喝完了牛奶,拎着三明治率先出了门。

陈霖喝着自己寡淡无味的牛奶,观察着对面的少女。

她眉眼收敛,给人一种清清淡淡的安静感,不算美得多惊艳,但那种细腻的感觉,属于越品越有味道的类型。

陈霖注意到她的视线,时不时飘到徐不周喝过的牛奶杯上。

他好像知道夏天的萤火虫在哪里了。

夏天和穆赫兰、陈霖一起步行去学校。

穆赫兰问她:"接下来你打算怎么办?"

"我爸妈今天气应该消了些,我晚上肯定要回家的。"

"如果他们又打你,你还可以来我们公寓住。"

"谢谢你。"

陈霖揉了揉鼻翼,别扭地说:"就你在这里扮好人,公寓是你的吗,你就替人家不周决定了。"

夏天看出陈霖好像很讨厌她,所以也不怎么和他多搭话。

穆赫兰说:"他昨晚都答应带她回来了,多留一晚也没什么嘛。"

陈霖意味深长地说:"留她住下来,那些追求徐不周的女孩,还不得炸锅了啊。"

穆赫兰笑了起来:"追他的已经开始各种行动了,我这段时间收的蛋糕啊奶茶啊,真的要把我齁死了。"

夏天低着头,看着自己的白球鞋,故作漫不经心地问:"他喜欢梁嘉怡那种类型吗?"

"你说那种开朗活泼的啊,不不不。"穆赫兰连连摇头,"他受不了太吵闹的,他俩根本相处不来,这不就闹翻了。"

陈霖见她明明在意得要死,却还装出无所谓的样子,心里隐隐有些难受,说道:"他喜欢漂亮的,身材好的,最好是有脸没嘴那种,赏心悦目,但别惹他烦。"

"精准!"穆赫兰一巴掌拍他肩上,"果然还是你最了解徐不周啊哈哈哈。"

陈霖冷嗤了一声。

在今天之前,他从没觉得徐不周这种没心没肺的家伙有多讨厌。

但现在……忽然有点不爽他了。

夏天闷闷地说:"怎么会要求女生不说话呢,在一起不就是要交流吗?"

"主要是这位爷精神境界太高了,没几个人能真正走进他心里。"穆赫兰感叹道,"你瞧他看的那些书,听都没听过,所以……还不如保持安静。"

夏天不再回应了。

她很努力想走近他的世界，看他推荐的书，甚至……甚至也想和他拥有共同的梦想。

在此之前，她都不知道自己未来的方向是什么。

但她并不漂亮，比梁嘉怡那种明艳张扬的模样……真的差远了。

所以徐不周连她的名字都记不住。

"对了，你今晚是要回家吧？"穆赫兰问她。

"嗯。"

"那猫……"

"我可以把猫留下来吗？"她望向穆赫兰，恳求道，"如果你们方便的话，当然不可以也没关系，我带它走……"

穆赫兰挠挠后脑勺："这事我可做不了主，公寓是徐不周的，我们都是他收养的流浪猫呢。"

夏天被他逗笑了。

陈霖一口否决道："徐不周才不会养猫，他生活十级残废，照顾自己都够呛，哪还能养猫。"

夏天叹了口气："那晚上我来接走'狼外婆'。"

如果实在不行，也只能把"狼外婆"放生了，她眼下自顾不暇，哪里还能照顾宠物呢。

各人都有各人的命，她是如此，猫亦然。

第二节课还没下课，夏天的妈妈林韵华便气冲冲地来到了学校，将夏天从课堂上揪了出来，指着她的鼻子破口大骂——

"你这个小没良心的东西，把你婆婆害成这样！你还乱跑，把你弟一个人丢医院，我怎么生了你这么个白眼狼！"

夏天见她在走廊里大吵大闹，闹得班上同学都没法上课了，纷纷探头在窗边观望，也真是丢脸至极。

她转身就要跑，林韵华一把拉住她："你还敢跑！你能跑到哪里去？天涯海角我也把你抓回来！"

林韵华将女孩揪到墙角，狠狠地捶打她。

夏天耳朵嗡鸣作响，脸颊也涨红了。

林韵华打她倒没有夏仁下手那么重，但她还是感觉到阵阵屈辱和不堪，因为她用余光扫到了好多同学都在围观看戏。

不，绝不……

她心底升起一股勇气，猛力推开了林韵华。

或许是一瞬间爆发出来的能量实在巨大，林韵华被她推得后退了几步，险些摔跤。

她难以置信地看着眼前的夏天，仿佛不认识她了似的——

"你……你反了你这……"

"我没有做错任何事。"夏天急促地喘息着，愤怨地望着她，"你不能打我。"

"你把你婆婆推倒，都骨折进医院了，你还不认错？！"

"你们在家里装了监控，监督夏皓轩有没有看电视，忘了吗？"夏天沉声说，"回去查查监控，就知道婆婆到底是谁推倒的，你们查过吗？"

林韵华一时语滞，她只听信了夏皓轩一面之词，自然全然信了他。再加上夏天这家伙昨晚一夜没回家，肯定就是心虚。

她强辩道："不管怎么说，你都有错！弟弟还那么小，他懂什么？！"

又是这套说辞，夏天听得耳朵都要起茧子了："是，我有错，身为女孩就是我最大的错误，你要说的不就是这个吗？"

林韵华一下子不知道该怎么反驳，看着周围这么多年轻的男孩女孩，围观着她，那眼神……也宛如审判一般。

她也要脸。

就在这时，班主任周平安听闻消息，匆匆忙忙赶了过来："夏天妈妈，有什么话来办公室说嘛，不要在这里影响我们正常的教学工作。"

林韵华恶狠狠地瞪了夏天一眼："来办公室，老娘好好跟你掰扯掰扯。"

夏天却拒绝了她："我要上课了。"

"你……你说啥？！"

"比起听你给我掰扯这些姐姐就是要让着弟弟的话，我宁愿坐在教室里接受真正的教育。"说完，夏天转过身朝教室走去。

所有人都在凝视她,这些眼神里有的是吃瓜看好戏,有的是鼓励,也有人唯恐天下不乱……

每个人都盯着她,除了……徐不周。

他低头解析着一道数学题。

黑眸如水,笔在细长漂亮的指尖转了一个圈。

夏天回到自己的位子上,低着头,消化着心里翻涌的情绪。

乔跃跃连忙抱了抱她,安慰道:"宝宝,你今晚可以去我家。"

她摇了摇头:"我不可能永远不回去。"

她还没有力量,无法独立地在这个充满危险的世界里生存,除了回到那个冷冰冰的家,别无选择。

但好在……不需要忍耐太久了。

高考以后,不管她考个什么样的大学,都可以远远地逃离这个家了。

她一定会远离现在的城市,去北方、更南的南方、任何地方……届时天高任鸟飞,她会实现她的梦想,得到自由。

今天这事,她的脸都丢尽了,但是想想也能释怀,毕竟过去丢人的事情可不少。

她有这样的弟弟和父母,已经不是新闻了,全校皆知。

她要学会自我释怀,与这个世界和解,否则就真的只有死路一条。

夏天闷闷不乐地上着自习,几分钟后,有个小纸团丢到她的桌上——

"夏天,不要怕,冲呀!"

"女儿当自强。"

"加油哦!"

"你要是没地方去,欢迎来我家小住。么么哒。"

…………

夏天看着字条上同学们写下的鼓励和温馨的话语,感动得几乎热泪盈眶。

之前妈妈揍她、骂她,她都不哭,一滴眼泪都不会掉。

但现在,她真的有些绷不住了。

班上的同学其实并不都在看她热闹、嘲笑她，他们中也有很多的人，同情她，也愿意理解她。

夏天将字条粘在了她的课桌左上角，作为鼓励她前行的力量。

而字条的最后一行，夏天发现了徐不周漂亮的字迹——

"猫我养了。"

…………

傍晚时分，乔跃跃生拉硬拽，将夏天拉到了篮球馆训练。

徐不周也在，他穿着一件黑色篮球衫，坐在第一排的观众椅上，双手展开搭着椅背，手臂皮肤呈冷白色，肌肉结实而流畅。

而他身边坐了一个女孩，女孩身材高挑显瘦，黑长直的发型，刘海很温柔，五官柔美，看起来属于很安静的类型。

两人低声说笑着，女孩凑近他说话，徐不周会迁就她的身高，微微垂首，狭长的眼角也勾着笑，很撩人。

夏天抽回了视线，默默地来到篮球架下。

乔跃跃拍着球来到她身边，低声道："欸，让你主动些，你不好意思，看吧，这女生天天来找徐不周聊天，估计过不了多久，两人就会走到一起，错过机会了吧。"

夏天闷不吭声地捡起篮球，拍了拍，篮球滚到了一旁。

她又忍不住望了那女孩一眼。

她很漂亮，是一眼就能看得出来的漂亮，而且身材也很好。

自己呢，平凡又普通，徐不周连她的名字都记不住。

她不是错过机会，是根本没有机会，所以还是不要让自己难堪了。

"我不追他。"夏天说。

"就你这样搞暗恋，十有八九没机会，追徐不周的太多了，他挑都挑不及，怎么可能主动？"

"没关系，他帅，成绩又好，追他的多很正常。"

"你啊，你这闷货。"

乔跃跃恨铁不成钢地戳了戳小姑娘的脑袋，然后走到观众席边，冲台上的徐不周道："喂，让你加入篮球队，不是来闲聊的，聊天聊够了吧，下来打球。"

徐不周似乎心情还不错，没和乔跃跃计较，起身溜达着走下了观众席，接过乔跃跃递来的篮球，转身一个三步上篮，动作流畅轻盈，篮球顺利入筐。

男生们立刻叫嚣："好球！"

谁都看得出来，徐不周的技术已经属于顶尖水平了，篮球在他手里那简直跟玩儿似的。

连乔跃跃都不禁感慨，就他这样的，成绩好、颜值高、家世不凡、篮球水平直接封神……难怪追他的女孩前赴后继。

别说夏天了，连她这个不解风情的铁汉搞笑女，都禁不住心动了。

喀喀，不，比起男人来说，还是闺密更重要。

乔跃跃冲徐不周喊道："徐不周，队长给你分配一项艰巨任务啊。"

徐不周起身跳投，漫不经心道："说。"

"你篮球打得这么好，负责带带新人呗。"

徐不周停下投篮，顺着乔跃跃手指的方向，偏头望了过去。

夏天动作生硬地拍着球，没拍几下，球就滚走了。

似察觉到徐不周在看她，她将篮球抱在胸前，眨巴着眼睛，不知所措地站着。

徐不周单手抓着篮球，走到夏天身边，身上带着几分运动之后燥腾腾的热意。

夏天顿时脸红了。

好在……她也运动了，所以就算脸红也不怕。

"喂，想学篮球？"

"嗯……"

徐不周也没废话，开门见山道："如果你想学，我就教，如果没太大兴趣，那就没必要浪费两个人的时间。"

夏天知道徐不周的脾气，他的确不会在无谓的事情上浪费时间，这是他一贯的行事作风。

她犹豫了几秒："算了，我不学，我很笨，没有运动细胞。"

徐不周点头，转身自顾自地投了篮。

夏天不再打扰他，转身准备离开。

不是她不把握机会，只是这样的机会对她来说……真的没有意义，她越是和他接触，就陷得越深。

不可自拔。

最后独自饮泣的……还是她自己。

忽然，徐不周开口问："为什么要借《风沙星辰》？"

夏天步履一滞，转身望向他。

少年上篮之后，顾长的双腿稳稳落地，偏头问道："那天在图书馆的女孩，是你吧？"

"你不是脸盲吗，还记得哦。"

"你在我面前狂刷存在感，很难不记得。"

夏天撇了撇嘴："我又不是故意的。"

谁知道就这么巧，每次都遇着他。

徐不周的嗓音清润而低醇："回答我的问题。"

她低头想了想："我也想当飞行员。女飞行员，像《风沙星辰》的作者一样，在沙漠里看满天星星。"

"他的飞机坠机了。"

"如果能拥有一秒钟的自由，就算下一秒死亡又何妨？"

徐不周沉默了，深深地望着面前这个女孩。

这是他第一次……如此认真而仔细地打量她。

她不是那种漂亮到让人一眼难以忘怀的姑娘，但她漆黑的杏眸里涌动着某种力量。

温柔、无害、坚韧……

徐不周的心像被什么捏了捏，侧过视线，轻拍着篮球："当女飞行员可不容易。"

"人总要有目标吧。"

"那你要好好提升体能才行，个子也要再长高一些。"他将篮球扔给了她，"从今天开始，每天放学都要过来练，打篮球可以长个儿。"

夏天诧异地望着他，心都要飞起来了。

"先练拍球，拍五十个不要断，练好了我再教你投篮。"

她心脏扑通扑通地狂跳着，按他的话，认认真真地拍着球。

但对于她这样的新手来说，拍五十个谈何容易，加之在徐不周的灼灼目光下，夏天又紧张得不行了，没几下，篮球就脱手而出，拍飞了。

徐不周耐心地捡起来球，扔给她："不要中断，继续。"

她继续拍着，没几个又飞了，如此反复几次后，夏天泄气地说："不行，徐不周，五十个好难。"

徐不周轻笑道："看来，需要惩罚措施才行。"

"啊？"

徐不周站在她身边，看着小姑娘生涩的拍球动作，轻笑道："如果中断了，罚你……去给我买瓶水。"

…………

夏天居然真的乖乖去给徐不周买水了。

这姑娘……

他随口的玩笑话，没想到她会这么实诚，这样一来他不好好教她，似乎都有点不好意思了。

徐不周单手抠开薄荷糖盖子，仰头嗑了一枚。

这时，默默观察许久的陈霖来到徐不周身边，乘其不备，顺走了他手里的篮球——

"你不是一贯不爱碰这种容易较真又认死理的学霸妹？"

徐不周夺回了陈霖手里的篮球，转身一个跳投："关你啥事？"

"你又不喜欢她这类型，不喜欢就别碰，万一人家认了真，你甩都甩不掉。"

"陈霖，平时没见你话这么多。"

陈霖想了想，又说道："你不是想要我的NBA球星签名篮球吗？这样吧，打个赌，你要是能跟她好好相处三个月，我把我的篮球给你。"

"无聊。"徐不周翻了个白眼，"我犯不着为了一颗球，浪费三个月去讨好女生。"

"那这样呗,一个月,怎么样?"

陈霖只想让夏天赶紧死心,因为得不到的永远不甘心。

她没有和徐不周在一起过,根本不知道这人有多少毛病,等她知道了,就会明白他根本不适合她。

然而,徐不周仍旧拒绝:"没劲。"

这时,夏天重新回了篮球馆,偷偷摸摸地从衣兜里摸出饮料,藏在宽敞的校服袖子里。

徐不周走到她面前,她做贼一般将他拉到角落,把瓶子塞进他的裤子兜里。

在接触的刹那间,徐不周的手伸了过来,两人的指尖猝不及防地碰了碰。

夏天的心脏就像被电击似的,战栗的余韵瞬间遍布了全身,酥酥麻麻。

"谢了。"

徐不周的手指尖勾勒着兜里水瓶的轮廓,顺手抽出了手机,漫不经心道:"加个微信,我把钱转给你。"

夏天捡起了座位上的帆布单肩包,摇了摇头:"我没有手机。"

"哦。"徐不周身上从来不带零钱,他顿了顿,"明天还你。"

"没事。"

"没事?"少年漂亮的桃花眼勾了勾,"那不还了。"

夏天很老实地说:"你教我打球嘛,就当是学费。"

徐不周没说什么,只是用深邃的黑眸注视着她。

她根本连和他视线接触都不敢,侧脸看着旁边,哪怕盯他一眼,都小心翼翼犹如警惕的小兽一般。

喜欢徐不周的女孩太多了,徐不周对此没什么感觉。

夏天这种类型的他没接触过,倒也……不讨厌。

不过正如陈霖所说,她这种一看就是较真认死理的女孩,这种女孩……后劲儿太大了,他不敢轻易招惹。

徐不周没多说什么,拎着球回到篮球场,和一个男生玩起了 solo 赛(一对一比赛)。

夏天背着书包走出体育馆，微凉的秋风吹拂在她红扑扑的脸蛋上。

今天她和徐不周说了好多话。

像……在做梦。

越靠近家，夏天的步履越沉重。

路过楼下副食店，正在嗑花生看电视的佘朗望见走路慢吞吞的小姑娘，连忙叫住她："夏天，你爸回来了，你婆婆的事情可仔细啊。"

"嗯，我知道。"

佘朗很热心地说："别怕，要是有什么事你就来找叔叔，叔叔保护你。"

夏天眼睛微红，心里很感动，佘叔叔一直很关心她，甚至有时候比她爸爸还关心她。

有时候她甚至在想，如果他是她爸爸……就好了。

"谢谢佘叔叔。"

佘朗从冰柜里拿出一罐可乐，递给她："拿去喝。"

"不了不了，谢谢佘叔叔，我不喝。"

"哎呀，你跟我还客气什么，快拿去喝。"

夏天不会一再地接受他的好意，赶紧拒绝了，匆匆跑回了单元楼。

佘朗目送着女孩远去的倩影，一直到她消失在楼道间。

他舔了舔唇，心痒痒的。

父亲夏仁出差回家了，脸色冷沉，坐在沙发上抽着烟。

母亲也坐在椅子上，夏皓轩窝在她怀里撒着娇，婆婆因为骨折坐上了轮椅，腿上还打着石膏。

他们都在等着夏天回家，如三堂会审一般。

夏天默默地放下了书包，去阳台上拿了一个衣架过来，搁在了夏仁面前。

老规矩了。

夜间，家里人都沉沉睡去了。

她独自坐在飘窗上，抱着膝盖，看着窗外那一堵厚厚的墙，星光是半点都无法落下来洒在她脸上的。

夏天手臂上有一条条瘀青，轻轻碰一下，都疼得厉害。

这当然是父亲的杰作，比起拳打脚踢，用衣架抽不会落下什么严重的伤，瘀青过不了多久就会消散。

夏天从来不觉得自己是多么不听话、讨人嫌的小孩，恰恰相反，比起任性骄纵的小皇帝夏皓轩来说，她的行为已经很规范了。

所以她不常挨打，比起这个，父母更喜欢用言词"暴力"她，不过这些都能忍受，她捂着耳朵不听不看，内心就能保持平静。

今天这一顿打在劫难逃，毕竟婆婆都摔骨折，坐上轮椅了。

就算他们看了视频，知道这一切都是夏皓轩干的，但他们也不可能对他们的宝贝疙瘩动手。

夏天倒还能想得开，毕竟……是她毁掉夏皓轩的玩具在先，不算完全无辜。

只能这样想，否则，她无法情绪自洽，承认因为自己是女孩就要承受更多不公。

真的好不甘心。

她将脑袋靠在窗户玻璃上，抬头望着黑墙之上那一条缝隙般的夜空。

忍耐……除此之外别无他法。

一切苦难都会过去，她也会好好长大，考上大学，逃离这个令人窒息的家庭。

夏天翻开了手账本，在新的一页写上——

"每天都要练球，长高，锻炼身体，成为女飞行员。"

想到今天徐不周教她打球的事情，女孩嘴角情不自禁地浮现了笑意，身体的疼痛似乎也烟消云散了。

这样美好的记忆，是值得珍藏在脑海中，时不时拿出来细细回想的。

这是唯一能宽慰她灵魂的东西。

想起他主动说要加微信给她转账的事情，夏天蹑手蹑脚走出房间，从柜子里取出了老人机，重新下载了企鹅软件，登录了自己不常用的那个企鹅号。

这次，有令她心脏扑通乱跳的消息传来。

风已成为你的好友。

夏天的手颤抖地移动到了少年的企鹅头像上，轻轻戳开对话框，她给他发送的验证消息出现在了第一行的消息栏中——

Summer（夏天）："Hi，可以和你交个朋友吗？"

他同意添加好友已经是好几天前的事情了，当然他也没有主动和她搭话，也没有询问她是谁。

她的QQ名是Summer，但她不怕徐不周猜到是她，一则他可能都不记得班上有个叫夏天的女孩，每次叫她都是哎来哎去的，他是真的不记名。

二则叫Summer的网友多了去了。

她鼓起勇气，主动给徐不周发了一条消息："风，你好。(可爱.jpg)"

徐不周回得倒也很快："哪位？"

Summer："网友而已，你不认识我啦。"

风："你认识我？"

Summer："不认识，我随便添加的，你的名字叫风，我很喜欢。"

夏天打完这几行字，徐不周便没有再回她了。

她看着自己这段烂透了的发挥，简直想把脑袋撞进墙里。

像个……脑子不好的人。

夏天猜测徐不周把她删掉了，肯定删了，他不可能这么无聊到和网上的奇怪网友瞎聊天。

她将手机搁在桌上，不再胡思乱想了，翻出教辅练习册做题。

半个小时后，手机居然嗡嗡地振动了一下。

风："刚刚在洗澡。"

夏天兴奋得直接扑到了床上，结果她手臂上的瘀青碰到了床栏杆上，疼得她龇牙，她赶紧回复——

Summer："嗯嗯，我在写作业。"

风："高中生？"

Summer："嗯，你呢？"

风:"一样,你哪里人?"

Summer:"C城,我添加的同城好友。"

风:"哪个学校?"

她想了想,胡乱编了个全城最好的私立学校:"嘉淇私高。"

那个学校的学生不仅成绩好,家境也好,有一次她在皇冠大扶梯上看到一男一女是嘉淇私高的,他们穿着很漂亮的制服,般配极了。

她很羡慕他们。

风:"想和我聊什么?"

夏天的心脏怦怦怦就没停过,绞尽脑汁地想着话题。

Summer:"你有什么兴趣爱好吗?"

风:"怎么,相亲啊?"

"……"

夏天窘得红了脸,脑袋埋到了大屏手机上,真的尴尬死了。

这时,徐不周给她发了一张猫的照片。

风:"我的猫。(图片)(图片)"

夏天放大了照片,看到"狼外婆"正窝在少年的手边,脑袋正顶着他细长漂亮的手。

它脖子上好像套了一个驱虫圈环,圈环上还吊了很漂亮的樱桃毛线球,可爱极了。

徐不周将它照顾得很好,但猫也的确太丑了,全身麻色,眼珠子还不聚焦,一只眼睛往右,一只眼睛往左。

Summer:"啊,好可爱。"

风:"绝世丑猫。"

"……"

Summer:"它叫什么名字呀?"

风:"星星。"

什么嘛!

夏天心里暗想,人家明明叫"狼外婆"!居然把名字都改了。

不过想想,徐不周收养了它,改名字很正常。

这些都不重要，只要"狼外婆"能有一个家，就很幸福了。

Summer："你都说它是绝世丑猫了，为什么还要收养，去买一只宠物猫不是更好？"

风："它的小主人哭着求我，都要跪下了，不养不行。"

"……"

夏天发现这男人的嘴，真的好欠啊！

她哪有哭着求他！

风："我要休息了。"

夏天连忙问："下次，还能和你聊天吗？"

风："不一定准时回。"

Summer："嗯！晚安。(月亮.jpg)"

风："晚安。(图片.jpg)"

他最后的那张图片，是用"狼外婆"做表情包的晚安图。

夏天将图片保存了下来，抱着手机，心里甜丝丝的。

今晚发生的一切，宛如星星一般坠落在了她的梦境，她真的好开心，好幸福啊。

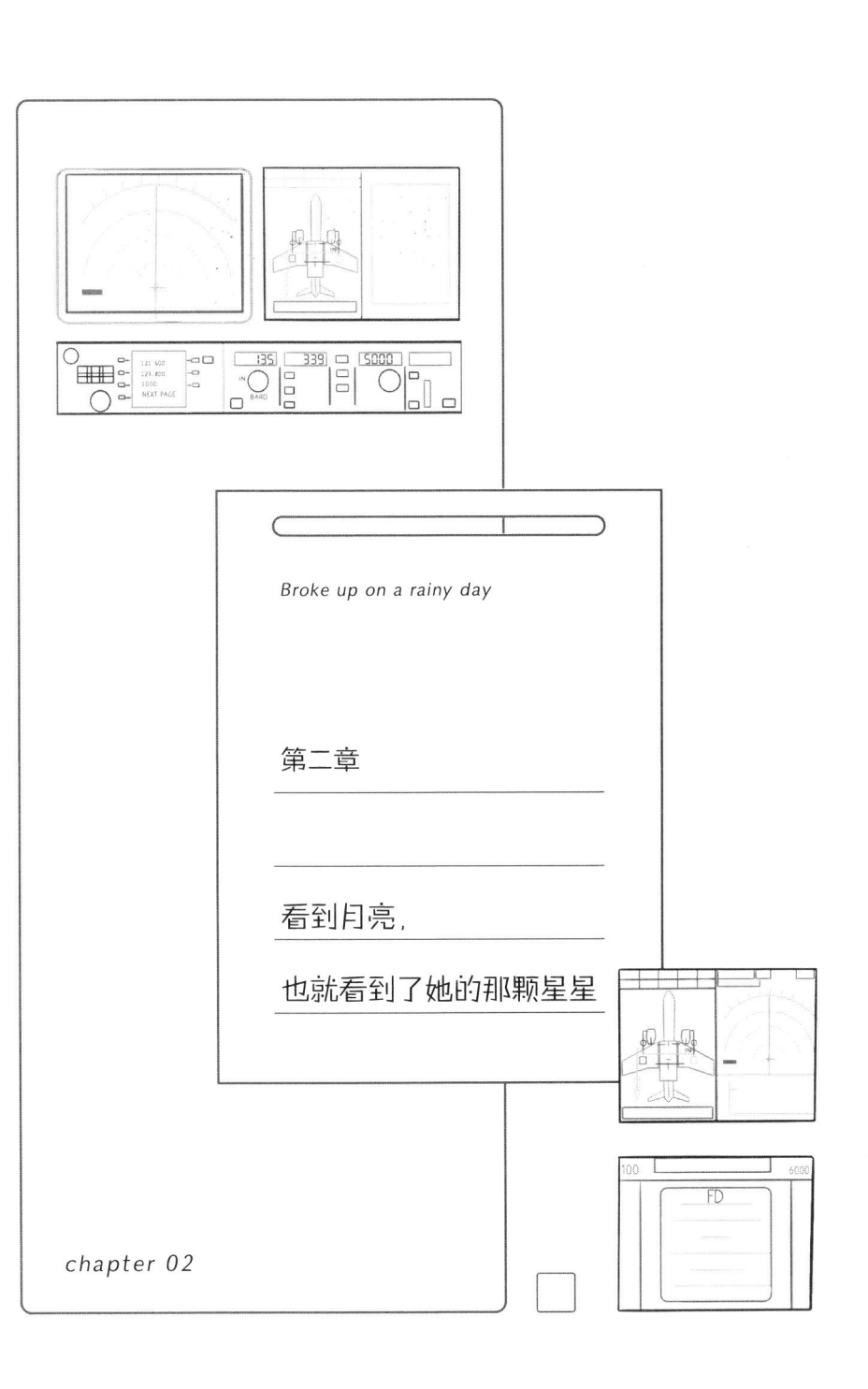

Broke up on a rainy day

第二章

看到月亮，

也就看到了她的那颗星星

chapter 02

练球的时候，夏天特意穿了件白色的长袖T恤，遮掩住了手臂上的瘀青。

队长乔跃跃一边拍着球，一边说道："下周我们班有篮球赛了，大家要打起精神来哈！男生女生都要上，男生上半场，女生中场半小时，接着男生又顶下半场，因为是配合赛，女生们这段时间要抓紧练习了。"

本来夏天以为自己只是打个酱油，锻炼身体罢了，没想到乔跃跃居然也把她的名字加进女生篮球队里了。

"乔跃跃，不行啊，我才练几天呢，怎么能上场？我根本不会。"

"我们班女生队人数刚凑齐，连个替补都没有，你说你上不上吧？"

夏天："……"

她拍了拍垂头丧气的夏天的肩膀，笑着说："不怕，你篮球教练那可是全校公认的顶级选手，颜值高技术好，你的好日子在后面呢。"

"……"

的确，在徐不周的训练下，夏天已经学会了带球跑和投篮，投篮能不能进，这就完全看运气了，准头不太高。

既然已经赶鸭子上架了，她也不得不认真对待。

徐不周跟一帮少年练了球，照例会过来和夏天练几分钟："今天教你上篮。"

"上篮？可我个子不够高啊。"

"用手腕的力量将球托进去，矮没关系，这个动作容易长个儿。"

说完，他示范了一遍，肌肉线条无比流畅的手臂轻而易举地将篮球托了进去："力量都用在手腕上，试试。"

夏天试了试，结果还没跳起来，篮球就从手里一滑，滑到了徐不周脸上，险些砸到他挺拔的鼻子。

"……"

"哎呀！"她吓了一跳。

幸而徐不周手疾眼快，挡开了篮球，不满道："你上篮还是砸我？"

"对、对不起！"夏天脸颊红透了，都不敢看他。

就在这时，球馆门口，有男生喊了声："徐不周，有人找。"

夏天回头，看到梁嘉怡正站在入口通道上，望着徐不周。

她已经换下了宽松的筒子校服，穿着一件米色小香风复古连衣裙，发型也经过了精心的梳理，空气刘海配很可爱的蛋卷发，随性自然。

夏天作为女生，看到梁嘉怡这模样，都忍不住会心动。

她真的好漂亮啊。

球场里的男生见了梁嘉怡，都忍不住吹起了口哨，知道她是来找徐不周的，纷纷起哄："和好和好，哈哈哈。"

"几天不见，变得太漂亮了吧。"

梁嘉怡望着徐不周，清澈的鹿眸闪烁着水光："徐不周，出来一下可以吗？我有话跟你说。"

徐不周扔了篮球，穿上了一件外套，戴着连帽，跟着她走了出去。

夏天抱着球，心里空荡荡的。

不知道会不会和好。

徐不周对梁嘉怡好像特别心软，上一次她揪着他衣角哭……就和好了。

如果和好了，她就不叫徐不周教她打篮球了。

夏天漫不经心地起跳上篮，没想到这一次居然进了。

她愣了愣，看着篮球稳稳入筐后落地，蹦了一下，滚到了没有人的角落里，就像她的心。

乔跃跃去外面侦察了一下情况，跑回来拉着夏天，匆匆跑出了篮球馆："跟我来。"

"啊？"

"来！"

她不等夏天反应,攥着她来到了篮球馆外走廊尽头的楼梯口,躲在墙后面,偷偷观察着楼梯转角的情况。

徐不周和梁嘉怡就在楼梯转角口聊着天。

夏天觉得偷听别人说话真的特别不好,转身想走,乔跃跃连忙拉住她,让她待在这儿。

"别这样。"

乔跃跃做了个噤声的手势,按着夏天的脑袋,和她一起朝着楼梯口走去。

徐不周懒散地靠在楼梯扶手上,清冷的眉眼压在帽檐下,侧脸线条流畅。

阳光透过天窗落下来,照在他白皙的手臂上,指尖反复轻弹着褪色的木质扶手,似乎不太耐烦。

"有事快说。"

"徐不周,你现在连这点时间都不愿意给我了吗?"

"训练时间很紧,徒弟还在等我。"

乔跃跃回头,意味深长地望了夏天一眼,对了个口型——"徒弟欸"!

夏天的心都揪紧了,目不转睛地盯着他们。

"徐不周,我真的知道错了,不该偷拍你。"梁嘉怡仍旧像上次那样,攥住了他的衣角,泪眼婆娑,"能不能原谅我这一次,最后一次了。"

"不能。"徐不周嗓音很冷淡,"别哭哭啼啼的弄得跟拍戏似的,让人尴尬。"

"求你了,徐不周,没人比我更喜欢你了。"

徐不周的耐心终于彻底耗尽了,踱步下了楼梯。

梁嘉怡追了过来,挡在他前面。

"徐不周,这个世界上没有人比我更喜欢你了……"

说罢,她踮脚想吻他,但徐不周偏了下脑袋,没让她够到。

他嗓音冷淡——

"够了。"

梁嘉怡松开了他,她已经看出来少年眸中的冷意。

熄灭的灰烬不可能重燃,她做了不可挽回的错事,永远失去徐不周了。

"徐不周,你根本没有感情,你不配被人真心对待。"

她哭着跑下了楼梯,经过夏天和乔跃跃身边时,狠狠瞪了她们一眼。

这时候,少年溜达着下楼的脚步声传来。

"看够了?"

乔跃跃见势不对,拔腿就跑,分分钟就没了影。

夏天转身也想跑,不想徐不周已经过了转角,单手拎住了她的衣领:"怎么,你的球已经练得很好了,管起别人的闲事了?"

"没、没有。"她嗓音宛如蚊子叫,"对不起。"

徐不周将她拎回来按在雪白的墙上,夏天身型比他矮小很多,像个被他随意摆弄的布偶似的,让他钉在了墙上。

他英俊的脸庞凑近了她,使坏地在她耳垂边说话,有温热的气息拍在夏天身边:"耳朵这么红?"

"刚打了球。"

"哦。"

她用力挣开他,头低垂着,咬紧牙,一言不发。

徐不周由着她推开了,眼角微挑着,伸手将一缕凌乱的发丝别到她红得快滴出血来的耳后:"怎么,很关心我的感情生活?"

"不⋯⋯不是我。"夏天费力地解释,"乔跃跃拉着我来看的,我⋯⋯我陪她。"

"别说她喜欢我。"

"对。"

他笑了,薄唇勾起一抹痞里痞气的弧度:"那请帮我转告你闺密,就说我觉得她也挺有意思。"

夏天几乎一路狂奔回到了篮球馆,气喘吁吁。

乔跃跃看到她,心虚地扔了球,拎了书包就想跑,夏天拦住了她的去路,快被她气死了。

"你害死我了乔跃跃。

"丢下我就跑，算怎么回事？"

乔跃跃嬉皮笑脸地说："谁让你跑得慢，被发现了吧。"

"没关系，我都推你身上了，说你喜欢他。"

"啊哈？"

"他信了，你现在去跟他告白，应该能成。"夏天没好气地从观众椅上拎了帆布书包，走出体育馆。

乔跃跃追了上来，给她脑袋一个小小的暴栗："傻姑娘，就这么说吧，就算末世来临，全世界只剩了我和一条狗，徐不周大概会选狗。"

夏天被她逗笑了："你这么没自信？"

"不是自不自信的问题，我就不是他的菜，他也绝对不是我的菜，哈哈哈，你拉我当挡箭牌，太蠢了。"

"你这么了解他？"

乔跃跃用手肘戳了戳她："我看人很准的，夏天，你要是主动点，指不定真的能成，他抵抗不了你这款的……"

夏天才不相信她，一口拒绝："不去，被拒绝了连朋友都当不了。"

"你和他现在是朋友吗？"

夏天轻轻笑了笑，嘴角绽开一个清甜的小梨窝："我们是师徒。"

"瞧你那嘚瑟的样子。"乔跃跃伸手拦住了她，"他叫你一声徒儿，你还上天了。"

"哼。"

两天后，月考成绩下来，夏天仍旧是班级第一名，而徐不周紧随其后，这出乎所有人的意料。

徐不周是理科天才，数理化生每一科都能拿年级第一的好成绩，但他转到文科班，很多知识之前压根没机会学习，全靠自学，这次居然考了第二名。

看着这人平时也没怎么对学习太上心啊，下课看他翻书，基本看的都是课外闲书。

所以在学习方面，他真的所向披靡啊。

夏天很有危机感地对比了她和徐不周各科的分数。

语文、英语和政史她的分数比徐不周高，也只高一点点，而数学、地理，徐不周超了她十多分，遥遥领先。

总分，他只比她低几分。

夏天有了深深的危机感，这分数咬得太紧了，她毫不怀疑下次月考，徐不周一定会超过她。

当然，后排从来没有考过第二名的徐不周，看着压在自己前面的那个名字，眉心微蹙——

"夏天……"

穆赫兰观察着他同桌困惑的表情："敢问，您知道夏天是谁吗？"

徐不周："听着耳熟。"

穆赫兰咽了口唾沫："再问一句，您爱徒的芳名是……"

徐不周毫不犹豫道："乔跃跃。"

"……"

前排的夏天和乔跃跃同时无语。

穆赫兰还是不信邪，继续问："那咱们篮球队长的芳名是……"

"梁嘉怡。"

穆赫兰见他如此一本正经地说出来，不禁抓狂了："醒醒啊不周，别年纪轻轻就得了健忘症啊！"

"哦。"

徐不周耸耸肩，并没把这些事放在心上，继续翻着课外闲书。

夏天破天荒地回了头，望向后排那位英俊的少年。

"您还记得您爱徒的长相吗？"

徐不周没有褶子的眼皮微抬，睨了她一眼："徒儿，你也要跟着他们嘲讽为师？"

"哦，你还记得。"

"当然，几次三番把为师的脸当篮筐，这种劣徒……想不记得都难。"

"说了对不起的嘛。"

夏天吐吐舌头，不再多言，回过头却浅浅笑了起来。

乔跃跃一个劲儿冲她挤眉弄眼,似乎在鼓励她,表现不错。

这是夏天第一次和徐不周打嘴仗抬杠,她还挺开心的。

她不想一看到他就脸红了。

她想和他当朋友,从师徒关系开始。

晚上,夏天回了家。

爸爸不在家,夏皓轩又坐在毯子上一边看电视,一边玩乐高,作业也不做。

林韵华终于看不过眼了:"看看,皓轩,你成绩又下降了,一天到晚就知道玩玩玩,对学习要是有这些事一半的上心,还怕考不上好学校?"

夏皓轩根本不怕母亲,"哼"了声,背过身懒得理她。

婆婆也坐在轮椅上,搭着毯子看电视:"他爱玩,你就让他玩,听说这个玩具还能开发智力。"

"开发什么智力,他开发了这么多年,看看数学才考几分,这么下去怎么得了?!"

婆婆脸色冷了冷:"考不上就交高价读,有啥了不起的。"

听到婆婆说这话,林韵华瞬间来气了。

本来婆媳关系就很糟糕,加之这段时间老人骨折了,她也不得不放下自己的茶馆,每天在家里照顾老人,已积攒了诸多怨言。

现在老人又来插手她对儿子的教育,林韵华更是气不打一处来:"哪有钱嘛,你儿子一个月赚的钱还没我茶馆十天赚得多,哦,他要去上班了,把我丢在屋里,茶馆也开不了业,哪有什么钱嘛。"

"你这是怪我呢。"婆婆也阴阳怪气起来,"这是你的本分,女人就是要顾家。"

"我可以顾家啊,要是你儿子有本事的话,我还想好好享福呢。关键是他那点儿工资,连他自己的烟酒钱都不够吧。"

"你……这是你该说的话吗?"

"知道您不爱听,那我管教儿子,您也别插话啊。"

婆婆气得从轮椅上站起来了:"皓轩是我们夏家的宝贝疙瘩,你算老几,你管教他?"

林韵华简直要被婆婆气疯了,双手叉腰大骂道:"我是他妈,你说我有没有资格!"

夏天面无表情地走进屋,倚在门边,冷眼看着这场婆媳大战。

她以前在林韵华身上受的气,这会儿想必林韵华也从婆婆身上感受到了。

毒瘤一般的思想,一代又一代地延续和传承着,不知道何时是尽头。

夏天心想,如果她将来生了女儿,一定要好好爱她,把全世界都给她,一定不要让她受到半点委屈。

"月考成绩下来了。"夏天漫不经心道,"班级和文科年级第一。"

林韵华听到夏天的成绩,气得涨红的脸色终于稍稍缓和了些,揪着夏皓轩的耳朵:"看看你姐姐成绩这么好,有不会的题你去问她啊!你是儿子,也给我争点气啊,将来要是你姐姐比你有出息,我看你有什么脸!"

婆婆冷笑道:"她再有出息,还不是别人的人,我们家孙孙再没出息,也是我们夏家的宝贝孙孙。"

"妈,我教训儿子的时候,您能不能别插嘴了?!"

林韵华也是被婆婆气着了,两人又开始拌嘴。

夏天从柜子里拿了手机,回了房间,锁上了房门,把一切尘世喧嚣都阻挡在了外面。

只有她这一方小天地,才是最安心的所在。

她戴上耳机,在手账本上写下一行字——

"我不是谁家的人,我是我自己的,谁都没有干涉我的权利。"

聊天软件一直登录着,手机搁在手边,她开始写作业。

零点刚过,她合上了教辅书,又望了望手机,心里隐隐有些失落。

风从来不会主动找她。

她觉得自己总这样主动打扰,特别不好,但是她真的好希望和他聊天,看到他的头像跳动,她的心都会跟着跳动。

这种感觉,让人上瘾。

夏天还是主动和他打招呼。

Summer:"Hi，风，在做什么？"

五分钟后，他才回复她："听音乐。"

不等她具体询问，徐不周便将音乐链接分享给了她。

夏天连忙戴上耳机倾听着，那是一首英文歌，萨克斯的曲风很温柔，歌手嗓音懒洋洋的，催人入眠，像冬夜里的围炉夜话。

她毫不犹豫地收藏了这首歌。

风："你喜欢什么音乐？"

夏天分享了一首《黑色毛衣》给他。

风："也是老歌。"

Summer："老歌才经典。"

风："喜欢这首？"

Summer："做个白日梦，我希望有一天能听到喜欢的人唱《黑色毛衣》给我听。"

风："有喜欢的人？"

Summer："嗯，喜欢了很久。"

风："他是什么样的人？"

Summer："他是我的英雄。"

风："哦？"

夏天见他一直在问问题，似乎还蛮感兴趣，她的心脏扑通扑通地跳动着，胆子也肥了些。

他不可能知道她的身份，他们只是网友，现实中相互不认识才可以随意畅谈。

Summer："他救过我，那次我差点死。"

风："报恩？"

Summer："才不是，他很优秀，值得被任何人喜欢。"

风："有喜欢的人，还在网上乱找人聊天，怎么不找他？"

Summer："他不认识我啦，很多话不敢对现实中的朋友讲，能认识一些网友也蛮好的。"

风："嗯，同感。"

夏天觉得自己真的好犯规，她穿着马甲，徐不周不知道她的身份，但他却……完完全全暴露在她视线里呀。

心里的毒蛇蠢蠢欲动地吐着芯子，夏天的指尖颤抖着，编辑了一行字，发送——

"风，你有喜欢的女孩吗？"

风："没有。"

她耳朵里像撞着钟，一下又一下地轰鸣着。

Summer："风，如果哪天你有喜欢的女孩了，请第一时间告诉我。"

风："为什么？"

Summer："我不和别人的男友聊天啦，网聊基本操守。"

风："好。晚安。"

Summer："安。"

校内篮球赛拉开帷幕。

文科（一）班和理科（一）班对决，理科班男生显然要多很多，所以他们的替补比文科班更充足。

当然，从概率学上来说，他们班篮球打得好的也比文科班更多些。

以前的几场篮球赛，基本文科班就是垫底了。但这次因为徐不周的加入，胜算还真说不准。

夏天和乔跃跃一起来到了人头攒动的篮球馆，先去了走廊尽头的女更衣室换球服。

乔跃跃订的宽大的红色篮球衫并不适合她，她太瘦了，所以特意穿上了打底的白色吊带抹胸，避免走光。

她回头看了眼乔跃跃，这姑娘发育得比她好，无论是体态还是身高，乔跃跃都更像一朵青春期绽放的饱满花骨朵儿。

夏天又看看镜子里的自己，笔直细长的双腿，瘦削单薄的肩膀，腰肢更是纤细不已。

她不禁叹了口气，乔跃跃这样的体格，当女飞行员肯定没问题，她就悬了。

乔跃跃见她盯着镜子里的自己叹气,笑着伸手抓了她一把:"羡慕我啊?"

"哎呀!"夏天被她弄得红了脸,转过身去。

"我已经订了最小号的球衫,你这小身板都撑不起来。"

"哼!"

换好了衣服,女孩们说说笑笑地走进了篮球场馆。

在文科(一)班这边的休息区,徐不周站在人群中,正和少年们商量着战术和走位。

他皮肤本就冷白,穿上红色的篮球衫越发显得鲜明漂亮,肩背挺拔,骨骼带着少年特有的硬感,手臂肌肉饱满而适度,不会显得野蛮,但也并不文弱。

夏天一抬头,正好迎上他扫来的眸光,如雨后岩壁上的青苔,鲜明而清晰。

电光石火的刹那对视,两人同时自然移开视线。

夏天的心脏怦怦直跳,低着头,压着表情,跟乔跃跃一起走到休息区,和篮球队女生坐在一起。

徐不周打篮球的风格很野,一上场几乎就是碾压之势,不管是体力还是爆发力,没有男生能拦得住他,尤其是他三分线外的远投,命中率极高。

每每投中,场内外都是一片欢呼,女孩们的尖叫声几乎要掀翻屋顶了。

徐不周是易汗体质,跟洒水似的,一个转身就会有汗珠子滴落。

他也时常捞起衣服来擦脸,隐约看见板块状腹肌,还有蜿蜒而下的人鱼线,荷尔蒙爆棚了。

夏天见乔跃跃正在用手机拍照,于是侧过头盯着屏幕。

乔跃跃猜出了小姑娘的心思,笑着说:"哎呀,知道了知道了,给你整个特写。"

说罢,在下一次徐不周带球经过的时候,她冲他大喊:"徐不周,看这里。"

徐不周果然听话地回头了，嘴角挑了挑，镜头拍下了他痞坏的笑意。

"我天！"乔跃跃盯着手机屏幕，看着照片里少年英俊的脸庞，"这人……太配合了吧！"

夏天酸溜溜道："我说过呀，他对你蛮有意思的。"

"啧啧啧，这醋劲儿，飘远了啊！"

"才没有呢。"

四十分钟后，上半场比赛结束，徐不周给文科（一）班得了十多分。

下场的时候，很多女生都凑过来给徐不周送水，有本班的，也有外班的。

徐不周倒也没拒绝，挑拣一番之后，挑出了一瓶最想喝的青柠气泡饮料，对送水的女孩笑了笑："谢了。"

那个女生像中彩票似的，一个劲儿拉扯着同伴女生的衣领，开心极了。

乔跃跃揽着夏天单薄瘦削的肩膀："我打赌，如果你也在其中，他会收你的。"

"他不看人，只看水，想喝哪瓶收哪瓶。"

"这也太渣了。"

"他挺坦荡的。"

乔跃跃小白眼翻了起来："哎呀，这就护着了，让你主动些，又不肯。"

夏天摇头："为什么女生要给男生送水，就没见男生给女生送水的，我就不送。"

"你啊，你这安安静静、闷不吭声的，又不是天仙下凡，你想要的不主动点，还等人家主动呢。"

"我才不在乎。"

中间半场女生对战要开始了。

夏天紧张了起来，连规则都快记不得了。

乔跃跃拍着她的肩膀："哎呀，没有规则，只要记住一件事，别把篮球投到对面篮筐就是了。"

"好，我尽量……"

女孩们的体力比不上男生，所以比赛时长只有半小时。

队里女孩基本都是被乔跃跃赶鸭子上架的，水平都不太高。

一上场，夏天就因为操作失误，丢了两次球。

男生们着急了，眼看着女生队就要把他们好不容易拉开的距离又给拉回来了——

"哎，夏天怎么回事啊？！"

"你们仔细点啊！"

"他们理科班女生人数本来就不多，这你们都还打不赢啊！"

"别丢分了吧！"

他们越是这样，夏天压力越大，眼睛都红了。

乔跃跃怒瞪了他们一眼，拍着球说道："姑娘们，别理这帮臭男生，咱们按自己的节奏来，别慌。"

夏天紧张极了，她真的很怕因为自己球技不佳而影响全班的荣誉。

尤其是，这段时间徐不周还对她进行了一对一的训练。

她真的……真的太笨了，要辜负他、辜负所有人了。

夏天压力很大，眼泪都要掉出来了，回头望了眼徐不周。

他斜倚在椅子上，漆黑的眉眼压着，眼神寡淡，气定神闲。

似乎不管她怎么打，都无所谓。

他没有怪她，夏天稍稍平复了心绪。

在拿到乔跃跃的传球之后，她按照徐不周教她的技巧，拍着球，背过身，闪躲着避开阻挡的对手，来到了三分线外。

看准了周围没人，夏天决定拼一把，起身来了个三分线外的跳投。

眼看着篮球在空中划过一个漂亮的弧度，飞向了篮筐。

运气好，居然进了！

这是女生队第一次进球，男生们顿时兴奋了起来，大喊道——

"好球！"

"酷酷酷酷！就这么打！"

夏天耳朵红扑扑的，太阳穴也突突直跳。

她也没想到，自己随便一个乱投，居然进了，运气太好了！

在今天之前，她可从来没有投进过三分球啊！

她转头望了眼休息区，却见一直懒洋洋坐在椅子上的徐不周，缓缓站起身。

似乎知道她想得到肯定，少年双臂举过头顶，对她竖起两个大拇指——

"漂亮。"

靠着夏天的三分球，还有乔跃跃后半程的精彩表现，女生队给班级拉了一分回来。

虽然分数不多，但好在没有丢分，毕竟整个女生队都是乔跃跃生拉硬拽来凑人数的篮球"门外汉"啊。

在此之前，夏天从没打过球呢。

半个小时的中场赛终于结束了，一帮女生累得够呛，生活委员招呼着队员们，递来了矿泉水——

"辛苦了，快休息吧。"

有女生抱着队长乔跃跃："队长，我要死了，我真的要死了。"

"喝水喝水，哈哈哈，晚上我们去唱歌，庆祝一下。"

说话间，乔跃跃也从泡沫箱里取出一瓶冰冻的水递给了人群后面的夏天。

而与此同时，另一瓶矿泉水也递了过来。

夏天诧异地望过去，却见徐不周挑了挑眉——

"别喝冰的。"

那一瞬间，她全身的血液直冲头顶，耳朵也跟着红透了。

乔跃跃见状，"嗖"的一下，如鱿鱼般将自己的水抽了回去，笑眯眯拍了拍夏天的肩膀，转身离开了。

徐不周见女孩没有接，于是帮她拧开了盖子，重新递过来——

"刚刚打得不错。"

夏天终于接过了水，浅浅地喝了一口，用手背擦了擦嘴角："谢谢。"

很快，哨声吹响，男生队重新上场。

徐不周小跑着，指挥队员们站好自己的走位，接下来稳扎稳打，拿下比赛没问题。

夏天将那瓶水紧紧地抱在怀里，呆愣愣地坐在椅子上，思绪放空，心绪久久难以平复。

乔跃跃坐到她身边："妈呀，居然真的给你送水了，那家伙，可以啊……"

夏天忽然问："跃跃，你说他是不是也有点喜欢我？"

乔跃跃"扑哧"一声笑出声来，正要开玩笑说"是是是，他喜欢死你了"，但是偏头看到夏天如此紧张又郑重的模样，她稍稍冷静了些。

不该拿别人的真心来开玩笑。

"那个……你要听实话？"

"算了，你肯定要打击我。"夏天叹了口气，不敢听了。

乔跃跃耸耸肩，还是说道："多半还是师徒情深啦，你刚刚特别给他长脸。"

"也是，他还夸我打得不错。"

夏天点点头，压住了那些不该有的想法。

晚上，乔跃跃开了个包厢，请篮球队的同学们吃饭。

夏天先回家换了个衣服，本来也说不来了，但架不住乔跃跃三催四请，终于还是换上了一套小裙子，按照她给的地址来到了包厢。

无论多少人，她总能在人群中第一眼望见想要看见的那个人。

徐不周坐在沙发上，双腿敞开着，动作相当放松，狭长的眸子带着几分微醺，透着一股又痞帅又冷淡的劲儿。

他身边坐着一个女孩，穿着锃亮的黑皮靴和黑色连衣裙，脸庞白皙，正附在他耳边低声说着什么。

徐不周侧头倾听，嘴角勾起一抹肆意轻狂的笑意。

直到夏天推门而入，他抬起眼皮睨了她一眼，没什么情绪。

夏天认得坐在他身边的女孩，就是前几天一直来看他打篮球的理科班女生——唐芯意。

自徐不周和梁嘉怡闹翻后，她和他走得很近，追他的意思也特别明显。

但徐不周一直没答应。

夏天一进门，眼睛就被刺了下，假装不在意，坐在了沙发的另一端。

乔跃跃给她递来一杯橙汁，她接过，浅浅地喝着。

手足无措的时候，低头喝水是最好的选择。

"宝，你居然穿了裙子欸。"

"嗯？"

"不冷啊？"

"都买了大半年了，一直没机会穿，再不穿都浪费了。"

"也是哦。"乔跃跃点头，"下次我也把我那套穿上，我们一起去江边拍照。"

"好。"

徐不周的视线落到了沙发尽头的女孩身上。

她的坐姿很淑女，白皙的双腿并着，裙子勾勒着她小巧玲珑的骨架，头发随意地扎在脑后，几缕发丝垂下来，落在漂亮的锁骨上。

包厢里有电视和话筒，算是餐厅的特色。女孩眸光一直盯着前面的电视屏幕，一眼都没朝他这边看，像没看到他似的。

徐不周忽然觉得嗓子有点痒。

"欸，还记得我吗？"

夏天侧过脸，看到一个高个儿的男孩坐在自己身边，他蓄着平头，看起来脸形轮廓很野。

"怎么不记得啊，陈霖，我又没有健忘症。"

陈霖淡笑着，将果盘拎过来，用牙签给她串了片西瓜："你今天那个三分投得不错啊。"

"运气好而已，那是我第一次命中。"

"运气也是实力的一部分嘛。"

"谢谢。"

他见夏天如此局促，又问道："你以前很少出来聚会？"

"嗯，我不常出来玩，今天是乔跃跃说我不来就绝交。"

"这餐厅有点歌设备，要唱歌吗？"他拿着点歌的平板，"我帮你点一首。"

"不要了,我唱歌不好听。"夏天下意识地拒绝。

"随便唱一首。"陈霖已经滑开了屏幕。

"那……点一首《夏天的风》吧。"

"好。"

陈霖帮她点了歌,并且插队置顶,然后递来了话筒。

夏天红着脸,轻咳了一下,伴随着优美的旋律,轻轻地哼唱了起来。

"七月的风懒懒的,连云都变热热的,不久后天闷闷的,一阵云后雨下过。"

她的嗓音很有氛围感,带着某种特有的温柔的质感,宛如微风拂过发丝,撩得人心痒痒的。

徐不周看着唱歌的女孩单薄的背影,视线又掠到她身边的陈霖身上。

不知道为什么,心头升起一阵阵盛夏特有的烦躁。

他拎起玻璃杯,将半杯饮料一饮而尽。

唐芯意看他一直盯着唱歌的女孩,于是问他:"欸,徐不周,你要不要唱歌?"

"我想听你唱歌,要不你唱一首。"她接过了点歌的平板,"唱什么,我帮你点吧。"

忽然间,少年手里的玻璃杯蓦地扣在了桌面,发出一声重响。

唐芯意吓了一跳。

徐不周一个眼神都没给她,冷淡的嗓音传来——

"你很吵。"

唐芯意立刻起身离开,不再招惹他了。这人脾气坏得很,惹他上火了,这辈子就别想再靠近他了,梁嘉怡就是个例子。

后半程,徐不周独坐在沙发尽头,一杯接着一杯。

乔跃跃见气氛沉闷了下去,立刻拍拍手,招呼大家道:"来来来,来玩游戏啊。"

穆赫兰立刻来劲儿了:"什么游戏啊?"

"国王游戏啊,大家都玩过嘛。"

"来来来!"几个男孩立刻来劲儿了,纷纷围坐了过来。

乔跃跃去前台买了一副扑克牌,准备分发下去。

夏天拉了拉她的衣角:"规则是什么?我不会。"

乔跃跃知道夏天不常跟他们出来玩,所以耐着性子解释道:"我会把这些牌分发到你们手里,所有人都拿的1,2,3,4的正常牌,但有一个手里的牌是国王牌,拿到国王牌的人,就可以下圣旨,让拿到1,2,3,4牌的任何两个数的人,做任何事。"

夏天还有些蒙,穆赫兰又跟着解释:"哎呀,就是假如你拿到国王,你就可以指定比如1号和5号牌的人打一架,或者让他们一起唱情歌,反正任何事都可以啦。"

"懂了,谢谢。"

乔跃跃将牌分发了下去,每个人都小心翼翼地护着自己的牌,避免给周围人看到,尤其是藏在人群中的"国王"。

这时候,陈霖扬了扬手,露了自己的牌面:"我是国王。"

"哈哈哈,那你快下圣旨吧。"

他想了想,说道:"4号,去挠8号痒痒。"

"天呢!"在场女生脸色都变了,"太过分了吧!"

陈霖不怀好意地笑了起来:"这是圣旨。"

女孩们撇撇嘴,朝他投来鄙夷的目光。

好在拿到4号牌和8号牌的都是男生,两人只是嘻嘻哈哈地相互闹腾了好一阵。

结束后,第二轮的洗牌又开始了。

因为有了刚刚陈霖的"圣旨",这一轮女生们纷纷要求,如果不愿意遵守"圣旨",就喝饮料。

乔跃跃答应了,将牌分发了下去。

这一回的国王牌落到了穆赫兰的手里,却见他露出了不怀好意的笑容,只怕比刚刚陈霖的圣旨有过之而无不及。

"穆赫兰,你小心说啊!"

"不准提太过分的要求。"

穆赫兰铆足了劲儿要搞事情,抑扬顿挫道:"请6号和9号,就给我们表演个拥抱。"

此言一出,在场甭管男生还是女生,都沸腾了起来。

当然。除了6号和9号。

看热闹当然是让吃瓜群众最兴奋的事情啊。

"谁是6号和9号啊?"

"是你吗?"

乔跃跃摊了牌:"不是我。"

大家也都纷纷摊了牌,除了……

面如纸色的夏天,她的手都快把牌揪出褶子了,乔跃跃偏头望了一眼,看到她手里的牌面:9。

"6是谁啊?"乔跃跃好奇地扫向大家。

夏天已经下定决心了,不管6是谁,她都选择喝饮料。

直到徐不周将他的牌甩在了桌上,淡淡道:"我。"

夏天给自己倒饮料的手猛地一顿,难以置信地望向茶几尽头的少年。

徐不周也望着她,缓缓抬起了下颌,眉眼轻佻——

"徒弟,过来。"

夏天脑子都空了,一时间没反应过来,胸腔像风箱似的,呼啦呼啦地漏着风。

乔跃跃使劲儿拉了拉她的袖子,推着她走过去。

徐不周让开了自己身边的位置,让女孩坐了过来。

所有人摆好了兴奋的吃瓜群众的架势,甚至还有人摸出手机要拍视频。

乔跃跃见此情形,立刻收了众人的手机:"咱们这里的事,就别流出去了,不然谁敢来玩游戏。"

大家听这话也有道理,于是纷纷放下了手机,盯着徐不周和夏天两人,甚至有些女孩露出了歆羡的神情。

唐芯意的衣角都快让自己捏皱巴了。

夏天木讷地坐到了徐不周身边,他伸出手,自然而然地摩挲着女孩的下颌,轻轻抬了过来,看着女孩已经紧张得哆嗦的软唇。

她还没有拒绝，也没有主动提出认罚。

徐不周捏着她的下颌，贴近了她安静柔美的脸蛋，轻轻嗅了嗅。

女孩身上带着几分甜香，有点像奶糖味，是他喜欢的味道。

徐不周嘴角浅浅绽开："没挨男生这么近过？"

她点了点头。

"紧张吗？"

夏天紧张得全身都绷紧了，没有应他的话，只望着他近在咫尺的漆黑眸子——带着一股子坏劲儿。

众人又笑嘻嘻地提醒——

"抱紧点哦！"

"嘿嘿嘿嘿。"

他按着女孩的肩膀，将她直接一整个压倒在了沙发上。

在众人的视角里，徐不周是把她按在沙发上紧紧抱住，但他们只能看到徐不周的背影。

半分钟后，徐不周松开了她，众人紧绷的心也跟着一松。

女孩的头发都乱了，脸颊红得跟开水里烫过似的。

少年舔了舔湿润的薄唇，将手里的一张牌弹飞了出去，放纵又浪荡——

"行了。"

众人意犹未尽地望着这两人，而夏天一张脸都红透了也不敢抬头。

游戏结束之后，乔跃跃将夏天拉到了洗手间，抓着她的肩膀用力摇着："天哪！感觉怎么样？！"

夏天抿了抿唇，摇头道："他没用力。"

"什么？"

"只是借位而已，他没有贴上来。"

她回想着刚刚那令她灵魂都几乎战栗的半分钟，徐不周只是看着她的脸，和她保持着无比亲近的距离。

但他没有紧贴上她，只是借着自己高大的身体挡住了视线而已。

乔跃跃都要抓狂了，极度兴奋之后又一阵阵地失望："这……你们这也……大家都以为……他真是太霸道了，我的天。"

"好了,回家了。"

夏天在洗手间稍稍整理了一下头发,又用水拍了拍微烫的脸颊,平复心绪。

徐不周没有逾矩,如果他真的紧紧抱上来,夏天会害怕。

但那接近半分钟的时间,夏天什么都看不见,因为徐不周灌满了她的世界——他的呼吸,他的温度,他指腹粗粝的质感,他身上清冽的雪松气息……

那是属于夏天私人专属的半分钟,她拥有了那阵风。

观音桥外面的公交车站,秋风拂过,夏天感觉有些冷,不禁打了个冷战。

幸好,很快公交车便入站了,她赶紧上了车。

她没想到穆赫兰、陈霖和徐不周也跟着上了车,三个男生坐到了车厢的最后一排。

夏天记得他们的公寓和她家很近,步行十多分钟就能到,所以他们应该也要和她坐同一辆公交车。

因为刚刚餐厅包厢里的游戏,夏天有些小尴尬,没和他们打招呼,一个人站在车厢中部,握着栏杆,看着窗外飞速掠过的城市霓虹灯光。

下一个公交站又上来了很多人,车厢变得拥挤起来。

夏天挪到了窗前的角落,脑袋靠在了窗上,看着反光的影子发呆。

今晚的事,她还没能回过神来。

也许会失眠。

车厢似乎没那么拥挤,但夏天一直感觉有人在挤她。

身后是一个秃顶的瘦高男人,她回头和他对视了一眼,虽然不太舒服,但也没有多想,只能努力地往前挪着身子。

那个男人好像也跟着挪了过来,变本加厉地贴着她的后背。

夏天感觉到不适的那一瞬间,忽然后背一空,回头时却见徐不周不知何时走了过来,一脚就把那男人给踹飞了出去。

众人连忙让开,男人摔在地上,哎哟地叫着。

他沉着脸走过去，眼神阴沉冷戾，几拳揍在了秃顶男身上，疼得他蜷起了身子，连连求饶。

那是夏天第一次看到徐不周打架的样子，他绝大多数时候都是懒散疏离，但此刻的样子……宛如修罗索命般。

周围群众早就发现男人在对人家小姑娘做不轨事情，此刻被人揍了，也没有人来帮他，只用唾弃的眼神围观着。

夏天吓了一跳，连忙喊了声："徐不周！"

就在地上的男人翻身过来的时候，徐不周立刻脱了风衣外套兜住她，捂着她的眼睛，揽着她来到了车后排。

"穆赫兰，前面去。"

坐在窗边的穆赫兰立刻把自己的位子让了出来，徐不周让夏天坐到窗边的位子，自己坐在她身边，将她稳稳地圈在了保护区里。

夏天又抬眸望了望鼻青脸肿、匆匆下车的秃顶男，这才稍稍回过神来。

本来应该感到恐惧和恶心，但因为徐不周捂住了她的眼睛，她什么都没看到，所以也没有留下太严重的心理阴影。

"知道刚刚怎么回事？"他在她耳边轻声问。

夏天揪住了他披在她身上的冲锋衣，轻微点了点头，嗓音微哑："刚刚那个人是流氓。"

徐不周低头，看着女孩的百褶短裙，膝盖洁白而浑圆，紧紧并拢着。

旁边的陈霖也注意到小姑娘今天特意给自己打扮过，还穿了条小裙子，于是好心提醒："你穿这玩意儿，太招流氓了，晚上出门，别穿这么短的裙子了。"

夏天点了点头。

但过了会儿，她闷闷地说："又不是我穿裙子的错。"

徐不周微微一怔，望向身边的女孩，她看似温柔的眼神里，带着几分倔强和坚韧。

是，不是她穿裙子的错。

她有权利在任何时候穿她喜欢的漂亮裙子。

他给自己戴上了耳机，漫不经心道："跟着为师好好练球，锻炼身体,以后自己也能解决流氓。"

"好。"

夏天低头不敢接触他的视线,眸光下移,落到了少年的右手上。

他的手指颀长,骨节分明,手背有几条淡青血管,拇指和手背连接处有一颗殷红的痣,莫名给人一种性感的味道。

陈霖阴阳怪气地说:"还真是师父、徒弟玩起来了,你俩关系有这么好?"

徐不周神色倦怠,道:"关你什么事?"

"那你记得她叫什么?"

"知道。"

"叫什么。"

"不想回答。"

"连人家名字都不记得,还装什么关心。"

"因为我是渣男。"

陈霖望向了夏天:"你听到了,他自己都承认了。"

夏天:"……"

她一句话也不想回应。

关于徐不周不记得她名字这事儿,她早就不在意了。

他的心思根本不用在周遭人事上,他有更充盈的内在世界。

就像今夜这漫天的星辰,无论多么喜欢仰望星空的人,都无法记清它们每一颗的形状和位置。

夏天也很喜欢抬头仰望夜空,她记不住全部的星星,所以只记住一颗,就是靠月亮最近的那一颗。

每每抬头,看到月亮,也就看到了她的那颗星星。

等将来徐不周找到了属于他自己的那颗星星,他一定会牢牢地记住她,只记住她一个。

公交车在路口的站点停了,夏天该下车了,而徐不周、陈霖他们的公寓还在下一站。

她将冲锋衣脱下来还给了徐不周,向他表示了感谢,起身下了公交车。

"夏天。"

身后,徐不周清润的嗓音响了起来。

夏天恍然回头,他将她忘在位子上的云朵形斜挎小包递过来——

"是不是女生啊,丢三落四。"

C 城的秋日特别短暂,降温之后没几天,便有了初冬的前兆。

国庆回来之后,有同学在没有班主任和科任老师的班级小群里放了一张图片,那是一个锈迹斑斑的同心锁——

秦潇潇:"哈哈哈,国庆跟我爸妈去南山上玩,发现了这玩意儿。"

同心锁上生了很多锈,但隐约还能看到两个人的名字,徐不周&×大:一生一世。

同学们顿时来了兴趣,纷纷加入讨论——

"南山的山道上挂了几千几万把锁,秦潇潇,你火眼金睛嘛,这都能发现。"

秦潇潇:"因为国庆人太多啦,我们被堵在山道上,上不去也下不来,百无聊赖的时候就让我发现了。"

"这写的是徐不周和谁啊?那个字看不清楚啊。"

"看着有点像大字,谁的名字是大?"

"怎么可能有人的名字是大嘛。"

"会不会……是天?"

顷刻间,众人的眸光齐齐朝着靠窗位置默默温书的夏天望过来。

夏天脸颊蓦地涨红,用书把自己的脸遮住了。

太太太丢脸了!

她青春期干的蠢事,有朝一日居然还能被人翻出来。

那个锁是好久好久以前和乔跃跃去南山上游玩,她被人忽悠说这个锁无比灵验,才抱着试一试的心态、花了 10 块钱买了一把锁,刻下了两个人的名字。

时日渐久,这事儿夏天早就忘到九霄云外了,谁能想到居然还能让同样去旅游的秦潇潇给发现了。

然而……不幸中的万幸，她的名字被锈蚀得厉害，几乎看不清了。

"不一定是天。"乔跃跃帮闺密解围道，"说不定是夭呢，陶夭，你说是不是？"

生活委员陶夭瞬间急红了眼："喂，别乱说啊，怎么可能是我？"

班上同学拿着那张照片开始了破案和排查，但好在……焦点终于没再聚集在夏天身上了。

乔跃跃凑近了身边沉默的女孩："怎么谢我？"

"请你喝奶茶。"

"行。"她笑吟吟道，"你太痴情了吧，居然还挂同心锁，啧。"

"别讲了！"夏天用书挡住脸，不想再回忆这段让她尴尬的黑历史。

体育课下课后，徐不周拎着篮球走进教室，带着一股燥腾腾的夏日阳光气息，坐回位子上，瞬间让夏天感觉到周围的气温都升高了不少。

他拧开矿泉水盖子，仰头喝了大半瓶，水流顺着他优美的下颌线流淌着，喉结滚动，荷尔蒙升腾。

穆赫兰拎着照片凑了过来，递到徐不周眼前："不周，看看这个，有人跟你挂同心锁呢。"

徐不周漫不经心地扫了眼同心锁照片："这谁？"

"看不清楚，目前他们锁定了几个嫌疑人，哈哈哈，陶夭、许奕，还有夏天。"

夏天的中性笔差点断在桌上，她红着脸回头，对穆赫兰正色道："别乱讲，不是我。"

"那个……夏天啊。"

穆赫兰看着她，语重心长道："在否认之前嘞，注意一下面部管理啊，你看看你的脸，都红成啥样了，你这样……就完全没有说服力嘛。"

夏天更是窘迫得不行了，硬着头皮道："我不喜欢被冤枉，脸红是因为着急。"

"哦。"穆赫兰耸耸肩，"行吧行吧，不是就不是，你别上火啊，嘿嘿，英语作业借我抄抄呗。"

"不借！"

夏天根本不敢看徐不周，回过身去，徐不周也摸出了地理试卷，抽笔准备做题。

穆赫兰八卦地问他："不周，听说南山上这个同心锁灵得很啊，别真的应验了吧，你未来老婆的名字里，有个'大'字。"

徐不周在草稿纸上计算着地球各个时区，懒得理会他这无聊的推测。

"哎，这么多嫌疑人里，你最想跟谁一起挂锁啊。"穆赫兰不依不饶，"陶天，还有陈奕，说不定还有乔跃跃嘞，不过看着像两个字，还有夏天，你最想跟谁？"

"……"

夏天被他闹得没办法专心，皱着眉头，回身对穆赫兰说："你当在选妃吗？！女生才不是这样给你们这些臭男生挑挑拣拣的呢，无聊！"

徐不周终于按下了中性笔，抬眸扫了她一眼："我惹你了？"

她闷声说："没有。"

"还臭男生，懂不懂什么是尊师重道。"

"……"

"你要是再这么一惊一乍的，我就当是你对为师有超越人伦的不良企图。"徐不周狭长的眼尾勾了勾，用电视剧里的腔调，玩笑道——

"逆徒，管好你的心。"

"哈哈哈！"穆赫兰爆笑了起来，"这什么绝美师徒虐恋！我都要哭了。"

夏天彻底被后排这俩男生给惹着了，一整天都没搭理他们。

平时她师父要借英语机读卡，或者英文作文来看看，夏天都会没有二话地借给他，但今天她拒绝了徐不周。

在徐不周起身去她前排的抽屉里掏卷子的时候，夏天重重拍了拍他的手背："请师父也管好自己的爪子！"

这一巴掌正好拍在徐不周手背那颗红痣处，倒也不痛，但女孩柔软的掌心接触他的那种触感，却在他手臂上若有似无地……停留了一整天。

徐不周时不时地抬头望她一眼。

今天气温很高，阳光格外耀眼，透过窗玻璃照进来，女孩穿着一件浅色系的衬衣，两根细细的肩带子也被阳光照得通透。

他将矿泉水瓶里剩下的半瓶水喝了，还是觉得喉咙燥痒不已。

徐不周鬼使神差地喊了她一声："夏天。"

她头都没回，单薄的背往后靠了靠，抵在他桌子边缘："嗯？"

"是不是你？"

夏天身形微微一僵，她能听到后排徐不周轻轻拨弄中性笔盖上笔夹，发出"咔嗒、咔嗒"的细微声响。

"如果是，为师考虑……"

他的话都还没说出口，夏天严厉否定："不是我。"

徐不周心跳一空，半响，挑眉笑了："确定？"

夏天紧张地回头，生怕被他看出嫌疑，连脸颊都控制着没有变红，义正词严道："你转来我们班之前，我都不认识你。"

"知道了。"徐不周漆黑的眸子重新落回地理试卷上，没什么情绪，"转过去。"

夏天转过身，松了一口气。

徐不周脸色却明显沉了下去。

去篮球馆的路上，乔跃跃快要被夏天给气死了，揪住她的衣领，恨铁不成钢地咆哮着："啊啊啊！人家都主动开口问了，你你你……你居然还能给人家回绝过去，我真的服了！你活该一直单身！"

夏天拎着喝了小半的矿泉水瓶，忐忑地说："我怎么知道他不是在试探我，万一我说是，他就立刻和我断绝师徒关系，朋友都当不成了。"

"徐不周那种人，他如果没上心，压根问都不会问你！你这么喜欢他，怎么一点也不了解他呢？！"

"我就是不了解他啊。"

喜欢是多么美好的滤镜啊。

在夏天的眼里，徐不周身上就笼罩着这样一个旖旎的滤镜，她能看到的都是他优秀的品质……

夏天恐怕是这个世界上最最最不了解他的那个人。

"我长得不好看。"夏天叹了口气,"跟追她的那些女生比,差远了,他不可能对我有什么。如果被知道了,我们就做不成朋友了。"

她唯一卑微的愿望,就是和徐不周当朋友、师徒……

借着这样的名义,她还能站在他身边,和他说几句话,开开玩笑。

体育馆里,徐不周和几个少年练完球,独自走到休息椅边喝着水。

夏天站在空荡荡的篮筐下,练习投篮,一如既往地等着他过来教她几个篮球技巧。

他是个挺负责任的师父,每天都会过来指导她几分钟,仅仅有几分钟,教会了就让她自己练,他则和几个男孩玩他们的去了。

夏天很珍惜这几分钟。

但今天徐不周一直没主动过来,一直坐在休息椅上,似乎在等她主动开口叫。

夏天投了个连篮板都没挨着的篮,捡起落地的篮球,朝徐不周走去,没想到陈霖主动找过来,对夏天道:"你刚刚那颗球,姿势不对,力被卸掉了,所以碰不到篮筐。"

"噢,这样……"

陈霖接过了夏天手里的篮球,带着她来到篮筐下,做出了一个标准的投篮姿势:"这样,手腕发力,同时双膝也要稍稍弯曲,借助弹跳力……"

夏天没想到一向对她冷眉冷眼的陈霖,会这么热心主动地教她技术。

她很礼貌地点着头,认真地学习着。

陈霖教了她十多分钟,夏天终于首次投篮命中了。

他很高兴,扬手要和她击掌:"很棒啊!厉害!"

投篮能命中当然是值得兴奋的一件事,尤其是像夏天这种初学者,她愉快地和他击掌:"我是不是会了?!"

"还差得远,继续练。"

"嗯……好。"

徐不周一直坐在休息椅上,单手撑着椅,双膝敞开着,漆黑的眸子里涌动着暗流。

他不想让自己的注意力总停留在最靠边的那个球场上，但他生平第一次……控制不住自己的思绪。

就像荆棘开出花来，每一次绽放，心里头都横刺丛生，扎得他特别不舒服。

这时候，打扮得漂漂亮亮、精致优雅的唐芯意又来了。

"不周，我可以坐你旁边吗？"

徐不周看都没看她，只睨着篮球场上的夏天，指尖随意地敲了敲身旁的座位。

唐芯意愉快地坐了下来。

夏天投篮的间隙，余光瞥见了徐不周和唐芯意又坐到一起了。

他们有好几天都没有接触了，这会儿徐不周将手臂搁在了唐芯意身后的椅背上，似虚揽着她，神色倦懒，眼角微勾着，笑得一脸风流纨绔。

唐芯意也在笑，附在他耳边说着话。

徐不周迁就地偏头倾听，两人看起来关系亲密极了。

在徐不周抬眸，报复性地望向她的前一秒，夏天抽回了视线，假装没看到，也假装不在意。

但她打球的兴致，烟消云散了。

陈霖似也注意到夏天意兴阑珊，连嘴角的笑容都消失了，他望了望徐不周和唐芯意，心说果然……

"夏天，你想不想看猫？"

"啊？"

陈霖提议道："我们回去看猫吧，它也很想你啊。"

夏天眼底终于有了几分明亮："我可以去看'狼外婆'吗？"

"当然。"

她真的想死"狼外婆"了，几番都想去探望，但又不敢跟徐不周提，因为那已经是他的猫了，她不好再去打扰。

"现在吗？"

"走。"

夏天立刻扔了篮球，从休息椅上拎了书包，和陈霖一起走出篮球馆。

见他们双双离开，徐不周脸色瞬间垮了下来，也懒得再和唐芯意周旋，起身去了篮球场。

男孩们明显感觉到了少年身上的那股子不加掩饰的戾气和狠劲儿，几个扣篮，篮板都快被他给扣下来了，隆隆作响。

男孩们压根不敢去拦他、截他，最后纷纷退场，留他一个人在半场里发泄了半个多小时，全身湿透，紧绷的脸上挂着一颗颗滚烫的汗珠。

心里那股子不爽的燥闷劲儿，却丝毫没能得到缓解。

徐不周用白毛巾擦了汗，拎了书包，大步流星地走出了篮球馆。

穆赫兰赶紧追了上来，问道："不周，这就走了？"

"嗯。"

"做什么去啊！"

"回家。"徐不周冷声道，"宰了那畜生。"

夏天知道徐不周把"狼外婆"照顾得很好，给它驱虫，还给它戴上了以防走丢的猫牌。

但她没想到，"狼外婆"的生活条件居然也这么好，它有了价值四位数的自动猫砂盆，还有自助饮水器，猫粮吃的是最贵的"渴望牌"。

"狼外婆"原本很瘦的，来徐不周的公寓不过十来天，居然就肥了一大圈，肚子上都有肉了。

客厅里，夏天蹲在地毯边，伸手轻抚着猫肥嘟嘟的肚皮，笑着说："你呀，你怎么这么胖了，都认不出来了哦，小星星。"

陈霖也坐在地毯上，问道："它不是叫'狼外婆'？"

"它的主人给它改名字了嘛，现在它叫'星星'。"

夏天看到猫开心极了，一个劲儿地抚摸着它。

它也很满意夏天的抚摸，发出了咕噜咕噜的声音。

陈霖看着小姑娘眉眼含笑的样子，心里也觉得很温暖。

他为什么会喜欢她呢，她是那样安静、平凡、普通……绝对不是第一眼就会让男孩子惊艳的女孩。

他被她吸引，是在高一的某次体育课，文（一）班和理（一）班联合搞了个趣味运动会。

所有女孩都在笑着闹着，只有夏天蹲在角落里，安安静静地和一只流浪猫说话，时不时嘴角也会绽放笑意，但那笑，也是如此安静。

就像微风掠过湖面，荡漾起无声的涟漪，顷刻间便消弭无痕，仿佛从来不曾出现过。

她毫无存在感，大概是属于丢在人群中都找不见的类型，和徐不周这类光芒万丈的男孩，是属于两种完全不同的极端。

而陈霖……他也是个安静的少年，也很少引人注意。

大概同类型的人，总会有相互吸引的地方。

不，他和夏天，只是单向吸引。

已经有萤火虫照亮了她晦暗的青春。

他起身去冰箱里拿了一瓶冰可乐，递给夏天。

"喝水。"

"谢谢哦。"夏天抠开了易拉罐的拉环，和他随意地聊天，"我们楼下副食店的叔叔，也总请我喝可口可乐。"

"是吗，那还挺不错。"

"嗯，他是特别好的人，比我爸爸对我还好。每次爸妈骂了我，他都会安慰我。甚至有时候我都觉得，如果他当我爸爸，也许我会更幸福一些。"

陈霖心里有些难受："既然你爸妈不在乎你，你也不需要在乎他们，努力长大就好了，以后会有人爱你的。"

夏天用力点头："嗯，我就是在很努力地长大、长高。"

"长高？"

"对呀，女飞行员好像对身高有要求，我想长到一米七。"

"你现在多少？"

"165。"

"都现在了，一米七可能有点困难。"

夏天叹了口气："我多练练球吧，徐不周说打球可以长高的。"

"你想当飞行员，是因为徐不周吗？"陈霖忽然问。

夏天心头猛地一惊，才发现自己的话说太多了，连忙否认："才不是，难道世界上只能他一个人当飞行员吗，别人就不可以有这个梦想吗？"

陈霖摇了摇头："那还挺巧的，但女生很少有当飞行员的。"

"我看到国庆阅兵仪式上就有女飞行员。"

"这就更不容易了。"陈霖看着她，微笑着，"如果你真的成了女飞行员，你爸妈肯定后悔死了，后悔不该对你那么坏。"

"他们思想挺保守的。不管我变成什么样子，他们都不在乎，他们只在乎夏皓轩。"夏天闷声说，"女孩有什么不好，我要是有个女儿，我一定很疼她。"

陈霖连忙道："我以后也想要一个女儿。"

这话刚说出来，房门就打开了，徐不周走了进来，鞋子一踢，嘴角勾起几分嘲讽的冷笑："哟，这都讨论到生儿育女了。"

"……"

夏天有些窘迫地站起身，唤了声："徐不周，你回来了。"

"狼外婆"一看到少年回来，连忙亲昵地凑过去，依偎在他的脚边，长尾巴扬了起来，亲昵地蹭来蹭去，发出咕噜咕噜的声音，一看就超级喜欢他，居然比对夏天还要热情些。

却没想到，下一秒，徐不周一脚踢开了它："一边去。"

猫咪吓了一跳，嘶哑地叫唤了一声，像应激了一样，躲到了沙发底下，不肯出来了。

夏天惊呆了，没想到徐不周会忽然这样，连忙趴在地上，轻轻唤着小猫的名字："'狼外婆'，别怕，没事哦。"

"咪咪，没事的，不怕不怕。"

猫咪还是瑟缩在沙发底下，不肯出来了。

徐不周像个没事人似的，打开冰箱，给自己开了一瓶易拉罐，仰头喝了，冰凉的气泡涌入喉咙，冰得他有些神经痛。

他缓了很久，都没缓过来，眼底烦躁之意越发明显。

陈霖冷声说："徐不周，你有病？猫惹你了？"

徐不周正烦没地方发泄，陈霖主动挑衅，他也懒得客气了："我有没有说过，不能带女孩回来。"

陈霖有些心虚："她只想看看猫而已。"

"星星是我的猫，你有什么资格带人来看，用我的猫献殷勤，你可真行啊陈霖。"

"徐不周，你到底哪根筋不对。如果是针对我，就跟我打一架，欺负猫算怎么回事。"

徐不周捏瘪了易拉罐，眼底没什么情绪："随时奉陪。"

夏天看着剑拔弩张的两个人，不再多留，抓起自己的帆布包，转身离开了公寓。

几分钟后，徐不周追了上来，挡住了即将合上的电梯门，走了进来。

"徐不周……"

还不等她反应，徐不周攥着她的手臂，将她从电梯里拉了出来，重重地抵在了冰冷的墙壁上。

夏天的背脊都被撞痛了，呼吸里铺天盖地都是他的气息，清冽而强烈。

少年眼底翻涌着很明显的怒意，将她死死地压在了墙上："我让你走了？"

"你做什么啊徐不周？"

夏天被他这样子吓到了，用力挣了挣，但他握住了她的手腕，令她动弹不得。

她太纤瘦了，他摆弄她，就跟摆弄一只小鸟儿似的。

"我欺负你了？委屈成这样给谁看？"

"没有。"夏天都快哭出来了，"你不就是生气我来你家吗？你这么讨厌我，以后……以后我不来就是了。"

她越是这样，徐不周心里越是觉得堵塞，不上不下的，不爽极了。

"行，要走把你的猫也带走，我不养这么丑的。"

"你嫌它丑，你一开始就不该答应。"

"养了几天，养不熟，没兴趣了。"

夏天知道，他一向如此，玩世不恭，三分钟热度，不管是对生活，还是对女孩……都是如此。

是啊，这才是徐不周真正的样子，以前她太喜欢他了，层层滤镜之下，她看不清真实的他。

今天才算真正接触到他的冰山一角。

夏天甩开他的手，大步流星地回了公寓，从沙发底下将"狼外婆"哄了出来，抱在怀里匆匆走了出去。

站在电梯口，看着开合的自动门，夏天顿住了脚步。

"走啊。"徐不周懒散地倚在墙上，指尖暗暗攥进了掌心。

夏天低头，看着怀里那只眼睛无法对焦的小丑猫。

她不能带它走，好不容易才有一个可以遮风避雨的家，不用每天提心吊胆遇到坏人把小命都丢了，还有这么好的生活条件……

"狼外婆"留在这里，比她还要幸福得多。

夏天轻轻摸了摸"狼外婆"，眼泪掉下来，润湿了猫咪的绒毛。

徐不周见她这样子，五脏六腑更是被拧紧了，越发不耐烦："你哭个什么啊！我欺负你了是吧！"

"徐不周，你养它吧。"

夏天将猫抱到他面前，哀求道："它的后腿都坏了，也走不了太远的路，放出去不知道会怎么样，你养它吧，算我求你了。"

徐不周掌心都快被掐出印子了。

他第一次对她产生了回避的心理，移开了视线，望着旁侧。

"我给你道歉，都是我不对，不该不经你允许就来你家。"小姑娘低低啜泣着，"以后猫的生活费，我跟你平摊，这样可以吗？"

良久，徐不周终于还是松了口，冷冷道："是你要带它走。

"我又没说……不要它。"

夏天总算放下心来，重新将猫咪抱回了公寓，蹲在门口摸了摸猫的脑袋："以后你要记住你的名字，你叫'星星'，不叫'狼外婆'了哦。你是徐不周的猫，他是你唯一的主人，你别惹他生气。"

猫猫蹭了蹭小姑娘的手掌心。

身后的徐不周听到这话，翻了个白眼，已经对这小姑娘的误会习以为常了。

晚上，夏天回了家。

今晚她没有主动找风聊天，她一边写作业，一边消化着今天徐不周带给她的情绪动荡……

徐不周本来就是这样的人，脾气坏得很。

不知道今天谁惹了他，拿她和陈霖，还有"狼外婆"撒气。

晚上十点，她写完了全部作业，洗了澡准备上床睡觉了，手机也准备关机了，在她即将退出企鹅的时候，徐不周的头像动了动，他主动给她发了一条消息——

风："心情不好。"

夏天看着这行字，她当然知道他心情不好，心情好能乱发脾气吗？

她轻哼了一声，本来没想回他，蒙着被子躺了五分钟，毫无睡意。

她还是忍不住摸出手机，回复道——

"为什么？"

风："就烦。"

Summer："谁烦你了？"

风："一女的。"

Summer："哦。"

风："不知道怎么回事，看到她就烦。"

Summer："不理就是了。"

风："但我脑子里全是她，很想她。"

Summer："……"

风："我可能有点喜欢她。"

夏天的睡眠一向很好，平时学习累了沾着枕头就会沉入梦乡。

但那晚，她却失眠了，心里像有蚂蚁在噬咬，释放出蚁酸，让她的心又痒又酸又疼……

她发现眼底有些湿润，有一滴眼泪滚到了枕头上，迅速洇开。

夏天连忙擦掉了眼泪，吸了吸气。

太没出息了！她才不要为这些事情掉眼泪。

徐不周说了他有喜欢的人之后，夏天就退出了企鹅，也没有和他说晚安。

她已经删掉了手机上的企鹅软件，决定以后再也不要和他讲话了。

他喜欢的那个人，夏天想都不用想，肯定是唐芯意。

今天只有唐芯意来找过徐不周，后来徐不周就变得烦躁了起来。

夏天不知道两人是拌嘴了还是怎样，但徐不周说得很明白，他好像很烦她，但又控制不住想她、喜欢她。

他对唐芯意不就这样吗？

早就知道会是这样的结果，徐不周生活很丰富，还喜欢漂亮女孩。

不仅要漂亮，身材还要好，还要会打扮，有很多好看的衣服、裙子。

夏天不是这样的女孩，她的衣柜里，裙子、衣服都屈指可数，春夏秋冬四季能换得下来的也就那么两件。

她不是徐不周会喜欢的类型，他看都不会多看她一眼。

早就该做好心理准备。

但夏天还是……还是义无反顾、飞蛾扑火地喜欢上了他。

从今天开始，她要及时止损了。

次日清晨，夏天来到了教室。

她的眼睛微微有些肿，乔跃跃一眼就看到了，关切地问道："哎，你眼睛怎么了？好肿哦。"

"啊，有吗？"

后排正在看地理杂志的徐不周，抬眸望了她一眼。

夏天赶紧侧过身，解释道："昨晚没睡好，做题有些晚了。"

"没睡好也应该是黑眼圈呀，不该肿成这个样子。"乔跃跃用她的经验否定了夏天的借口。

穆赫兰放下英语课本，插嘴道："据我的经验，眼睛肿成蜥蜴，只有一种可能性，那就是……哭过。"

"才没有。"夏天嘴硬道，"就是没睡好！"

"行行行，没睡好就没睡好吧，上什么火啊。"

"我哪有上火了。"

徐不周又忍不住望了她一眼,她眼睛的确肿肿的,本来就是单眼皮,这会儿显得更……像小蜥蜴了。

她真的不漂亮。

至少,跟徐不周以前接触的女孩比起来,她完全算不上赏心悦目。

但不知道为什么,她身上那种温柔感,偏偏就撞在了徐不周的心坎上。

他觉得她很可爱。

而在此之前,还没有女生在徐不周这里……配得上"可爱"两个字。

下节是英语课,夏天作为英语课代表要上台去领读英语课文。下课的时候,徐不周抽了几张湿纸巾去洗手台前,蘸了些深秋凉丝丝的冰水。

他双手一撑,坐在了桌子上,身子探到了夏天这边的座位间隙里,乔跃跃赶紧给他让了位。

没有别的话,徐不周微微粗糙的指腹捏住了女孩的下颌,用湿纸巾冰敷在了她肿得最厉害的左眼上。

夏天的背整个贴在了冰冷的墙壁上,像是要把自己挂在墙上似的,局促紧张,呼吸都屏住了。

徐不周帮她敷了敷左眼,又敷右边的眼睛。

夏天又嗅到他身上那股雪松气息,干净清冽,她最喜欢的就是徐不周身上这股味道,令她神魂颠倒。

"爸妈又骂你了,还是打你了?"

"没。"她嗓音轻得跟蚊子叫似的。

徐不周换了一张湿纸巾:"不说算了。"

"真的不是。"

"那为什么?"

"失眠。"

"失眠也有原因。"

夏天心一酸,睁开涩涩的眼睛,望着少年近在咫尺的清隽面庞:"你干吗问这么多?"

"为师关心徒儿,情理之中。"

夏天的手背在背后，指尖抠着墙皮，心里五味杂陈。

她仗着和徐不周的所谓"师徒"关系，得到他独一份的关心和照顾，她步步沦陷，耽溺其中，无法自拔……

但他心里明明已经有了其他的女孩子。

她不该再眷恋这样的关系了。

"徐不周，以后……你不要教我打篮球了。"

徐不周帮她敷眼睛的手微微一顿，他不动声色地抽走了湿纸巾，眸光下敛，指尖把玩着湿纸巾，不动声色地问："怎么，找到新教练了？"

夏天为了避免被他怀疑什么，只好把陈霖搬出来当挡箭牌："嗯，陈霖说他以后教我。"

徐不周将湿纸巾往后一扔，正好扔在穆赫兰的脑袋上。

他愣了愣，抬头望向前排的两人。

徐不周和夏天对峙着，脸色冷得都快结冰了："乖徒弟，这是要叛出师门了？"

"你……你别叫我徒弟了。"

"你知道在武侠世界里，你这种会怎样？"

"不知道，我又没看过很多小说。"

"你会被挑断手筋、脚筋，丢下山崖。"

"……"

上课铃声碰巧响了起来，徐不周仍旧霸占着乔跃跃的位子，也没有要离开的意思。

她怕英语老师进来看到他大咧咧坐在桌上，推了推他："上课了徐不周。"

徐不周一把攥住她的手，很用力，像是鹰爪钳住了猎物般。

"徐不周！"她着急地挣了挣。

片刻后，他终于甩开了她，女孩险些摔倒，幸而乔跃跃扶住了她。

少年眼底划过一丝薄凉的冷意，翻身回了自己的位子上，桌子往后挪了挪，发出哐啷的声响。

摆明了，心情极度不爽。

下课后，乔跃跃从办公室里抱回了语文练习册，照例将徐不周的本子递给她，让她递给身后的少年。

这一次，夏天却摇了摇头。

"怎么了？"

以前，哪怕只是递作业这种微不足道的接触，都能让夏天开心很久。

今天的她却一反常态，乔跃跃联想到刚刚徐不周的异常，低声问她："你们闹矛盾了？"

夏天见徐不周和几个少年走出了教室，这才解释道："以后我要和他保持距离。"

"为什么啊？"

"他喜欢唐芯意。"

"真的假的。"乔跃跃眉头拧了起来，表示不敢相信，"我看着他对那女的没什么意思啊，昨天你一走，他就把她晾在边上。"

"所以昨天他才心情不好，回去还拿猫发脾气。"

"你怎么知道，他亲口说的吗？"

"嗯，亲口说的。"

乔跃跃虽疑惑，但徐不周这人……本来就没人知道他脑子里想什么。

"那你下午还来练球吗？"

"来。"

夏天要好好练球，这次不再是因为徐不周也在球队了，她要为了自己练球，好好长高，身体变强壮，以后好成为女飞行员。

下午练球的时候，果然陈霖又来了，他没和其他男孩一起打球，只和夏天两人在最边缘的球场对练。

以前夏天只会放手闪躲，现在陈霖正在教她如何进攻，如何从别人手里夺球，两人难免也会有一些肢体接触。

徐不周打球心不在焉的，时不时停下来喝水，两瓶水都快让他喝光了。

他的眼神总往夏天那边飘，一直在看他们，越看……心里越不爽。

终于，在陈霖让夏天学着从后面伸手夺球，她几乎要将他一整个抱住的时候,徐不周一球砸了过来,正好砸飞了陈霖手里的篮球。

两个球同时滚开,陈霖知道他使了多大力,拇指都快被飞来的球震麻了。

他回头望向徐不周,脸色冷了冷。

徐不周身上的每一寸皮肤,似乎都绷紧了,浑身上下散发着浓浓的戾气,嘴角噙着结了冰的冷笑:"跟我练练。"

陈霖知道他磨皮擦痒、满身不爽,但毫不畏惧,捡起了球:"来啊。"

两个男生打起了solo赛,夏天连忙退到了休息区,捡起一瓶矿泉水拧开,咕噜咕噜喝了一大口。

徐不周的打法很强势,拍着球,几个假动作便轻而易举地避开了陈霖,轻松上篮拿分。

而下一轮陈霖拿到了球,徐不周却丝毫不给他喘息的机会,防守严密,眼神勾着他,扬起一抹冷戾又疯狂的笑,宛如修罗一般,用力一撞,他便被徐不周劫走了球,还被徐不周撞得往后趔趄了几步。

看得出来,徐不周是真的跟他较上劲儿了。

陈霖回头扫了扫休息区,夏天拎着半瓶水,站在场边看着他们的solo赛。

她的眸光仍旧紧紧跟随着那个让她倾心不已的少年。

陈霖也被激起几分血性,上前夺走了篮球,转身跨步上篮。

然而下一秒,只听一声巨响,徐不周起跳暴扣,直接将篮球连带着陈霖一起扣倒在地。

陈霖重重落地,抱着腿摔在了地上。

篮板轰隆隆响着,全场都被这边的动静给吸引了,停下了动作。

与此同时,走进篮球馆的唐芯意看到这一幕,连连鼓掌:"啊,不周,好厉害啊!"

夏天的心脏也突突跳着,徐不周如此极具爆发力的发挥,也深深震撼了她的心。

但她看到唐芯意,又觉得眼睛被刺了下。

大概他也想在喜欢的人面前表现一下吧。

夏天上前扶起了陈霖,关切地问道:"你没事吧?"

"还好。"

陈霖的脚似乎崴到了，站起来的时候，左腿脚尖轻微地点着地："有点疼。"

"我扶你去医务室看看。"

"谢谢。"

"没事，你这几天教了我这么多。"

夏天不再多看身边脸色铁青的徐不周，扶着陈霖朝着体育馆门口走去。

而拎着柠檬气泡水的唐芯意和她擦肩而过，微笑着向徐不周走了过去："不周，喝水呀。"

她出门的时候，还是禁不住回头望了徐不周一眼。

徐不周接过了唐芯意递来的水，冷冷地扫向她，两人视线电光石火地撞了下，然后同时移开了。

夏天和陈霖来到了医务室，医生帮着陈霖上了些跌打损伤的药，然后在脚踝处缠上了绷带。

"感觉还好吗？"

"还行。"陈霖从床上下来，左脚点着地，慢慢走了几步。

"是因为我昨天来家里看猫，害你也被徐不周讨厌了吗？"夏天叹了口气，"我连累你了。"

陈霖望着面前这个单纯无害的少女，片刻后，摇了摇头："不是因为这个，他讨厌我有其他原因。"

更加隐秘，更加不为所知，甚至徐不周自己可能都没有意识到……的原因。

夏天扶着陈霖走出校门，替他叫了一辆出租车。

"上来吧，顺带捎你回家。"陈霖往里面的座位挪了挪。

"不用了。"夏天摆了摆手，"我坐公交回去。"

"没关系，我们住得挺近的，顺带的事。"

她想着今天作业也蛮多的，也就不再拒绝了。上车之后，夏天看到不远处的路口，徐不周也坐上了一辆黑色宾利车。

"徐不周家里挺有钱的。"陈霖解释道,"他有自己的车,也配有司机,不过他不常用,经常和我们一起坐公交。"

"他给人的感觉,一点也不像富二代大少爷。"

陈霖耸耸肩:"徐不周很有钱,但不会让人感觉到他有钱。除了脾气坏以外,其实男生都挺愿意和他交朋友,他总能恰到好处地让人感觉到舒适。"

夏天点了点头。

她也有试着更多地去了解他,借阅他看的书,看懂他孤独的世界——无论是他暴戾的一面,还是他优秀的一面,抑或是他矛盾的一面。

但现在……夏天不敢再了解他了,她怕自己真的沉沦其中,无法自拔。

那天之后,夏天再也没有登录过 Summer 的企鹅号,她开始逃避,虽然还是很想很想和他聊天,但她要控制自己。

徐不周有喜欢的人了,她必须说服自己放下,就像以前未曾和他接触过一样。

她要为自己的未来而努力。

早上,夏天收拾好书包走出房门,看到婆婆正苦口婆心地劝夏皓轩喝牛奶——

"乖宝贝,你就喝一口嘛。

"喝一口,这个喝了有营养,长高高,身体强壮。"

夏皓轩偏就是这样的人,越是求着他,他就越是逆反,本来是要喝牛奶的,但因为婆婆这样子求他,他反而升起了叛逆心。

"不喝不喝不喝!就不喝!"

"哎呀,宝啊,这个牛奶贵得很,你就喝一口嘛。"

"最讨厌喝牛奶了,我就不喝!"夏皓轩手一挥,牛奶打翻溅了婆婆一脸。

婆婆竟也不生气,只叨咕着说:"太可惜了,这么贵的东西,可惜啊,真的是……"

夏天嚼着面包片儿,也去冰箱里拿了一盒牛奶,没想到婆婆一巴掌打她手臂上:"哎呀,你干啥!好的不学,学做贼!"

说罢,她夺走了夏天手里的牛奶。

"我做什么贼啦,我也想喝牛奶啊。"

"你一个女娃娃家,喝牛奶做啥?!"

"长高啊。"

婆婆脸上浮现了鄙夷的神情:"你要长这么高做啥嘛,啥用都没有,这牛奶贵得很,不是给你喝的。"

夏天望着跪在椅子上幸灾乐祸的夏皓轩,皱眉咕哝道:"就一瓶牛奶而已,能有多贵嘛,几块钱的事。"

"几块钱不是钱啦!"婆婆又伸手打了她的背一下,"快走,下次再让我看到你偷弟弟的东西,手都给你砍了。"

"……"

本来就是小事,家里也不是没钱买不起牛奶,但就是在小事上,婆婆对她的刻薄发挥到了极致。

婆婆好像是故意要让她受委屈,磋磨她,打压她,以此让她认清自己的位置。

这时,母亲林韵华从房间里走出来,背上了腰包准备去茶馆做生意,换鞋的时候顺口道:"她要喝牛奶,给她一瓶就是了,又不是大事。"

婆婆仍旧坚持:"这牛奶是我专门给孙孙买的,贵得很,一瓶都不能浪费。"

林韵华倒也不是心疼夏天,她只是因为婆媳矛盾,总要和婆婆作对罢了。

"你自己去超市买一瓶。"她从腰包里摸出了十块钱,递给了夏天。

夏天接了钱,被毁掉的坏心情自然也一扫而空,踏进了学校门外的便利店,在冷冻柜前逡巡了一圈。

她挺想喝牛奶,但是呢……

相比于手头的现金来说,当然还是钱更重要些。夏天最终还是决定不买牛奶,钱得攒着,一分一毛都要存起来。

将来她要读大学了,脱离这个家,肯定有很多用得着钱的地方。

夏天走出超市的时候,在门口收银台撞见了徐不周。

乍然碰到，她的心脏还是会猛地收缩。

少年站在收银台前，神色懒倦，完全是一副清晨没睡醒的样子，眼皮耷拉着，慵懒的模样却很勾人。

营业员递给他一瓶薄荷糖。他摸出手机打开二维码，顺手又拎走了一瓶其他口味的糖。

出门的时候，他磕出了一颗薄荷糖扔进嘴里。从夏天的角度望过去，他后颈的骨骼微凸，带着几分野蛮生长的劲儿。

冬日清晨的阳光温暖又宝贵，她踩着自己的影子朝着学校走去。

自从师徒关系断绝后，徐不周就再也没有找她说过话。

仅仅是这样一场偶遇，夏天的心里却像是经历了一场湿润的雨季，淅淅沥沥，一整天她都在回味。

第二天，她来到教室里，却发现桌上多了一瓶牛奶。

牛奶是用玻璃杯装着的，标签标注着青蓝牧场特供鲜奶，玻璃杯面上有冷冻之后的露珠，润湿了她的指尖。

她以为是乔跃跃给她的，毕竟和婆婆因为区区一瓶牛奶争执的事，她只跟闺密乔跃跃吐槽过。

但当乔跃跃看到这瓶牛奶时，却惊呼了起来："青蓝牧场啊！你上哪儿买的？"

"啊？不知道，我以为是你给我的。"

"他们家牧场的奶超市里根本买不到，需要订购，因为产出特别少，所以很珍贵，反正就是又贵又难买，订购还需要排队预约咧！谁给你的？"

"不、不知道啊。"

夏天打量着瓶子，看能不能找到一些留言的蛛丝马迹，但什么都没有。

"夏天，是不是有人喜欢你啊？"乔跃跃意味深长地笑了起来，"给你送这种牛奶，肯定是某个有钱又有心的人啦。"

夏天一头雾水，她不知道有谁喜欢她。

她这么平凡又普通，又不会打扮，谁会喜欢她呀。

这时，徐不周叼着一袋奶走进教室，坐在了她身后。

乔跃跃故意大声说:"好羡慕哦,有人在追夏天呢!还给她送青蓝牧场的牛奶。"

穆赫兰闻言,放下了语文课本:"这牛奶贵得很啊。"

"是啊,肯定是追求者啦。"

夏天使劲儿拉扯着乔跃跃,叫她不要到处宣扬,太尴尬了。

身后,徐不周抽出数学练习本,漫不经心道:"她这样的……谁会追她。"

这是两人"断绝关系"以来,徐不周第一次主动搭话,说的还不是什么好话。

夏天有些不忿,回头问:"我哪样的了?"

徐不周抬起眸子,没有情绪地扫了她一眼,反问:"你觉得自己很好看?"

"……"

夏天快被他气哭了。

被暗恋的人这样说,怎么着都会难受,都会委屈,她转过身不理他,也避免被他看到眼睛的微红。

乔跃跃也被徐不周的话惹怒了,故意道:"徐不周,你也不能这么说吧?青菜萝卜,各有所爱,我看陈霖这几天就总陪夏天练球,说不定牛奶就是他送的呢!"

徐不周冷嗤一声:"他送不起。"

"……"

他说话真的要气死人了。

夏天回头,愤恨地瞪了他一眼:"徐不周,你真的很讨厌。"

徐不周不再多说什么,继续低头写着数学公式,指尖却禁不住轻微地抖了下。

…………

接下来的每一天,夏天的桌上都会出现一瓶青蓝牧场的牛奶。

因为青蓝牧场的牛奶瓶需要回收,所以标签上会有一行打印字体——"喝完的牛奶瓶,放在开水室牛奶箱里。"

夏天当然乖乖照做,然后也在标签后给这位善意的不管是追求者还是其他什么人，写了一段话——

"谢谢你送我牛奶，但真的太破费了，我已经心领了，以后不必每天都送了。"还画了一个笑脸的表情。

虽然如此，每天到教室，她仍旧能看到桌上放着一瓶鲜牛奶。

有好几次，夏天特意提前去了学校，甚至有几次和开门的值日生一同进入教室，趁着对方还没来，提前坐在椅子上，守株待兔。

见她在，送牛奶的人就不会出现，而趁她不注意去洗手间或者去开水房接水，牛奶就会神奇地出现在她的桌子上。

夏天根本蹲不到这只聪明的兔子。

她拿起桌上的牛奶看了看，向前排的同学询问，但同学们都说没看见，没有注意。

乔跃跃刚刚也不在，错失了机会，她帮夏天回头问徐不周。

如果前排的同学没有注意，他总应该能看见吧，毕竟就在他眼皮子底下。

但徐不周懒洋洋地抬头，扫夏天一眼："我对这逆徒的追求者，一点兴趣都没有。"

"……"

夏天放弃像个福尔摩斯一样寻找真相了，对方摆明了就是不想让她知道，她再这样死死纠缠着想扒出人来，反而特别不礼貌。

而她发现这样每天一瓶牛奶地喝着，长高好像没有，但长胖……是真的有。

她脸上的肉明显多了，皮肤也变得更有光泽了些，整个人精气神都提升了不少。

乔跃跃还总是禁不住地感慨，说夏天长胖一些更好看，以前太瘦了，跟一捆干柴似的。

现在长胖了，更显得可爱娇艳，好像连身材都丰满了些。

说着就要来掐她的肉，夏天笑着和她打闹了起来。

后排的徐不周不经意地抬眸，望向她。

女孩皮肤一如既往地白皙，白里透着粉，细看了还有一层细细的绒毛，鹅蛋脸的确比以前更圆润。她是单眼皮，所以不艳，不会漂亮得太明显，但胜在清透。笑起来的时候，真的好乖啊。

大美女谁不喜欢，徐不周当然也欣赏，但不知道为什么，从这一刻起……徐不周再也欣赏不了那些漂亮女孩了。

他只觉得夏天好看。

全世界第一好看，好看到他的心都要融化了。

夏天是在无意间，发现陈霖手里拎了一瓶青蓝牧场的牛奶，才确定送牛奶的人是陈霖。

她在发现这件事之后，立马在当日的牛奶杯标签上落了一行字——

"对不起，真的请你不要给我送牛奶了，否则我压力会很大，因为我没办法给你同等的回应。"

她对陈霖没有意思，所以很难再这样心安理得地接受他的好意了。

但第二天，她的桌上仍旧出现了那瓶牛奶，瓶子上印着一句打印字体的话——

"不需要回应。"

夏天不甘心，终于在还瓶子的时候，拆穿了他的身份："你是陈霖吗？"

第三天，打印字体——

"不是，他买不起。"

夏天："……"

这话太耳熟了，她立刻回头，望向徐不周。

徐不周抬起漆黑的眸子，不客气地说了声："看什么看。"

夏天将牛奶杯递到他面前，指了指上面的字："送牛奶的人，是你，徐不周。"

徐不周一如既往地否认："不是。"

"我每次来蹲守，那人都不出现。我一离开，牛奶就出现了。除了坐在我身后的人有机会这样神不知鬼不觉地见缝插针，还能有谁……"

徐不周慢条斯理地扔了笔，望向她："你想说什么，觉得我喜欢你？"

夏天脸颊霎地涨红了。

她知道，这几乎不可能。徐不周总嫌她不好看，他才不会喜欢她。更何况，他心里还装着别的女生，他喜欢唐芯意。

"可牛奶的事情，怎么说呢？"

"再说一遍，不是我。"徐不周脸色也沉了下去，语气颇为不耐烦。

"我就当是你了。"

"不是我。"

夏天回过身，不再理会他。

几分钟后，徐不周用笔头戳了戳小姑娘单薄的背——

"真的不是我。"

她不搭理。

"夏天。"

还是不理。

"……"

篮球馆里，夏天和乔跃跃玩起了 solo 赛。

这段时间她的球技突飞猛进，几乎可以和从小热爱篮球的乔跃跃对练。

虽然还是打不过她，但乘她不备的时候，也能从她手里夺球投篮，而且还能进，有时候运气好甚至能打成平手。

乔跃跃笑着说："不错啊你，这两个月不到的时间，居然能练成这样。"

夏天远远地投篮："我挺有体育天赋的。"

不过球在篮筐边滚了一圈儿，没进。

乔跃跃抱着手臂："嘚瑟吧你，我看就是你师父教得好。"

"才不是，他最近都不教我了。"

"是你自己叛出师门，怨得了谁。"

夏天心里又是一阵不舒服，偏这时候，看到穿着漂亮裙子的唐芯意走进体育馆，她又是来找徐不周的。

乔跃跃看见她都不禁打了个冷战："真是……都入冬了，她露着竹竿似的两条腿，还穿裙子呢，不嫌冷啊。"

"所以人家漂亮呀，美丽冻人。"

"也是，不像某人，都穿秋裤了。"

夏天脸一红："谁穿秋裤了，我才没穿！"

"还狡辩，上厕所我都看到了，你还穿的卡通秋裤，真的……你还跟个小朋友似的！"

"烦死了你。"

两人打打闹闹地玩了起来，夏天却还是控制不住自己，视线有意无意地往徐不周那边儿飘。

徐不周对唐芯意也真是厌烦了，直言道："乔跃跃，以后别来篮球馆找我了。"

带球经过的乔跃跃，一脸蒙地回过头，篮球都吓飞了。

唐芯意脸色很难看："我不是乔跃跃，我是唐芯意。"

敢情追了这么久，这家伙连她的名字都没搞清楚。

"哦。"徐不周漫不经心转了身，"以后别来了。"

说罢，他拍球回到了篮球场，偷听的夏天连忙做出投篮的姿势，不过这一颗……仍旧没有进。

徐不周兜着球来到了夏天所在的半球场，三步上篮，篮球稳稳命中。经过她身边时，带起了一股清冽的风。

夏天原本就躁动不平的心脏，跳得更加厉害了。

她低头拍着球，掩住了脸上不自然的潮红，故作不经意地问："你在意人家，连人家名字都记不住。"

徐不周投篮的姿势微微一顿，篮球歪了十万八千里，落在了杆子上，他偏过头，皱眉望向她："谁说我在意她？"

"每次她来看你打球，你都格外带劲儿。"

"我格外带劲儿是因为……"

徐不周蓦地止住剩下的话，半晌，只甩出一句："关你什么事，逆徒。"

夏天也闷闷不乐地转过身，一个人拍球玩。

乔跃跃见徐不周过来，自然抱着球跑远了，把半场让给了他们。

就在夏天百无聊赖的时候，徐不周上前夺走了她的球，跑远了回头道："听说你技术练得不错，来 solo。"

夏天见唐芯意已经离开了，于是壮着胆子追了上去，按照她所掌握的技巧，上前抢夺徐不周手里的球。

徐不周动作灵敏，自然不会被她碰到。两人夺球的时候，难免会有肢体的触碰，夏天几次都抱住了他的腰，又觉得自己像个流氓似的，赶紧退开，就更加抢不到了。

"你碰都不敢碰我，还想拿到球？"

"你是男生嘛。"

"你跟陈霖玩的时候，怎么没见把他当男生？"

"……"

徐不周带着球，从她身边经过，故意挑衅地把球扔给她，等她刚一碰到，他又从她手里夺走了，逗她玩似的。

夏天被他这样连着几番戏耍，心里头也有不服输的劲儿蹿上来，不再管什么男生女生了，上前追着他夺球。

徐不周这人，真的有这个本事，再偏心他的女孩都能被他弄出火气来，夏天越和他玩，心里头越是上火，咬牙拼了命地冲过去，使劲儿地抢夺，直接攥住了他的衣角。

"犯规了。"他眉眼浅笑，"用你的身体来拦我，别用手。"

夏天松开他，气喘吁吁地追逐着。

越是这样，徐不周越是不让她，最后他甩开夏天，起跳灌篮。

为了躲避这股子震动篮板的巨力，夏天连连后退，猝不及防……扑倒在了地上，重重地摔了一跤。

跟陈霖上次一样，夏天的脚也崴着了，疼得她额上都冒汗了，抱着左腿在地上打滚。

徐不周看到小姑娘摔跤，脸色骤变，一个箭步冲上来，蹲下身关切地问道："怎么样？"

"疼死了，徐不周。"

他捧着她的左腿，轻轻掀开裤脚，看到脚踝处红肿了起来。

"没事，崴了一下。"

"有事，痛！"夏天眼泪都快渗出来了，她的痛觉神经比别人都敏感，打个针都能让她缓好久好久。

徐不周歉疚得不行，五脏六腑都快被挤压到一块儿了。

他从来没和女生这样子玩过球，来了劲儿，又很开心，就没有意识到她们的体能差距。

他该让着她些。

夏天额间渗着汗，闭着眼睛，竭力地缓解着脚踝的剧痛。

这时候，只感觉一只手落到了她的背上，另一只手落在她双腿关节下方。

徐不周将她打横抱了起来，大步流星地跑出了体育馆。

周围同学见状，纷纷吹起了口哨，叫嚣着开他们的玩笑。

乔跃跃看到此情此景，心都不由得揪紧了，徐不周抱女孩的姿势，真的太帅了！

夏天完全没反应过来，直到他抱着她跑出了体育馆，一路朝着医务室狂奔，她被颠得不行，下意识地揽住了他的颈子，稳住自己的身体。

少年身上那股干净清冽的气息，灌满了她的全世界。

夏天甚至忘记了脚上的疼痛，她全身每一块皮肤，每一个神经细胞……都在兴奋地向她传导一个信息——

徐不周又抱她了！

她揽着他脉络分明的颈子，颈部的皮肤灼烫，她甚至能感受到他颈椎骨骼的硬度，脑袋搁在他胸膛上，也能清晰地听到少年稳健有力的心跳声。

她甚至希望徐不周能走慢点，这样她还能多在他怀里待几分钟。

但他已经慌了神，一路狂奔就没停下来，终于抱着她来到了医务室，将她轻轻地搁在病床上。

医生天天都能遇到运动不慎、跌了伤了的学生，给她涂了一点跌打损伤的药，嘱咐她伤筋动骨一百天，好好休养就是。

医生离开后，徐不周又扳着夏天白皙的左脚观察了很久，看得她都不好意思了，却又不敢挣扎，因为太疼了。

她的卡通秋裤都露出来了，好丢脸哦！

徐不周以前也不是没有崴过脚，他也没觉得有多疼，但看到夏天疼得汗都冒出来了，徐不周的心也跟着煎熬了起来。

"我没想到你这么扛不住。"

"你明明自己用死力，还怪我。"夏天闷闷地说，"你就喜欢倒打一耙。"

"我没用太多力。"徐不周解释道，"平时一半的力气都没用到，你不乱躲就没事。"

"我害怕呀！你这么粗鲁！"

"……"

他不想和她争论了，怎么说都是他不对，不该对她粗鲁……

难怪之前陈霖和她玩的时候，都跟个绣花枕头似的，他还远远地嘲讽过他，说他跟女生玩得连球都不会打了。

现在徐不周知道了，这不是绣花枕头，这叫怜香惜玉。

他以前不懂，也不需要懂，但现在他完全明白了。

他默默地将袜子从她的运动鞋里取出来，给她穿上。

夏天脸一红，扯过袜子自己动手，轻声说："不用你。"

徐不周又将鞋子递过来，轻轻将她的脚放入鞋中，俯身帮她系了个紧紧的蝴蝶结。

夏天只当徐不周是因为愧疚才这样做的，但这还是让她禁不住脸热。

"谢谢，徐不周。"

"还疼？"他视线仍旧落在她左腿上。

"好多了。"

"加个微信，给你转点钱。"徐不周摸出了手机。

他不知道该怎么表达这满心的怜惜，只能用这种……笨拙但是实际的方式——

"给自己买点好吃的，补一补。"

夏天看得出来，徐不周是真的愧疚了，想给她一些补偿。

"我没有手机，徐不周。"

少年睨她一眼，表情有些嫌弃："你怎么连个手机都没有？"

"就是没有啊。"

这还能怪她了？

"我也没有现金，我现在去找人换一点。"

徐不周说完，便要走出医务室，夏天连忙拉住了他："不要，徐不周，我不要钱。"

她胡乱抓他，结果抓住了他两根手指头——食指和中指。

宛如某种意义上的牵手。

夏天连忙松开，红着脸说："没关系，只是崴了一下脚而已，打球难免会这样。"

徐不周想了想，觉得给钱似乎也有些见外，又问道："你有微信吗？"

"有啊。"

"用什么登录？"

"家里有一台备用的老人机，也是智能手机，可以登录的，只是反应很慢，经常卡。"

"那你记住我的手机号，回去加我。"

夏天心脏扑通扑通地跳着，轻轻点了点头："不然你加我吧，我的手机号是184×××2483。"

"也行。"徐不周立刻摸出手机，添加了夏天的微信号，发送了好友申请，"回去记得通过申请。"

"好的。"

夏天好想被徐不周抱着出去，但学校里人太多了，这真的太惹眼了，所以她让徐不周扶着她，一步一步地挪到了校门口。

她本来是想着打个出租车回家，没想到徐不周的黑色宾利轿车已经停在了校门口，司机也等候多时。

徐不周甚至没有征询夏天的意见，就把她塞进了车里。

"徐……徐不周，我不坐这个，要是被街坊邻居看到跟我家人说了，我就完蛋了！"夏天慌忙拒绝。

徐不周却很强势地关上了车门，沉声道："我不露面，就说是网约车。"

"……"

这种价值百万的网约车，真的很难让人信服。

幸而小区门口没什么人，夏天匆匆下车，扶着墙往回走，徐不周按下车窗，望向女孩靠墙边踽踽独行的背影。

"徒儿。"他叫住了她。

夏天回头，少年单手搁在车窗上，指尖轻敲着，眼底绽开肆意的笑："你秋裤很可爱。"

"……"

夏天窘得跺了跺脚，又把脚弄疼了："徐不周，你烦！"

夏天艰难地撑着楼梯扶手回了家，妈妈林韵华正好在家，见她一瘸一拐地进屋，随口问了句："你怎么回事？"

"打篮球，腿受伤了。"夏天支撑着身子，回了房间。

"打什么篮球。"林韵华仍旧是那副嫌弃加责备的语调，"一点女生的样子都没有。"

"打篮球可以锻炼身体。"夏天辩解道，"我们班好多女生都在打篮球呢。"

"都要高考了，考不上好大学你就别读了。"

婆婆适时插嘴："早就该别读了，真是的，女娃娃读这么多书做什么，早点嫁人，谈个好彩礼。"

夏天轻哼："我们C城不兴收彩礼。"

"怎么不兴，白养你这么大啊！真是的。"

夏天无语了，不想和她们讲话，反正她是她自己的，谁都不能左右她，更别想把她卖了换彩礼。

她从柜子里取出大屏老人机，按下开机键，屏幕却久久没有亮起来。

坏了吗？

夏天赶紧将手机充上电，可是屏幕仍旧漆黑，一点反应也没有。

她走到厨房，林韵华正在准备晚饭。

"妈，这个手机好像坏了。"

系着围裙的林韵华走过来，擦了手，按了按开机按钮，手机还是没有反应。

"怎么坏了？"

"不知道。"

婆婆斥了声："败家女，什么好东西落到你手里，都没好的。"

夏天根本不理她，对妈妈说："是不是要拿去修一下哦。"

"修啥啊修！"婆婆阻止道，"那玩意儿放在家里也没人用，我一把年纪了看都看不懂，不用修了。"

林韵华却道："我和夏仁经常不在家，家里又是老的又是小的，万一出点什么事，还是得有个联系的工具，拿去修一下吧。"

夏天也连忙道："是啊，得修好，不然出点事都联系不上。"

婆婆似乎故意要和夏天作对似的，坚持道："用不着花那冤枉钱，出点事就下楼找小佘，他也能帮忙联系，而且我也不会用手机。"

这智能老人机本来就是买给婆婆用的，既然她坚持不用，夏天自然也要不到修理费了。

她拿着手机回了房间，又试了好几次，都无法打开手机，看样子是真的坏掉了。

想到徐不周给她发来添加微信的消息………

肯定是加不成了。

夏天坐在椅子上，轻轻地叹了一口气，放下手机不再多想，摸出作业练习册。

晚上夏皓轩约了个小朋友来家里一起玩乐高，闹着要喝可乐，林韵华去了茶馆，婆婆因为骨折更加不可能下楼，只能让夏天去楼下副食店帮他买。

夏天从婆婆那里拿了钱，一瘸一拐地下楼，来到了副食店。

佘朗穿了件褐色皮夹克，正在副食店柜台前嗑着花生看中央八套的电视剧。

"佘叔叔，两瓶可口可乐。"

他回头，看到夏天一瘸一拐地走进店门，连忙问道："怎么回事？怎么把腿弄伤了？"

夏天礼貌地解释道："下午打球不小心摔着了。"

"哎呀,怎么不小心一点嘛!快快快,快进来坐!"佘朗连忙殷勤地拎了凳子,递到夏天面前。

夏天索性撑着凳子坐了会儿,缓解着左腿的难受。

佘朗已经走到她面前,蹲下了身,伸手碰了碰她的腿:"让叔叔看看,伤得严不严重?"

夏天连忙侧过身,挪开了腿:"没事!佘叔叔,没关系的。"

佘朗见她如此敏感,也不再强求,站起身,双手叉着腰,看着她一双修长的腿,感叹道:"伤筋动骨一百天啊,得好好养着。这样吧,你记一下叔叔的电话,以后要买个什么就不要亲自下来了,打个电话,叔叔给你送上来。"

夏天感激地看着他。

对比父母、婆婆对她的态度,佘朗叔叔真的很关心她。

她认真地在脑子里记下了佘朗的号码,忽然想起什么,问道:"叔叔,你会修手机吗?"

"手机?你手机坏了?"

夏天将那个老人机拿出来,递给佘朗。

他把玩着手机,开机试了试,说道:"这玩意儿得拿到专业的修手机店里去看看,一般人也弄不了啊。"

"这样啊。"夏天接过了手机,揣回兜里。

佘朗一眼就看出了夏天的窘迫,于是打开了装钱的小柜子,从里面取出一张百元的钞票:"夏天,拿去花。"

"啊!"夏天吓得站了起来,退后了两步,连连摆手,"不不不,佘叔叔,我不能要你的钱。"

"没事,拿着呗,你看你爸妈也不可能给你零花钱用,以后缺钱就来找叔叔。"

"不不,谢谢叔叔的好意。"

"我也是看你可怜。你看我也没孩子,把你当成自己的孩子,将来你长大了,多想着叔叔的好。"

"我知道叔叔很好,我会记得的。"夏天将10块钱搁在桌上,拎了汽水，感激地说，"谢谢叔叔了。"

佘朗收了钱，意犹未尽地看着夏天一瘸一拐远去的倩影，剥开一颗花生，倒出花生仁扔进嘴里。

次日清晨，夏天特意早起，搭乘人比较少的早班公交车。

没想到公交站外的路边，黑色的宾利车早已等候多时，夏天认得车边的那位西装革履的司机叔叔就是徐不周的私人司机。

司机对夏天打开了车门："不周让我来接你，请上车吧。"

夏天迟疑地望了望空空如也的车内："徐不周呢？"

"他一般和朋友坐公交或轻轨，不需要用车。"

"啊，这多不好，您还是去接他吧，公交车马上就到了。"

司机摇了摇头："不周叮嘱过，让我一定要把你安全带到学校，不然要扣工资的。"

"没关系，我会和他好好解释，不会让叔叔您为难。"

司机没办法，只能拨通了徐不周的电话，将手机递给了夏天。

夏天呼吸一顿，看着他递来的手机，有些耳热。

电话里，徐不周的嗓音带着几分晨起的慵懒，低低的，竟还有了点气泡音的味道："你这也起得太早了。"

"徐不周，你别叫车来接我了。"夏天小声说，"被人看到就惨了。"

"我让他去公交站等，怎么，他到你小区了？"

"不是，没有，是在公交站。"

"那废什么话，上车。"

"我不想坐你的轿车，就很不好……"

徐不周还躺在床上，睡意蒙眬，也真是要被这执拗的丫头气出一肚子起床气："我叫你上车。"

"不。"

徐不周直接坐了起来，揉了揉眼角，耐着性子哄道："就这一次，行吗？"

"……"

夏天知道他脾气不好，本来都准备迎接他盛怒之下的口不择言，没想到他居然服软了。

她没办法再对服软的徐不周固执下去，于是说："只一次哟。"

"嗯，乖了。"

"……"

司机回过头，看到小姑娘红着一张脸，将手机递了过来："那就麻烦叔叔了。"

"请上车。"

他给她打开了车门，恭敬地将她迎了上去。

夏天一开始心里还挺忐忑，担心被一些同学看到，但徐不周似乎交代过，让司机将车停在了距离校门一百米的一个巷子口。

她下车看了看周围，并没有人注意到，再次向司机表达了感谢，走向了校门。

到了教室，夏天见身后的位子空空如也，徐不周还没来，而她桌上也还没有人送来牛奶。

夏天决定今天就坐在位子上蹲守，一定要蹲到送牛奶的人过来，弄明白到底是怎么回事。

半个小时后，同学们陆陆续续地打着呵欠走进教室，开始了新一天的学习。

没过多久，徐不周也来了，跟几个少年一起走进教室，步履轻松，周围少年围着他说笑。

同样都穿着蓝白色的校服，但这种本来就不是很好看的校服穿在他身上，便穿出了大牌的感觉。

他神情慵懒，眼尾还勾了些倦意，坐到了她身后，长腿一钩，椅子在地上划出一声尖锐的"刺啦——"

夏天今天偏就杠上了，连洗手间都不去了，一定要等到那个人。

徐不周时不时会出去一会儿，要么接水，要么扔东西，或者在走廊上打会儿球。

过了会儿，乔跃跃走进了教室，将那瓶熟悉的青蓝牧场的牛奶递到夏天桌上："喏，拿去。"

"？？？"

夏天惊诧地望着乔跃跃，感动地抱住了她的腰："原来是你，我就知道。"

"哎，不是哈。"乔跃跃叼着自己的牛奶，解释道，"刚刚看到这奶搁在外面窗户上嘛，顺手给你带进来了。"

"然后呢？"

"就……给你拿进来了呀。"

夏天费解地说："搁窗上的怎么就知道是我的呀。"

乔跃跃笑着说："这不就是给你的吗？有个神秘人每天早上都给你送牛奶，送了一个多月了，全班都知道的。"

说着，她替夏天插上了吸管，将牛奶递了过来。

夏天只好接过，乖乖地喝了。

青蓝牧场的牛奶量少质好，奶香味儿特别浓，比夏天以前喝过的任何牛奶都好喝。

"好喝？"身后少年清淡如竹笛的嗓音传来。

夏天回头睨他一眼："你没有喝过吗？"

徐不周在草稿本上写下一个漂亮的英文单词："没有。"

"才不信。"

"他的确没喝过。"穆赫兰插了一句嘴，"上次陈霖拿了一瓶差点让他揍得……啊啊啊！"

他话还没说话，脚已经被徐不周踩住了，只能龇牙咧嘴地用眼神央告他……

徐不周眼尾轻佻地勾着，颇具威胁意味地扫了他一眼，让他好好说话。

"上次什么？"夏天没听清楚。

"上上上次……没什么。"穆赫兰将脑袋埋入语文书里，一句话都不再多说了。

夏天没有多想，靠着窗，晒着冬日温暖的太阳，嘴里叼着牛奶吸管，轻轻嚼着。

徐不周打量着她。

阳光下，小姑娘皮肤白得仿佛在发光，单眼皮，睫毛也不长，给人一种清清淡淡的感觉，总之就没多好看，真不漂亮。

徐不周看她叼着吸管的唇，唇形还不错，饱满湿润。

他克制地抽回了视线，过了几秒钟，又忍不住扫向她。

夏天挑了挑眉，眼神漫不经心地挪过来，和他的撞了下。

徐不周心脏都快炸开了，竟有些慌乱地移开了视线，所以没能注意到……女孩的耳垂泛起了红。

…………

今天放学，夏天就没有去篮球馆，一个人慢慢地走出了学校。

过了会儿，徐不周骑着自行车追上了她。

他骑车的样子像风一样，带着一股子阳光少年的气息，很有青春感。

夏天诧异地说："你怎么不练球了？"

"送你回去。"徐不周一个漂移，自行车刹在了她身前，长腿撑地，"上车。"

夏天慌张了起来，没这个胆子，下意识地逃避："不、不用啊，我去坐公交。"

"你对拒绝我这件事，上瘾了？"

"不是，你其实不用太放在心上，打球磕磕绊绊很正常，我也没怪你，你不用觉得对我有什么责任。"

徐不周嘴角勾起了一丝冷嘲："以前没看出来，我乖徒儿这么体贴。"

"……"

"上车，别让我说第三遍。"徐不周的神情明显有些不耐烦了。

夏天只好侧身坐上了他的自行车，他双脚一蹬，驶了出去。

少年的背脊骨分明，蹬踩的动作牵连着背部的肌肉，很有力量感。

夏天心脏扑通扑通地跳着，目不转睛地盯着他的背。

他后颈项有短楂子，看起来硬硬的，干净利落。她想如果他剪成陈霖的那种平头，大概会成为学校最帅的平头男生。

C城的地形就是上坡下坡，很少有平坦的路途，夏天看着前方绵延的上坡，怕他累着，于是道："前面上坡，你放我下来吧。"

"不需要。"

"太难骑了。"

"这电动的。"

"啥？"

夏天低头，果然看到他开启了电源按钮之后，双腿搁在踏板上，自行车飞速地向前驶去。

"……"

他骑自行车带她其实挺有感觉的，但是这是一辆电动自行车，感觉一瞬间就……变得有点儿搞笑了。

夏天情不自禁地低低笑了起来，一股前所未有的幸福感涌上心头。

听到女孩的笑声，徐不周随口道："笑什么啊？"

"就……你这么帅，居然骑电动车。"

"有什么不可以？"

"你以前骑电动车载过女生？"

"没有。"他回答，"只有你。"

"哦。"夏天低下头，努力抿着嘴角的笑意。

过了会儿，徐不周忽然问："你觉得我帅？"

夏天眨巴着眼睛："这不是全校公认的事吗，不然乔跃跃为什么追你？"

"追我的人不是乔跃跃。"

"原来你记得人家的名字。"

"不记得，但乔跃跃是你的同桌，我现在记得她了。"

"哦……"夏天嘴角的笑意，越发快要压不住了。

"你真的觉得我帅？"

"你问这个做什么呀？"

"没什么。"

电动车的小马达呼呼地跑着，两人迎着风上了坡，又是一段长下坡，徐不周按住了刹车，提醒道："抓紧。"

夏天听话地抓住了他的衣角，不承想，没走几步，少年一个急刹车，猝不及防间她一整个撞上了他的腰。

"哎呀！"

"不好意思。"徐不周道，"红灯，没注意。"

夏天撞在他硬邦邦的背上，胸口砸得……有点疼。

前面的少年嘴角扬了扬，提议道："呃，你要不抱着我。"

女孩的脸"唰"的一下红透了，幸好他看不见："谁要抱着你呀！"

徐不周没有勉强，反正这一天总会到来。

很想被她抱一下。

半路上，徐不周忽然道："你还没加我微信。"

夏天忽然想起，连忙道："我手机坏了，想修，但是……"

"没钱"两个字说不出口，她想修手机应该不便宜，上次陪着乔跃跃去给她的碎裂的手机换屏幕，花了一千多。

她虽然攒了一点钱，也不过就几百块，只怕还不够。

徐不周按下了刹车，将自行车停在路边，回头道："手机带了？"

夏天连忙从书包里取出了大屏老人机，递给她。

手机已经坏了，放在家里也没用，这么一个废手机倒难得成了夏天的所有物。

徐不周看着她这一个样式老旧的杂牌国产砖头机，打量了一下，机器边缘都褪色了，屏幕也全是划痕，不知道是哪年的古董机。

"你这手机……太丑了。"

夏天微窘，的确，这么个丑丑的砖头机，搁在他漂亮的手指间把玩着，不搭。

"能用就行，样式有什么关系。"

徐不周按了开机键，很久，没有反应。

"要修吗，还是买新的？"他问她。

"……"

夏天舔了舔干燥的下唇，不知道该如何回答。

修也修不起，新的更买不起。她夺过了手机，揣回了书包里："我日常又用不着手机，算了。"

徐不周重新骑上了自行车，载着夏天去了一个步行街的地下通道口，把车停在通道门旁边，他带着夏天走了进去。

"去哪儿啊？徐不周。"

"修手机。"

"啊，我没说要修啊。"

"不修你怎么加我。"

"……"

夏天咬咬牙，盘算着自己卡里仅有的几百块钱，不知道够不够。

如果不够的话，就讲讲价。

地下通道很长，人流如织，通道两边开着各种修理手机和二手机售卖的小店。

徐不周领着夏天进了一家店，店家是个年轻小子，见徐不周进店，扬手跟他打了招呼："不周，怎么有时间光临小店啊。"

"带我徒弟来修手机。"

店主黄毛看到跟在少年身后的女孩，乖乖巧巧，看起来特别听话安静。

"啊，居然带妹妹来修手机！按你的风格，这不直接去商城里挑新机子嘛。"

"少废话。"

徐不周推开了黄毛，坐到了操作台前，打开了电压机，对夏天伸出手："手机。"

夏天乖乖摸出手机递给他，见他拿出镊子和螺丝刀，非常熟练地拧开了一颗颗细小的螺丝，拆开了手机面板。

她趴在工作台的玻璃护窗前，看着徐不周这一系列操作，惊诧地问："徐不周，你居然会修手机？"

徐不周用电压笔测试手机电压，翻开了芯片，漫不经心道："男的不都会吗？"

"不啊。"夏天真诚地说，"我们楼下副食店的佘叔叔就不会，我猜穆赫兰肯定也不会。"

黄毛抱着手机倚在桌台，笑着说："你听他'凡尔赛'呢。这手艺要谁都会，我们还怎么活。"

夏天看着徐不周的手，骨节根根颀长，手背冷白色，有青色的血管脉络，灵活地拆卸着手机内部精密复杂的零件。

似乎这双手，无论做什么都能做得好。

他拆卸之后用电压机鼓捣了一阵子，重新装回去后手机的屏幕居然亮了。

"修好了！"

徐不周扔了螺丝刀，用镊子将芯片回归原位，淡淡道："是因为机身老化严重，接触不良。"

"那还能用吗？"

"可以，但不知道什么时候又会坏，这款得是七八年前的机子了。"

"能用就行。"

徐不周三下五除二替她重新装好了机子，夏天试了试开机键，屏幕果然亮了起来，出现了刺眼的开机画面。

徐不周去后台洗了手，她转向店主黄毛，忐忑地询问："那个……请问修手机多少钱呀？"

黄毛笑着说："问我做什么，去问帮你修手机的人呗。"

夏天望向徐不周，他从桌上抽了两张纸巾，擦拭着手上的水珠。

"徐不周，我该给多少钱？"

"先欠着。"

"什么？"

少年走过来，俯身凑到她眼前，眼尾勾了一抹浪荡又放肆的笑意："先欠着，等哪天哥需要了，再找你。"

看着他近在咫尺的英俊脸庞，夏天几乎屏住了呼吸。

他摸了摸小姑娘的脑袋，出门推着自行车，回头望了她一眼——

"上车。"

"噢……"

夏天跟了上去。

……………

夏天回了家，添加了徐不周的微信。

徐不周的微信和企鹅名一样，都是——风。

夏天的微信名却只是夏天，不是 Summer，不然就太明显，要暴露了。

通过添加之后，徐不周主动发给她一个"狼外婆"褐色的小猫爪：Hi.

夏天看到"狼外婆"就很开心，赶紧道："徐不周，你多给我发一些'狼外婆'的照片，可以吗？"

风："它叫星星。"

夏天："大名叫星星，小名'狼外婆'。"

徐不周给她发了好多张照片，照片里的猫猫眼睛依旧难以对焦，一只眼睛往左翻，一只眼睛往右，看起来呆呆傻傻的，也是丑得让人发笑。

不过照片里徐不周给她买了好多可爱的花团毛线围脖，有向日葵形状的，有玫瑰形状的，有雏菊形状的……

打扮起来的"狼外婆"，立刻变身成了丑丑的小萌猫，可爱极了。

他给她发了好多照片，夏天一一保存，一张张仔细地放大了翻看着，治愈极了。

就在她看照片的时候，徐不周发来一条语音消息："不打字了，跟我说说话。"

他嗓音带着某种宣纸磨砂的颗粒质感，很好听。

夏天反复听了好几遍，也战战兢兢地打开了语音："说什么呀？徐不周。"

发送之后，她又听了一遍，嗓音带着些微紧张的颤抖，但希望他听不出来。

风："《风沙星辰》读完了？"

夏天："没有，每天作业好多，我只能临睡前看一会儿，看了三分之二的样子，还要去图书馆办理续借。"

风："家里有一本，下次借你。"

夏天："嗯。"

风："想跟我交流一下想法吗？"

夏天听着徐不周的声音，恍恍惚惚地感觉到，徐不周好像有点对她敞开紧闭的心扉的意思……

她不知道他是否对其他女孩这样，但听陈霖说，绝大多数时候，他都只觉得她们聒噪。

他愿意了解她的世界吗？

夏天翻了翻自己的手账本，她觉得有感触的地方，都会在本子上记下来。

夏天："书里有一句话，说爱并不存在于两个人的互相凝视，而是两人一起望向外在的同一方向。"

风："我记得这句，你觉得那是什么意思？"

夏天走到窗边，望着窗外那堵黑墙，黑墙之上是漫天的星辰。

她认真地思忖着，回道："相互凝视的两个人，把自己封闭在小世界里，以为只要有感情，相互间就可以为所欲为。"

风："难道不是？"

夏天："才不是呢，如果有感情就可以为所欲为，那天底下所有的不轨之情，都可以用爱来冠之以正当的名义，这不是真正良好的感情。只会让两个人相互捆绑、窒息甚至毁灭。"

风："继续。"

夏天："只有两个人真正朝着同一方向携手并进，彼此提携、彼此照顾、相互懂得，才德和心灵都要一起成长，才是我所期望的感情。"

夏天："我希望以后也能找到一个人，和他一起瞭望同一方向的星空。"

徐不周倾听着女孩温柔的嗓音，在这静谧的夜里，细细道出她自己对未来和人生最美好的期盼。

就像听着老旧收音机里发出的广播，一字一句，诉说着那些旧日时光的浪漫。而此时，两个孤独的人正在收听这同一赫兹的频道，感受灵魂的震颤。

隔了很久，她都没有收到徐不周的回信，又觉得自己好蠢。

自说自话那么多，兴许他都已经没耐心听，要睡着了吧。

夏天有些聊天焦虑症，又给徐不周发了一个猫猫的表情包："写作业啦,拜。"

徐不周发来语音消息:"夏天,我记得你说想开着飞机去沙漠里看星星。"

夏天:"嗯?"

徐不周:"愿意带我一起吗?"

夏天将语音翻成文字,然后截图发给了乔跃跃——

"宝贝睡了吗!你看他这句话什么意思!"

乔跃跃:"开飞机去沙漠看星星,你俩在写言情小说吗?"

夏天:"不是呀,这大概是某种……文学手法,不是真实的开飞机去沙漠看星星。"

乔跃跃:"所以我说你俩在写言情小说。"

夏天:"但这都不是重点。重点是,你看他这句话是什么意思。"

乔跃跃:"不就是去沙漠看星星的意思吗,还能有什么意思?你俩在打什么哑谜,困惑。"

夏天:"好吧。"

她没办法向乔跃跃解释清楚,即便解释了,大概她也会觉得很无聊。这是只属于她和徐不周的风沙与星辰,不足为外人道也。

乔跃跃:"你到底想说什么嘛。(抓挠.jpg)"

夏天:"我想说,徐不周在意的那个人如果不是唐芯意,那会不会……是我啊?(忐忑.jpg)"

乔跃跃:"呵呵。"

夏天:"你又要说我自作多情了。(哼.jpg)"

乔跃跃:"我想笑啊,蠢材蠢材!你居然现在才发现,你的前后左右、左邻右舍都看出来了,好吗?"

夏天:"哈?"

乔跃跃:"送你超贵的牛奶,每天花时间教你练球,还专门买自行车载你回家……不是在意你,难不成做慈善呢,你见他对哪个女生这样过?"

夏天听乔跃跃这样说,反而有点不太确信了:"真的假的?"

幸福来得过于突然。

而夏天又不是那种自幼就得到了很多确定不疑的关怀和爱意的女孩，她战战兢兢，不敢轻易相信这样的幸福会落到自己身上。

她暗恋的男生也在意她，难道这不是世界上最开心的事情吗？

不敢相信。

周末，夏天一直在房间里写作业，手机搁在手边。

妈妈和婆婆都以为这手机坏掉了，既然夏天修好了它，自然手机就属于她了，可以随身携带。

前提是别让她们知道了。

下午，夏天准备午休一会儿，没想到夏皓轩又邀请了几个同学来家里玩游戏机，几个小男孩吵闹得不行，简直要把屋顶都掀翻了。

夏天走出房间，看到客厅被几个小孩弄得不成样子，桌上全是可乐罐，还翻倒了，汽水洒了一桌。

父母都不在家，婆婆撑着拐杖走过来，艰难地俯身擦拭着桌上的水渍。

她看起来神情有些憔悴，似乎很累的样子，对夏皓轩道："宝啊，别闹了，别闹了，婆婆有点头痛。"

夏皓轩压根不理她，故意将游戏音量开到最大，震耳欲聋，几个小男孩也哇哇地大叫着。

"哎呀，不要闹了，别闹了行不行啊。"

"走开！你烦死了！"夏皓轩受不了婆婆在边上唠唠叨叨，嫌弃地推了她一下，"走开！"

夏天知道老人家有高血压，她倚在门边，漫不经心地问："婆婆，你哪里不舒服，要不要去看医生？"

"不关你的事，你还在边上看着，看到你弟弟朋友来了，还不快去给你弟弟买零食！"

夏天对她最后一点关心也消失殆尽了，淡淡道："我又没钱。"

"我要吃零食！"夏皓轩听到婆婆这样说，也来劲了，"快点，我要吃臭干子！我要吃辣条！"

于是婆婆从兜里摸出了她用手绢做成的钱袋子,从里面摸出10块钱,递给了夏天:"去给你弟弟买!白长了一双眼睛不盯事儿。"

夏天接了钱,溜达着下了楼,去副食店买了几包辣条上了楼,扔给了夏皓轩。转身回房间,用力关上了门,戴上了耳机,不管他怎么闹了,反正有人宠着他。

她躺在床上百无聊赖地登录了微信,看到上午十点的时候,徐不周给她发了条微信消息——

"徒儿,下午有个密室逃生局,陪我玩。"

夏天看到时间,这会儿都下午一点半了,她赶紧回了消息。

夏天:"抱歉哦,我才看到。"

风:"……"

夏天:"(忐忑.jpg)"

徐不周正坐在出租车里,和朋友们去密室逃生工作室。

他是真的有点无语,她不回他,害得他中午连饭都没有吃好。

以前是他经常不回女生的消息,让人家一等就是几个小时,甚至还有女生哭着打电话来质问他为什么总不回复。

的确是渣得可以。

这次,徐不周真真实实感受到等回信的那种……魂不守舍之感了。

她是不是吃午饭了没看到?手机又坏了?看到了故意不回?她不想理他吗,还是懒得理……

一个中午他脑子里奔涌而过几百、几千个念头,恨不得立刻打电话过去问清楚。

但……似乎显得太主动了。

总之,徐不周很不爽,很烦躁,很想发脾气。

这一刻,接到女孩的解释,那种心里像悬着利刃的惶惑感一散而空。

他心脏加速了跳动,竟有些兴奋,给她发了消息——

"以后不准不回消息,尊师重道,懂不懂?"

夏天:"我看到了就会回啊,没看到也没办法,又不会经常登录。"

风:"来找我,游戏要开始了。"

夏天："我有点困，想睡午觉。"

风："密室很黑，你进去了正好睡觉。"

夏天："不是要逃生吗？"

风："为师可以背你，放心睡。"

夏天："……"

夏天呵欠连天地坐轻轨去了约定地点，上了公寓楼电梯，来到24楼的密室逃生工作室。

几个男生坐在一张长沙发上，都是班级的熟面孔，陈霖和穆赫兰他们。

徐不周一个人坐在单人沙发上，低头看着手机，神色倦懒，也带着些午后的困意。另一只手拎着瓶水，手指颀长，拇指处的红痣很明显。

见夏天站在门前鬼鬼祟祟地探头，他立刻把瓶盖拧了回去，说道："过来。"

夏天乖乖走了过去。

"你们都到了。"

"还有人没来呢。"穆赫兰看了看手机时间，"你们女生就是慢，夏天是最准时的了。"

"我徒儿当然准时。"徐不周将夏天拉到自己身边，"坐。"

"坐哪儿啊？"夏天看到沙发都被几个男生霸占完了，也没椅子。

徐不周用眼神示意自己身边的沙发扶手，似乎是让她坐在他身边。

夏天当然不好意思，脸颊微微发烫，抬眸看到密室逃生工作室边上还有一个玻璃猫咖房，里面有好多只品种猫，有蓝白英短、缅因、加菲猫……有的懒洋洋趴在毯子上，有的坐在猫爬架上，还有几只小灰猫在闹着玩。

她惊喜地走了过去，却被门前的小姐姐拦住："进去跟猫咪玩要收费哦，20元一个小时。"

夏天不打算进去，只在门口看着它们，徐不周递了50元给小姐姐："让她进去。"

"哎！"夏天着急地说，"不要浪费钱啊，又玩不到一个小时，就要进密室了。"

徐不周接过了小姐姐递来的塑料鞋套,穿上了走进玻璃猫房:"几分钟,又有什么关系。"

"是啊是啊!"穆赫兰笑着说,"千金难买他徒儿高兴嘛。"

夏天见他钱都给了,也只好匆匆换上鞋套,进了玻璃房,用羽毛玩具逗着猫咪。

几只猫见有人玩羽毛,全部拥了过来,伸长了猫猫拳去够羽毛。

徐不周则坐在她身边的蒲团上,看着她逗猫猫。

她将羽毛递给徐不周:"你也玩呀?"

徐不周摇头:"我不逗别的猫。"

"为什么?"

"星星知道我在外面玩猫,会生气。"

夏天笑了起来:"在这些奇奇怪怪的事情上,你还挺专一。"

"一向如此。"

夏天用羽毛逗着一只蓝白猫,漫不经心道:"有你这样的主人,那我们星星岂不是全世界最幸福的猫了。"

"当然。"

"你要是在别的事情上也这么专一……"

话还没说完,夏天便止住了,意识到这样说很不合适。

他又不是她的什么人,她有什么资格让他专一。

片刻后,徐不周望她一眼。

"可以啊。"

猫猫翻出肚皮让夏天摸摸,她没听到徐不周的话,问道:"什么?"

"专一。"

她偏过头,望向了他。

少年漆黑的眼瞳里是前所未有的认真,一个字一个字,压着嗓音道:"会专一,只要你信我。"

夏天的心脏像铅球一般,顷刻间被投向了十万八千里的天空。

还没来得及回想徐不周的话,乔跃跃站在门边对她挥了挥手,"咔嚓"

一声，她用手机给夏天、徐不周和猫猫们拍了张照片。

闪光灯刺到了夏天的眼睛，她眼前一片花白的影子，缓了好久，才看清了门边的徐不周。

刚刚的话题已经转了过去，他摘掉鞋套，走出了玻璃房。

夏天也连忙跟了出去，人已经来齐了，密室即将开启。

乔跃跃拉着夏天站在队伍最后，坏笑着说："呃，你刚刚和徐不周……干什么呢？"

夏天耳朵微烫，惶恐地望了眼前面高挑的少年，低声道："没有，别问了。"

"刚刚你俩一起玩猫的样子，看上去很亲密哦。"

"才没有。"

夏天心里清楚，她才不可能和他般配，就算她穿上自己最好看的裙子，站在徐不周身边都显普通……

她和他一点也不般配。

乔跃跃翻出了刚刚给夏天拍的照片，递到她眼前。

画面里，夏天蹲在地毯上摸着小猫猫，乌黑的长发垂在肩上，温柔可意。

而徐不周轻松肆意地斜坐在她身边的蒲团上，单手撑着地。

她在看猫，他在看她。

美好得……仿佛时光也定格在了这一刻。

夏天将手机递还给了乔跃跃，小声说："照片回去发我。"

"已经发了，还用说吗。"

她握了握她的手。

密室是校园主题，男生们很自觉地站在了前后排，将女孩们护在中间。

夏天就跟在乔跃跃身后，而徐不周被安排断后，就在夏天身后。

大家戴上了眼罩，然后搭着前一个伙伴的肩膀，在一片漆黑中，依次走进了密室。

夏天明显感觉到一双宽大温热的手，搭在了她单薄的肩上，她知道那是徐不周的手。

黑暗中，前方的队友停了下来，广播里开始介绍游戏的背景，同时播放着令人毛骨悚然的阴风音效。

夏天心里有些怵，抓紧了乔跃跃腰间的衣服。

"痒，宝贝儿，痒！"

夏天只好松开了她，这时候，她感觉到身后的徐不周贴她更近了些，双手紧握着她的肩膀，在她耳边柔声道："夏天，我怕黑。"

"怕黑……你还来玩。"

"嗯，保护我。"

"没事，你……你好好跟着我。"夏天其实也挺害怕的，她从来没玩过这类游戏，而且……而且她也很怕黑。

但徐不周好像比她更怂一些。

她还是要保护着他。

"千万别走丢了哦，听说有单人会被蒙着眼睛带到其他房间。"她在来的路上用手机搜过了相关剧情，叮嘱徐不周，"千万别被带走了。"

"那怎么办？"

"你抓紧我就好，别松开。"

徐不周毫不犹疑将手落到了她的腰间，紧紧地箍着。

夏天心头微微一颤，但……

她默许了。

心脏跟兔子似的，快蹦出了胸腔，她掌心都冒出一层密汗了。

终于，路边的灯亮了起来，但这灯光基本上也等于无，走廊依旧阴森暗淡。

这时候，穆赫兰的声音从走廊另一边的教室里传来——

"哎哎哎！你们人呢！人呢人呢！

"怎么只剩我一个人了？

"啊啊啊！救命啊！"

夏天刚刚听了剧情，于是趴在门边对穆赫兰喊了声："你先别急，我们要合作解密，你先看看周围有什么我们需要的线索。"

"我好怕啊！救命啊！这里太黑了！"

"你别着急，先看看周围有什么。"

"黑板上，好、好像有字。"

夏天看到这边的走廊宣传栏里，似乎也有地方需要拼图，赶紧道："你把黑板上的字念给我，我们拼好就可以触发机关了！"

穆赫兰战战兢兢地念了黑板上的字，夏天迅速找到了合适的拼图，机关触发，旁边的教室门打开了，而穆赫兰那边的门也打开了，他跌跌撞撞地跑了过来，惊魂未定——

"我的天！太吓人了！这什么硬核环节啊！"

"我再也不来玩了！啊啊啊啊！"

显然，这家伙几乎要被吓哭了，大家都是搭着肩膀走进密室，谁都没想到会有人被带到其他房间里，摘下眼罩看到周围同伴都不见了，不吓呆才怪。

幸而，几人来到了封闭空间的教室，比阴森的走廊更有安全感一些。

一进来，陈霖就立刻堵住了房间门。

乔跃跃和穆赫兰担任了氛围组，全程一惊一乍地乱叫。

夏天开始认认真真地观察四周，着手解密，徐不周一直跟在她身边，她一边解密，一边回头叮嘱他："你跟着我哦。"

徐不周看着女孩认真玩游戏的样子，挑了挑眉："是不是女生啊，一点也不害怕？"

"怕啊。"

"不像。"

"你在我身边，就没那么慌了。"

说完，似又觉得这话过于直白了些，她赶紧补了一句："我是说，你是师父嘛。"

"但为师也很怕。"

"那我们这个队就完蛋了。"夏天浅浅地笑了下，绽开一个甜美的小梨窝，"你别影响我了，我第一次玩这个，还想多经历一些情节，走得远一点呢。"

"好。"

徐不周全程跟在了夏天身边，看着她解密。

其实她很坚强，并不像平日里表现得那样柔弱可欺，尤其是在这种关键时候，平时看着挺大胆的乔跃跃他们，一个个吓得魂飞魄散，偏这小丫头表现出了常人难以企及的冷静。

也许，她真的能实现梦想，成为很优秀的女飞行员。

徐不周满眼欣赏，直到夏天解开谜团机关，教室瞬间陷入黑暗中，伸手不见五指。

广播提示，有女鬼推门走进了教室，教室门传来了吱呀的声响，大家的心都揪紧了。

乔跃跃和穆赫兰两人又尖叫了起来。

"夏天！夏天啊！"

"我在，在这里。"

黑暗中，夏天握住了"乔跃跃"的手，紧紧攥着："别怕别怕，我在。"

那双手很宽大，掌腹的位置似乎还有些粗糙，一点也不像乔跃跃的手，但她已经顾不得这么多了，一句话也不敢讲，只能在无边恐怖的黑暗中，等待着黑暗中的那个女鬼离开……

过了会儿，头顶的灯重新亮了起来，夏天的视线恢复之后，看到乔跃跃在距离自己好几米的另一个角落里。

她低下头，看到和自己十指紧扣的那双手，拇指处有一颗殷红的痣……

徐不周。

耳边传来少年的一声轻嗤："徒儿，你抓我好紧。"

她心一慌，想要赶紧甩开那双手，徐不周却没有放开。

后来几人走出了教室，继续朝着走廊尽头走去，穆赫兰他们走在前面，夏天红着脸和徐不周走在最后。

那短暂的几分钟，夏天仿佛度过了一个潮湿燥热又漫长的……盛夏雨季。

一场又一场的热带暴风雨，几乎快要把她的世界冲刷干净了。

"哎，你们看，尽头的门开了。"穆赫兰率先跑过去，"看着是个储物间，好多柜子啊。"

"你去嘛，房间里有个鬼在等着你。"乔跃跃笑着说。

"大家都是尿包，吓我有意思吗？"

一群人陆陆续续进了房间，对讲机里的主持人开始发布任务，根据他们事先抽到的身份牌，每个人都要单独穿过阴森的走廊，去其他房间取钥匙，打开相应的储物柜门。

好了，最刺激的单线任务来了，无人可以幸免。

乔跃跃和穆赫兰都要哭了，这是他们最害怕的部分了，推推搡搡的……都不肯出去。

夏天也害怕，看着外面几乎伸手不见五指的走廊，腿都要吓软了，但这任务也没办法避开，避开了剧情就没法玩儿。

按照名字牌，第一个出去的人是穆赫兰，他做了好几分钟的心理建设，天上的神仙都让他求了一大圈，又被乔跃跃激将道："是不是男的啊！这都不敢。"

他和她吵了几句嘴，壮着胆子朝着走廊走去。

中途有尖锐的女鬼叫声传来，伴随着穆赫兰杀猪一般的叫声，很快，他像被狗撵似的跑了回来，捂着胸口，脸色惨白："我的天！！！居然有贴脸杀！太吓人了！那贞子一样的女鬼就和我面对面，太吓人了！"

乔跃跃直接瘫倒在了墙边："我不去！我坚决不去！坚决坚决不去！"

她是说什么也不肯出去，大家只能向对讲机里的主持人申请了唯一的一张豁免卡，免掉了乔跃跃的单线。

紧接着就轮到夏天了，夏天心里也是一阵惊慌失措。

尤其是听到还有贴脸杀，全身上下的每一个细胞都在抗拒出门。

然而，唯一的豁免卡已经给了乔跃跃。

乔跃跃抱着她的手臂："宝啊，宝，这次之后，你就是我的姐！"

夏天咽了口唾沫，表示自己并不想当姐。

她心里也十分慌张啊。

徐不周拉住了夏天："需要为师陪着？"

"可以陪吗？"

他拿出了对讲机:"只要钱给够,怎样都可以。"

她知道他有钱,但有钱也不是这样的花法啊,夏天可舍不得。

她连忙按住了徐不周的对讲机,摇头道:"我没那么害怕了。"

"装什么,不行别勉强。"

"徐不周,我可以。"夏天仍旧坚持按下了徐不周手里的对讲机,打开门,迈步走进了黑暗的走廊。

徐不周看着小姑娘决然的背影,又扫了眼边上惊魂未定的穆赫兰,穆赫兰还叨叨着:"太吓人了,真的太吓人了!"

这种黑暗环境,哪有不怕的,男生都扛不住。

夏天只是怕他花钱。

他以前不是没给女孩花过钱,也从不吝啬这方面,他这小徒弟本来就挺可怜,徐不周一点也不想在这方面委屈她。

但她懂事得让人心疼。

…………

果然,NPC[①]女鬼的贴脸杀,太吓人了!

走廊里传来了夏天声嘶力竭的尖叫声:"啊!徐不周!徐不周!"

听到她喊他的名字,徐不周再也忍不住了,推开门朝着漆黑的走廊狂奔而去。

"哎哎!不周哥,不能去啊!犯规了!"

穆赫兰想拦住他,但是哪里拉得住,徐不周跟箭一样冲了出去,在走廊的转角处,他找到了小姑娘。

她被贴脸的女鬼吓哭了,抱着腿,蹲在墙角一动也不敢动。

"徐不周……"

"我来了,夏天,你在哪里?"

"徐不周……我在这儿。"小姑娘嗓音颤抖着,伸手去抓他,"在这儿。"

徐不周在伸手不见五指的走廊里,摸着墙壁循声而去,终于碰到了她的身子。

---

① Non-Player Character 的缩写,游戏中一种角色类型,意思是非玩家角色。

夏天摸到了徐不周的手，紧紧地握住，终于一颗心才算安定了下来："刚刚……刚刚好险，那个鬼就在我眼前，我没有害怕，我就是……忽然被吓到，你知道那种一瞬间的惊悚……"

　　"解释什么。"徐不周揽着她单薄的肩膀，带她缓慢地走在伸手不见五指的走廊通道里，"我知道我乖徒儿全天下第一勇敢。"

　　"哼，我本来就不怕。"

　　"不怕，还叫我？"

　　"我……本能嘛。"

　　"原来你的本能是徐不周。"

　　幸好周遭一片漆黑，徐不周看不到女孩脸上火烧火燎的红。

　　"你是我的师父啊。"她努力让自己的语气显得平静些，"这很正常。"

　　身边传来少年的一声轻笑——

　　"夏天，我很荣幸。"

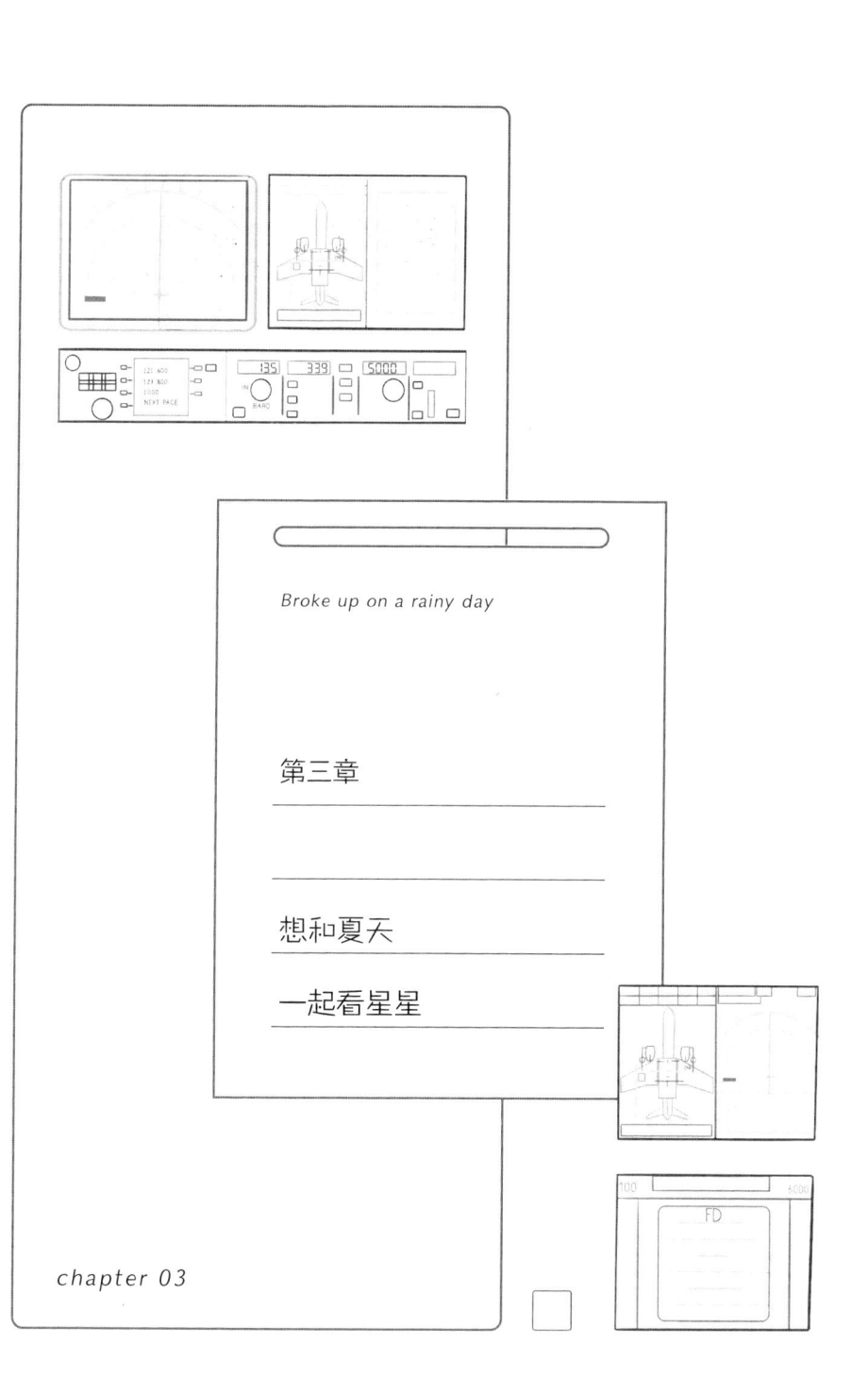

Broke up on a rainy day

第三章

想和夏天

一起看星星

chapter 03

因为徐不周的犯规,游戏只能中止了。

大家伙儿也都松了一口气,尤其是穆赫兰和乔跃跃,早就吓得三魂去了两魂半,巴不得早点离开这黑漆漆的密室。

尽管如此,徐不周还是一个人承担了全部的费用,并且承诺下次再和他们来通关。

因为他的失误,导致了游戏的中断。

夏天看着他付钱结账的背影,过意不去,于是摸出手机把自己的费用转给他。

徐不周手机"叮咚"一声响,随即,他抬眸望了她一眼。

夏天不动声色,因为不想被周围人察觉。

徐不周将钱原路退还,坐回她身边沙发上,惩戒性地用膝盖撞了撞她的腿。

"这么见外?"

"嗯……不是。"

她望了望身边的人,终究没再解释。

主持人小姐姐过来给大家复盘剧情,穆赫兰咋咋呼呼道:"你们这个本,单线任务的贴脸杀,太顶了吧,真的吓得人灵魂出窍。"

主持人笑着说:"这是我们密室的招牌剧情哦。"

"真的太可怕了这……我玩过不少密室,这个本是最恐怖的。"

夏天却说道:"其实,经历过一次这种贴脸杀的剧情之后,下次再玩别的,就不会那么害怕了。"

徐不周漆黑的眸子落在小姑娘身上:"你胆子这么大?"

"嗯,因为我以前没玩过,是蛮新奇的体验。"

"你似乎喜欢做新的尝试?"

夏天诚恳地点了点头:"对呀,我还有好多事情没做过呢,像跳伞呀,攀岩呀,还有旅游这些……我觉得人生的意义就在于体验,我想体验很多没有做过的事。"

穆赫兰忽然打断了夏天的话:"欸,这话我们不周也说过啊,人生在于体验,哈哈哈,他也喜欢做各种新的尝试,前段时间去三亚还考了潜水证来着,没做过的事,他都想做,还想着开飞机来着。"

乔跃跃挑了挑眉,意味深长道:"哟,你俩……在某些方面还真是契合啊。"

"有个词怎么说来着。"穆赫兰不怀好意地笑着,"soulmate,灵魂伴侣,是不是?"

夏天的脸都红透了,手揪着衣角,快捏出褶子来了。

后悔刚刚讲这么多话,她就该安安静静的,少开口。

徐不周单手把玩着打火机,意态倦懒,知道小姑娘窘迫,抬着眼皮扫了穆赫兰一眼:"闭嘴吧你。"

夜间,几人一起小聚吃了一顿火锅,各自乘坐轻轨或公交回家。

夏天和徐不周在同一个方向,于是一道进了轻轨车厢。

这一列车厢人不多,都有空位,夏天坐在最边缘靠近门的位子上,旁侧就是玻璃挡板,徐不周和穆赫兰他们在她正对面的位子上。

穆赫兰摸出手机玩起了游戏,还叫徐不周也加入,一起开黑①。

徐不周摸出手机,但没有打开,视线落在了对面女孩身上。

女孩穿着轻薄款的白色小棉袄外套,衣服上印着小熊的图案,领边的绒毛贴着她白皙的脸蛋。

她的嘴唇因为冬日里空气干燥而轻微干裂,所以摸出了润唇膏,对着玻璃挡板的反光镜涂抹了一下,然后抿抿唇。

---

① 游戏用语,意为玩游戏时可以语音或是面对面交流。

唇膏没有揣进兜里,而是捏在指头间把玩着,拧开,扣上,又拧开……她的视线下移,落到了自己的小白鞋上,神情显得有些紧张和局促。

她的余光已经注意到,对面的徐不周在看她,一直在看。

一直一直在看。

夏天根本没有胆量和他对视,只能将视线转移到其他地方,手指尖不安地玩着唇膏。

过了会儿,徐不周率先起身朝着两节车厢的连接处走去,经过夏天身边时,很轻地说了声:"过来。"

夏天望向他,他给了她一个淡淡的眼神。

见他已经率先过去了,她犹豫片刻,也终于跟了上去。

车厢连接处没什么人,徐不周背靠着车壁,一只手拉着扶手。

夏天走过来,也抓住了他身边的扶手:"徐不周,有事吗?"

"考虑得怎么样?"

"什么?"

"那天晚上,我问你的问题。"

夏天当然还记得,她想去沙漠看星星,徐不周问她:"愿意带我一起吗?"

"可徐不周,这只是某种文学性的比拟手法。"她低着头,轻声解释道,"我都不知道自己这辈子能不能见到真正的沙漠,能否在沙漠里看到满天的星星……"

"明白。"徐不周眼神勾着她,"琐碎的现实生活里,人总要有一些美好的企盼和愿望。"

"嗯。"她点头,"就是这个意思,所以……"

"所以你到底懂不懂我的意思?"

徐不周微微俯身,与她保持平行的姿态,凝望着小姑娘闪躲不定的眼眸。

"轰"的一下,夏天脑子里仿佛有噼里啪啦的烟火炸开,眼前一片星光,晃得她几乎快要眩晕了。

所有惶惶不安的猜测,在这一刻都变成了最真实的温柔。

原来他也在意我……

徐不周看到小姑娘胸膛剧烈地起伏着,他没有催她,安静而耐心地等待着一个答案。

"徐不周,我……不知道。"

等了近乎五分钟,他等到了这样一个不确定的回复。

"不知道什么?"徐不周紧握着栏杆的手,稍稍松了些,掌心有一层薄汗,"既然你喜欢新的尝试,为什么不尝试跟我试试?"

"我也不晓得怎么说,这不是第一次玩密室、第一次攀岩、第一次穿吊带裙……"夏天的心乱极了,说话也有些语无伦次,"我要好好想一下。"

她的心此刻被狂喜、害怕、紧张和不安这些复杂的情绪裹挟着……很难做出某种确定的选择。

她太在意他了,脸颊都红透了,她不知道该怎么说。

徐不周伸手想碰碰她的脸颊,她惊慌地侧开脸,他只碰到她柔顺冰凉的一缕发丝。

指腹间也留下了这么一抹淡淡的触感,久久挥之不去。

"徐不周。"她控制着心绪,重新组织了语言,用《风沙星辰》里的一段话回答了他,"爱并不存在于两个人的互相凝视,而是两人一起望向外在的同一方向。"

"嗯?"

"我不知道我们所瞭望的方向……是不是同一个。我的家庭你也看到了,我没办法这么草率地答应你什么。"

徐不周是真的没想到她会如此认真,认真到还没在一起就已经开始考虑未来了。

未来何等遥远,像徐不周这种玩世不恭的浪荡子,他很少瞭望远方,只瞩目当下,在意当下的快乐。

她太认真了。

这让徐不周不得不重新考虑这段冲动的感情。如果要认真,那就是一生一世了……

夏天清澈的眸子落在沉默的少年身上,似乎也感受到……他被自己这番话给吓到了。

心里涌起一阵难言的失落。

她是不是太教条、太守旧了，徐不周以前接触的女孩，大概不会跟他说这些。

她强颜欢笑地勾了勾唇，故作轻松道："当朋友也没关系啊，你还是可以教我打球，我还想着长高些呢。"

"好啊。"

徐不周也笑了，伸手揉了揉她的脑袋："乖徒儿。"

夏天移开了脑袋，转头望着窗外飞速流过的地铁通道霓虹光。

几分钟后，地铁到站，夏天要下车了。

"拜拜，徐不周。"

"嗯。"

她逃也似的顺着人流离开了车厢，回头，跌跌撞撞，慌不择路。

很快，这一列地铁驶离了，轰隆隆地如同长风般在耳畔呼啸，燎原之火将她杂草丛生的青春烧了个一干二净。

夏天心里有些酸，有些涩……

她不知道这一次的错过，是不是就永远错过机会了。

甚至有些后悔了。

但更让她难受的是……徐不周给不出很确定的答案。

是，他不会。

当然不会，否则就不是徐不周了。

…………

晚上，夏天回到家，婆婆正费力地收拾着夏皓轩和小伙伴们玩耍之后的残局——

桌上的香蕉皮、弄洒的汽水饮料、随意乱扔的辣条袋子……

简直像个垃圾场。

见夏天回了家，婆婆将抹布往桌上一扔，骂骂咧咧道："一天不落屋，不晓得又死到哪里去了，快来收拾屋子！"

夏天走到夏皓轩的房间门口，喊道："夏皓轩，出来收拾被你弄脏的屋子。"

婆婆冲过来揪住了夏天的耳朵,恶狠狠道:"你有什么资格使唤他,我叫你收拾!"

"凭什么啊,谁弄脏的就该谁收拾,总让别人帮忙,他以后就会变本加厉了。"

"你是女娃娃家,这些家务本来就该你做,以后你弟弟有大出息,要挣大钱,他不用做这些事。"

"谁规定的。"夏天固执地说,"就不做。"

说完,她回了房间,用力地关上了房门。

婆婆气得用拐杖使劲儿捶门:"反了天了!真的是反了天了!"

夏天闷在床上躺了会儿,她才不相信婆婆的话,她每次考试都是第一名,夏皓轩排名永远倒数,他们要掩耳盗铃,因为他是男孩就断定他将来更有出息,夏天才不信。

她一定会出人头地,比夏皓轩更有出息。

她要成为女飞行员,很多男生都当不了飞行员呢。

这次不为了任何人,只为了自己。

冬日渐深,北风南下,天地一片肃穆冷幽。

夏天最畏寒了,自从被徐不周说了卡通秋裤的事情之后,她坚持了几周不穿秋裤,但终究还是抵挡不住冬日的严寒,不仅穿上了秋裤,每天还要裹着严严实实的羽绒服,把自己包裹成了小胖熊。

她才不是那种要风度不要温度的女孩,本来就不是大美女,何必受这份罪。

反正……她和徐不周的关系也淡了很长一段时间,更不需要做什么形象管理了。

那个伸手不见五指的密室里发生的一切,就像冬日里做了一个暖洋洋的白日梦,一切都似静悄悄地埋藏在了黑暗里。

像未曾发生。

夏天的腿已经完全可以自如行走了,徐不周也不再骑车送她。当然他也还教她打球。教她的时候,也会玩笑着喊几声"乖徒儿",但真的就像普通朋友一样了。

其实夏天心里挺满足的,至少被暗恋的人在意过,哪怕只是短暂的几天时间,但这份两情相悦的幸福感,也足以让她用一生去怀念了。

因为期末将至,夏天放学后也不怎么去体育馆练球了,径直回家复习功课,她要稳坐文科年级第一的宝座。

后来听乔跃跃这八卦女王叨叨着,说这几天有好些个女生跟徐不周告白了。

但这次徐不周拒绝得非常果断,连像之前对唐芯意的那种尝试接触的阶段……都免了。

"你知道他怎么拒绝人家的吗?"

夏天埋头做题,没有回应。

她其实挺回避听到徐不周的消息。

而乔跃跃偏要让她知道,凑近她耳畔:"他说啊,他说……说……"

卖了半晌的关子,后面半句话还是没说出来。

夏天终于搁下笔,望向乔跃跃:"你到底要说什么?"

乔跃跃嘴角浮起一丝玩赏的笑意,故意捉弄道:"不是不想知道吗?"

"那你就别总在我耳边念呀。"

"我念叨我的,你做你的题。有句话说:天下本无事,庸人自扰之。只要你自己不动心,谁还能打扰你了?"

夏天无语地看着她:"还有一句话,叫树欲静而风不止。"

乔跃跃不甘示弱:"那那那……还有一句话叫什么……不是风动,是心动。"

"……"

她彻底不想理她了:"是是是,是我心动,行吗?"

"你对谁心动?"

忽然间,身后传来一声疑问。

夏天全身都僵住了,机器人一般僵硬地扭过脑袋,看到打完篮球的徐不周,斜倚在位子上,眼神漆黑深邃,一脸轻佻的笑意,望着她。

他额间还挂了汗珠，带着运动之后燥腾腾的热意。

她居然没注意到他回来了。刚刚的话都被听到了。

夏天恨不得将脑袋伸进抽屉里，别再拿出来了。

乔跃跃知道小姑娘内心已经尴尬到无以复加的程度了，然而对待尴尬最好的办法，就是融入然后化解，于是她对徐不周道："呃，徐不周，昨天理科班有个姑娘找你来着，什么事啊？"

徐不周抽出课本，漫不经心道："你不是都看见了。"

"我看见了，有人没看见呀。"

夏天连忙拉扯乔跃跃的衣角，叫她别再制造尴尬了，否则两人连朋友都当不了了。

夏天用书捂住了脸，真的想把乔跃跃这大坏蛋丢出去。

徐不周知道小姑娘面皮薄，所以也不再多说什么。

因为乔跃跃和穆赫兰这两位"活宝"，平淡的生活总能翻涌起波澜水花。

而她和徐不周的关系，却仍旧这样淡淡的，一直延续到年末的深冬，有时候夏天会和他的眼神撞上，能从他炽热的黑眸中读出某些不同寻常的意味。

这段时间，学校里也发生了很可怕的事情。

有同学陆陆续续发现学校里有一些流浪猫尸体。

南渝一中的绿化环境特别好，有很多流浪猫，学生们也很愿意投喂它们，甚至还有心地善良的女生在草丛里给猫咪安置了隐秘的小窝，为它们提供栖息之所。

这些猫咪，尤其是好几只模样乖巧、性格亲人的猫，几乎成了学校的团宠，偶尔还会溜达到教室里来，惹得同学们惊喜不已。

大家都很喜欢学校里的猫咪，所以它们的意外死亡，让大家心里都笼罩了一层阴影。

匿名论坛里，有同学上传了猫咪尸体的照片，大家惊异地发现，这只猫咪绝非正常死亡。它伤痕累累，毛皮有烧灼焦黑，尾巴也被截断，身上还有烟头的痕迹，鲜血淋漓……

"太惨了!"

"这绝对是虐待致死!"

"之前还有两只,也跟这只差不多。"

"难怪最近在学校都见不到猫了。"

"谁这么变态啊?!我的天!猫猫这么可爱,怎么下得去手?"

"有些心理变态的,就有这方面的癖好。"

"说起来,我们学校以前不就有一位心理……不太正常的吗?"

"楼上别吓我,不是说治好了吗?"

"反正那位有过虐狗黑历史,全网都知道。会不会故技重演,说不准。"

"对啊,不然还能有谁做得出这么残忍的事。"

"不明所以的吃瓜群众一个,你们到底说谁,能别做谜语人吗?"

"那位的名字,提不得,仔细论坛都被封了,人家的家世可不一般,当年全网删帖捂嘴也不是没有过。"

…………

论坛上的讨论愈演愈烈,线上到线下几乎联动了起来,甚至有人经过徐不周身边,还指指点点的。

徐不周充耳不闻,忍了很多天,爆发是在临近圣诞节的前两天。

那天早上,夏天桌子左上角空空如也,送牛奶的人一直没有过来,而她身后的那个位子也空着。

后来乔跃跃急匆匆跑来教室,咕噜咕噜喝了一大口水,对夏天说:"刚刚走廊上,徐不周和人打架了,现在在教务处。"

夏天合上英语课本,连忙问:"怎么回事?"

"(六)班的,之前和徐不周打球有过摩擦。刚刚徐不周经过他身边,他骂了一句'变态',徐不周回身就是一拳,听说揍得他鼻梁骨都要断了。"

夏天的心狠狠一紧:"现在他在教务处吗?"

"是啊,肯定要挨处分,这种事……啧,这两天一直有人明里暗里骂他,徐不周忍了这么久,估计也有点绷不住了,谁让那家伙就这么撞上了。"

"没有证据的事情,他们凭什么这样说。"夏天嗓音都颤抖了,"这就是诬陷。"

"他不是有虐狗黑历史吗?"

"他没有虐狗!那是个误会!"她嗓音稍稍拔高了些,班上好些个同学都朝她投来探究的目光。

夏天压低了声音对乔跃跃道:"他没有虐狗,真的没有,你相信我。"

乔跃跃耸耸肩:"你跟我拼命解释也没用啊,我又不在意。"

一整个早上,夏天心里都像堵了颗核桃似的,上不去又下不来,难受极了。

第一节课下课后,徐不周回教室收拾了书包,脸色阴沉,黑眸沉沉地压着,看起来情绪很不佳。

"不周哥,咋回事啊?"穆赫兰连忙询问。

徐不周没有回答,拎着挎包走出了教室。

然而没过多久,他竟折返了回来,将那瓶早晨还没来得及送出的青蓝牧场牛奶,从窗台栏杆上递给了夏天。

夏天看着窗外面无表情的少年,正要说什么,徐不周却已经转身离开了,瘦削清冷的背影消失在了走廊尽头。

"果然……"乔跃跃在她耳边道,"破案了吧,果然神秘人就是他。"

夏天低头看着手里的那瓶奶,百味陈杂,喉咙酸酸的,眼睛都红了。

论坛里又有好事者把当年闹得沸反盈天的徐不周虐狗视频上传了。

当然,为了不被删除,血腥的部分和路人全都打码处理。

自习课上,乔跃跃刷到视频,将手机递到了夏天手边,低声道:"不管你怎么喜欢他,那件事都是证据确凿。喏,你总不能否认监控拍到的画面里,这个男人不是徐不周吧。"

夏天接过手机,这段画面因为是监控摄像头拍到的,所以画质不是很清晰。

但画面里那个拿着铁锹狠命捶打地上的金毛狗的少年,凌厉的五官和冷戾的眼神，辨识度却极高，无可争辩。

这段视频当年在网络上一石激起千层浪，上过热搜，画面里那个暴戾恣睢的虐狗少年，被无数人唾弃、谩骂、诅咒……那些可怕的言语就像刀子一般，能够将人凌迟处死——

"天哪？！"

"狗狗这么乖，这么温驯，他怎么下得去手？！"

"太可怕了，快把他扒出来！"

"冷静点吧，说不定是误会，万一是自卫呢？"

"开什么玩笑，我家就养了金毛，金毛最温驯了！从来不伤人。"

"可不是！我家也是金毛，我看得血压狂飙。"

"来，资料来了，南渝一中——徐不周，富二代一个。"

"怪不得！"

夏天紧紧地攥着手机，身体抑制不住地颤抖着，仿佛又被拉入无尽恐怖的深渊噩梦中。

前排有几个女生好像也在看视频，窸窸窣窣地讨论着，时不时回头望望夏天——

"视频都在这儿了，还有人给他洗。"

"她和徐不周……不是形影不离的吗。"

"啧……"

乔跃跃拍桌而起："你们说什么呢！有本事大声说啊！"

"就说了，怎么着？"陆柯不甘示弱地站起来，"这视频本来就没得洗吧！徐不周就是虐狗，学校里的猫肯定也是他弄死的！"

"他休学那一年不是去看心理医生了吗，根本没治好吧！"

夏天愤恨地望了陆柯："你根本不知道事情的真相。"

"那你说说，这视频怎么回事，别说这上面的人不是他！"

"是他，但是……"

"那你还说个什么啊。"

夏天还欲辩解，班主任周平安沉着脸来到了教室，扫了众人一眼："走廊上就听到你们吵吵了，吵什么！好好上自习！"

大家只能偃旗息鼓，各自低下了头。

又听班主任道："马上就要高三了，我告诉你们，前途是你们自己的，出一丁点意外那都是一辈子的事情，别不放在心上。你们现在做的事、受的处分，将来都要跟你们的档案走一辈子！给我小心着吧！"

乔跃跃偏头扫了夏天一眼。

女孩竭力忍着翻涌起伏的情绪，但还是有眼泪吧嗒地掉在了课本上，洇开墨迹。

课桌下，乔跃跃轻轻握了握她的手，小声说——

"我相信你。

"我们夏天喜欢的男孩子，一定不是坏人。"

晚上，夏天拜访了徐不周的公寓，陈霖给她开了门。

她给"狼外婆"带了几个罐头，搁在了柜子上，环顾客厅一圈，询问陈霖："徐不周……在吗？"

陈霖知道她过来，名义上是看望猫，但实际上还是为了那家伙。

"在卧室，把自己关了一天，谁喊都不应。"

夏天沉默了片刻，还是上了楼，来到徐不周的房门前，轻轻敲了敲："徐不周，在吗？"

如陈霖所说，没有人应答，夏天心里有些焦急："徐不周，那我……进来了哦。"

夏天小心翼翼地按下门把手，幸而门没有锁。

"咔嗒"一声，她推门而入。

迎面而来便是一股不通风的沉闷气息，带着某种淡淡的萎靡感，房间光线昏暗，开着一盏昏黄的夜灯。

他的房间是轻松休闲的榻榻米样式，平台上胡乱地搁着一些空了的饮料瓶子，徐不周斜躺在榻榻米上，背对着她，身体微蜷着，不知清醒还是沉睡状态。

夏天蹑手蹑脚来到他身边，见他双眸紧闭，脸颊带着微醺的红。

夜灯柔和的光线给他平日里桀骜不驯的五官平添了几分柔和，在这样静态的沉睡中,他的骨相显得优美周正。

只是他头发很乱,衣服也胡乱地穿着,周围散乱着瓶子、翻倒的垃圾桶,床边居然还有两本杂志,一整个就……颓废不堪。

夏天给他收捡了瓶子,扶正了垃圾桶,那两本乱放的杂志也被她捡起来放在了书架上。

"夏天。"

男孩忽然开口,嗓音宛如被碾碎的枯叶。

夏天背影猛地一僵,杂志脱手而出,掉在了地上。

徐不周微睁着眼,视线下移,落到了杂志封面上,嘴角挑起不羁的冷笑:"谁让你随便进男生房间的?"

夏天窘得脸颊都红透了,手抠着墙皮:"我叫了你几声,怕你出事,进来看看。"

徐不周坐起了身,顺手去拿榻榻米上的饮料瓶,却发现已经被夏天收捡到柜子上了。

他心里涌起几分烦躁,看着面前局促不安的女孩,说了声:"过来。"

夏天犹豫几秒,走了过去,不承想还没靠近,徐不周一把攥过她的手,拉扯着她跌在了榻榻米上,而他滚烫的身体一整个靠近过来。

女孩吓得脸颊都惨白了,看着面前这个近在咫尺的英俊少年,他炽热的呼吸喷洒在她的脸上,如困兽般急促……

"徐不周……"她的声音细微如蚊子叫。

徐不周紧攥着女孩的手,眼神带着一股子戾气:"跟我说不到几句就脸红,好啊,我上钩了,又玩起了欲擒故纵?"

"我没有,没有耍你。"

"证明给我看。"

夏天睁大了眼睛,感受到了他涌动的某种危险信息素……一巴掌打在了他的胸口,推开了他,狼狈地后退。

徐不周脸色很冷,满眼的苍凉:"滚吧。"

夏天收拾好混乱的心绪,理了理凌乱的头发,匆忙走到门前。

手落到门把手上,却没有按下,她回头扫了眼徐不周。

他坐在榻榻米上，低着头，侧脸埋在光线的阴影里，带着几分颓丧之感。

对于他，夏天终究心软——

"徐不周，我是唯一站在你这边的人了，你要把我也推开吗？"

少年以侧脸对她，嘴角浮起一丝冷笑："走啊。"

夏天匆匆回家，在柜子里翻出了她两年前的手账本。

那时候她初中刚毕业，手账本厚厚的一沓，记录着每天发生的一些鸡毛蒜皮的小事情。

终于，她找到了初三毕业的暑假的内容，在页缝夹层里翻到当年注射狂犬疫苗的票据单，小心翼翼地装进了书包里。

次日放学后，她带着乔跃跃乘坐公交来到了徐不周虐狗视频的"案发现场"。

那是一个人烟稀少的普通楼巷，不远处有个铁门，门边有监控摄像头。

乔跃跃打开手机摄像头，点击录制，对夏天点了点头："开始了。"

夏天翻开了自己的狂犬疫苗本，对着手机摄像头，用轻微战栗的嗓音道——

"两年前在这个地方发生了一场虐狗事件，我……我是当事人，我当时走在路上，那个铁门后突然蹿出来一条发了狂的金毛狗。它很壮，也很大，我被它扑在地上撕咬，受了伤。"

说完，夏天鼓起勇气，掀开了短裙子，露出了大腿上的伤疤。

即便两年时间过去了，但那条缝过针的疤痕依旧清晰可见。

她放下裙子，冬日凛冽的风吹得她瑟瑟发抖，她继续用颤抖的嗓音说："当时有个男生经过，他顺手就捡起一把插在铁门外泥沙堆里的铁锹，跑了过来，我才能得以顺利脱身。

"接下来就是视频里的画面了，那条狗又转过头来攻击他，他打了那条狗，差点把它打死，但他不是在虐狗，他救了我。

"视频是被狗主人剪辑过，把他救我的画面剪辑掉了，所以大家看到的就是他用铁锹打狗的部分。你们都误会他了，他是好人。不会虐待动物。"

说到最后，夏天几乎控制不住情绪，眼泪掉了下来。

乔跃跃连忙上前，给她披上了冬衣羽绒服，轻声安慰道："好了宝宝，说出来就好了，我们把这个视频发到学校论坛上，就真相大白了，不会再有人怀疑徐不周虐猫了。"

夏天用力地点头，当天晚上就和乔跃跃将视频优化剪辑好，发在了学校的论坛上。

这视频一石激起千层浪，说什么的都有，有的人信了，但有的人还是存疑的态度。

因为徐不周这段时间总是教夏天打球，所以他们还是觉得夏天根本就是在想办法帮徐不周洗白。

但无所谓了，她只要把真相讲出来，至于信不信，就不是夏天能够控制的事情了。

当然她的澄清视频发出来，论坛的风向是转了不少，也有很多人站出来帮徐不周说话，尤其是本班的同学，都说夏天不会说谎，而徐不周也不像是那种残忍的人。

本来夏天以为一切都会好起来，不承想，这个视频居然被好事者转载到了网络上。

因为当年的虐狗事件闹得非常大，热搜都上了小半个月，所以别有用心的营销号一看到事情出现反转，立刻开始大肆转发带节奏，将夏天的澄清视频和徐不周"虐狗"的视频剪辑在了一起。

热度发酵得非常快，没过多久，剪辑在一起的视频也跟着上了热搜——

"真的假的？"

"没想到这么久的事情，居然还能有反转！"

"所以不是虐狗，是见义勇为？"

"这男生……太惨了吧。"

"心疼，平白被骂了这么久。"

"有一说一，其实金毛也不全是温驯的，我隔壁那家养的金毛就特别暴躁，见人就咬。"

……………

乔跃跃告诉夏天这件事上了热搜,还给她截图了一些网友的评论。

夏天感觉有些惊心动魄。

她一直都是个安静、不出众的女孩,从来没有如此高调地出现在这么多人的视线里。

但看到这些评论对徐不周的冤屈有所洗清,她心里还是很高兴的。

然而,当天晚上,评论的风向就开始慢慢变质了——

"我就想问一句这个女生,在他被疯狂谩骂、网络暴力的时候,你在哪里?你为什么不发声?现在良心发现了?难道你不需要对救命恩人遭受的痛苦负责吗?!"

这条声色俱厉的质问评论,被顶到了热评第一,点赞上万,回复也上千——

"对啊,现在才站出来,这是蹭热度吧!"

"我真的难以想象,那个男孩被网暴了好几周,她居然还能稳得住,一句话都不说。"

"白眼狼,真没良心!"

"发个好好的澄清视频,需要穿这么短的裙子吗?"

"还把裙子掀开给人看,真的不检点。"

"又不是什么大美女,给谁看啊?我要吐了。"

"有没有良心啊,这种热度都要蹭。"

"丑死了丑死了丑死了!"

……………

翻完这些评论,夏天靠在墙上,几乎站不稳了,全身一阵阵地冒着虚汗。

她没想到大家会把关注的重点放在她的头发、衣服、裙子上……甚至她把自己腿上的伤口翻出来,作为证据帮徐不周澄清,也会成为他们品头论足的一部分……

看着那些肮脏不堪的言辞,她整个人都蒙了。

当初她没有马上站出来帮徐不周澄清,是因为……她根本就不知道这件事,根本不知道!

她没有手机,连微博都没有注册。

当时被狗咬了,她带着血一路坚持着跑回家,妈妈带她去了医院缝针、打疫苗。

之后几天,她也都每天去医院换药。

那段时间网络上掀起的腥风血雨,她根本……

一无所知。

直到半年后,徐不周休学回来,她重新在学校里看到他,才认出他来,后来从别人的只言片语中,一点点还原了当年那场网暴事件。

她想帮徐不周澄清来着,在周围人聊到他那件事的时候,夏天都努力辩解,说他不是坏人。

但那又如何,过了这么久,已经没有人关心事情的真相了。

网络就是如此。

所有人都在发泄自己的情绪,而真相……是最不重要的一件事。

…………

夏天颤抖地想要澄清,在那条热评下面留言,说她当年根本不知情,穿短裙子也是为了方便给大家看疤痕而已,她不是在蹭热度、博眼球……

可是她的评论根本无人关心,每个人都用最大的恶意揣度着人心,已经将她架在了审判台上示众,她避无可避,只能接受着所有人审判的目光。

那一双双窥探的眼眸,宛如黑夜里冒着凶光的豺狼眼,似要将她的衣服都扒下来。

那一晚,夏天把自己紧锁在房间里,宛如婴孩一般蜷缩着,抱着自己的身体,瑟瑟发抖……

直到晚上十点,乔跃跃给她发短信:"宝,别怕,没事了!热搜被撤了!那些带节奏的营销号也全部销号了!"

泪流满面的夏天,颤抖着摸出手机。

果然,那条澄清视频的热搜已经不在了,关键词条也搜不出来了。

乔跃跃:"肯定是徐不周干的!当年他那件事闹得太大了,热搜短时间撤不下来，但你这个……还没太大水花，撤热搜不是难事。"

夏天抱着手机，战战兢兢地松了口气。

夏天："可这样的话，我们的澄清视频不就白录了。"

乔跃跃："我的天，宝宝，这都什么时候了你还想这个，想想你自己吧，再闹下去你就声名狼藉了，看看网上那些猥琐的人在怎么意淫你呢，我当时也是草率了，早知道就不该跟你去录什么视频。幸好撤了。这件事就这样吧，别管了。"

显然，乔跃跃也是惊魂未定。

这件事的后续发展，真的超出她们这两个单纯普通的高中生所能控制的范围了。

她对着窗外那堵黑墙，平复了两个小时的情绪，还是觉得后怕和惶恐。

好黑。

这个世界……真的太黑了。

夏天把房间里所有的灯都打开了，还是觉得害怕，全身冰冷。

这时候，桌上的手机嗡嗡地响了下，是徐不周的微信消息——

"下楼，我在小区门口。"

徐不周穿着一件黑色的冲锋衣，夜色，肃杀凌厉。

他站在公交站牌旁边，被路灯光照得通透。

一阵风吹过，他的皮肤越发显得苍白冷峻。

见女孩踱着步子走过来，徐不周偏头望向她。

她看起来很憔悴，头发乱糟糟地垂在肩上，有几缕还伸进了衣服里，眼角微红，微肿，显然哭过，却不知道哭了多久。

夏天见徐不周盯着她，脑袋更加低垂了下去。

她的单眼皮，一肿起来就挺像小蜥蜴的眼睛。

她很丑。

网上的人都说她丑……

夏天更加不敢面对他了，背靠着公交站牌，一言不发，视线盯着脚上的白鞋带。

"谁让你发什么澄清视频,蠢不蠢……"

徐不周责备的话都还没说完,女孩低着头,泪水顺着脸蛋流淌了下来。

吧嗒吧嗒,特别委屈。

顷刻间,徐不周的话咽回了肚子里,他的五脏六腑都快被这姑娘给绞死了。

天知道当他看到那个澄清视频的时候,心里有多惶恐,手都在抖。

网络不是澄清之地,真相只会被众声喧哗所淹没,每个人只看到自己想要看的东西——

猥琐的人看到猥琐,邪恶的人看到邪恶,庸俗的人看到庸俗……

每个人都在那一片"法外之地"尽情宣泄着情绪,享受着那种对他人品头论足、尽情谩骂的宰制性快感。

"夏天,永远不要再做这样的事,蠢透了。"

女孩的情绪稍稍平复了些,用洁白的棉袄袖子擦了眼泪,轻轻点了点头。

良久,徐不周从包里摸出薄荷糖,磕出了一颗倒在掌心,递到女孩唇边:"张嘴。"

她听话地叼走了徐不周手里的薄荷糖。

甜意在舌尖蔓延,冰凉感丝丝缕缕浸润着她的心。

感觉好多了。

"徐不周,热搜是你撤的吗?"

"嗯。"

"还没有让所有人都看到,还是会有人误会你……"

"我不在乎。"

徐不周打断了她,指尖叩着薄荷的盖子,发出"咔嗒"的声响,在黑暗里格外清脆。

"我不在乎他们的看法,一群乌合之众,他们怎么想,与我何干?"

休学的那半年,他被扔进地狱的那半年,早就想明白了……早就不在乎了。

"夏天,永远不要再干这种事,我不需要被他们理解,我是什么样的人,跟他们半毛钱关系都没有。"徐不周嗓音低沉,如冷锋一般,"一群卑怯之徒,他们要在背后骂我管不着,他们也只敢在背地里骂人而已。"

他的话给了夏天几分勇气。

夏天只被骂了几个小时,就已经濒临崩溃了。

她根本不敢想徐不周被网暴的那几周,他是怎么过来的。

她用袖子默默地擦掉了眼角的泪痕:"对不起,徐不周,我欠你一个道歉。"

徐不周看着她这样,心都要碎了:"关你什么事,别乱道歉。"

"我没有及时出面,我……当时要是知道,我肯定……"

忽然间,少年用力按住了她的双肩,俯身凝望着她满是愧疚的眼睛:"夏天,不要用别人的错误来惩罚自己,我们两个……都没有错。"

夏天看着他坚定有力的黑眸,用力点了点头。

对,错的是别人,她和徐不周……都没有错。

不去想了。

一辆公交车驶了过来,缓缓入站。

"走了。"徐不周将薄荷糖揣回了兜里,转身上车,"这事过了。"

夏天鬼使神差地喊了他一声:"徐不周。"

他回过头,看着面前单薄瘦弱的女孩,风撩动她乌黑的发丝,白皙的皮肤泛着几缕血丝,楚楚可怜。

"还有事?"

"徐不周,你可不可以……"夏天踟蹰了很久,终于还是低头咬牙道,"算了,没事,拜拜。"

公交车门已经关上了,车驶离了车站,徐不周无奈道:"误车了。"

"嗯……对不起。"

"所以到底什么事?"

"没事啊。"

"没事你叫什么叫。"

"……"

女孩脸颊微微发烫,她垂着首,不敢看徐不周。

徐不周反应了几秒,嘴角勾了起来。

女孩脸蛋都红透了,耳根子也红了,在他炽热的目光下,羞得简直无地自容,捂着脸转身就走。

下一秒,徐不周一把拉住了她的手腕,将她拉了回来。

夏天舍不得挪开,站在他身边,轻轻呼吸着他身上那股清冽的雪松气息,那是她最喜欢的味道。

"想要安慰不早说。"

早就想了,这次出事,他不顾一切地跑到她住的楼下,就为这个。

他想把女孩圈入怀里、想安抚她、想保护她、想跟她道歉、想说很多话做很多事……

所有的轰轰烈烈都在徐不周的脑海里上演过。

但还是什么都没说出来,什么都没做。

"徐不周,我不怕了。"女孩抬起清澈的眸子,认真地说,"谢谢你,那年,今天……你都保护了我,我什么都不怕了。"

"我也是真的没想到。"徐不周看着她单薄的肩,"那个被狗咬了的女孩,竟然是你。"

"难道你没注意吗?"

"当时所有注意力都在狗身上。"

"哦……"她和他并排站在公交站牌旁边,像朋友一样轻松地聊着天,"我还不如那条狗哟。"

徐不周笑了。

沉默了片刻,夏天闷声问他:"我是不是真的……那么不好看?"

他揉了揉她的脑袋:"说什么。"

"我知道自己不是美女,但也没有那么丑吧,顶多算普通,他们为什么叫我丑女……"

徐不周脸色冷了冷:"网上的诋毁和谩骂都是在发泄情绪,你要是信了才是蠢货。"

"其实我也有自知之明。"

这时候,又一辆公交车驶了过来,夏天连忙推着徐不周上车:"这次别错过了。"

徐不周跟着几个等车的人一起上了车,夏天靠着公交站牌,闷闷不乐地站了会儿,却没想到徐不周上车后居然又从后门下来了。

"你……"

"忽然想到一首诗,余光中的,挺应景。"

"什么呀,车都走了!"夏天不能理解他的脑回路,什么诗不诗的非要现在说,"你又要嘲笑我是不是?!"

少年漆黑的眸子宛如雨后苔藓般清晰,定定地凝注着她,没了平日里的桀骜不驯。

此刻他眼底是一片虔诚,爱意涌动——

"夏天,雪色与月色之间,你是第三种绝色。"

网络上每天都有层出不穷的新鲜事发生,不管多么热闹的讨论,热度总会有降下来的一天。

夏天那段澄清的视频在网络上昙花一现,那地狱般的几个小时,宛如噩梦。

有些人相信了徐不周,有些人仍旧存疑,但是都不重要了。因为他们根本不在乎真相,只在乎自己情绪的发泄。

徐不周不许夏天再对此事做任何的发声,过去的……就让它过去。

只有遗忘,才能抹平伤痛。

学校里,因为虐猫事件时有发生,也给同学们心理上造成了很大的伤害,保卫科主任调动了全校所有的监控,进行排查,终于找到了虐猫事件的罪魁祸首。

那是个高三的男孩,名叫蒋寒,他成绩名列前茅,甚至还多次获得优秀学生奖。

这个消息一经公布,所有认识他的人都惊呆了。

认识蒋寒的人都知道,他性格内向,很少与人发生冲突,平日里也只是埋头学习,连说话都从来没有太大声过。

这样一个人……真的很难和那个残忍的虐猫"凶手"联系在一起。

比起蒋寒，恐怕平日里行为恣意不羁的徐不周，才更像凶手一些吧。

但保卫科手里有证据确凿的监控视频，证实了凶手就是蒋寒，在他老实寡言的外表之下，隐藏着一个疯狂的灵魂。

心理医生立刻参与进来，对蒋寒进行心理干预治疗，才知道他做这些事情，仅仅是为了发泄高三巨大的学业压力。

无论如何，徐不周虐猫的罪名被清洗了。

经此一役，学校里绝大多数同学对徐不周的印象都改观了，大家也都相信了那次网暴事件，他是真正的受害者，甚至是见义勇为的英雄。

难怪夏天这姑娘……一见他就脸红。

把她从那样危险的境地里救下来，独自承受如此可怕的后果，最后还不顾清白地帮她撤了热搜，让此事销声匿迹。

换谁，都顶不住。

年底，夏天发现徐不周微信换头像了，原来的头像是一片化不开的漆黑，像无边暗夜，但这次他用了"狼外婆"的正脸照做头像。

夏天放大了头像，看乐了。

本来"狼外婆"就真的好丑，眼睛无法聚焦，一只眼睛往右一只眼睛往左，看起来像个智障猫，又是一身杂色毛，真的很丑。

徐不周的拍照技术也真的不怎么样，他的手机拍的高清照片，三百六十度放大你的丑，而且还特别不会找角度。

猫猫被他拍得更难看了。

而徐不周似乎真的特别宠猫，不仅用它的丑照做了头像，万年不发朋友圈的人，居然还用照片发了一个动态——

"我儿子。"（附上"狼外婆"照片一张）

分分钟就有很多同学给他留评——

"这是你的猫吗，好傻，但又很可爱。"

"有话我就直说了，这猫真的太丑了吧不周哥，你上哪儿绑架这么一丑猫啊？"

"别说，丑萌丑萌的呢。"

"这绝对不是我们不周的基因哈哈哈。"

"还不能基因突变吗？帅爸爸丑儿子。"

"徐不周儿子真的太可爱了！哈哈哈哈，喜欢。"

12月30日的跨年夜。因为明天就是元旦假期，班委们组织了今年的最后一场班级晚会。

考虑到这一场班级晚会很有可能就是他们高中生涯的最后一场热闹的聚会了——因为马上就要进入紧张的高三备战状态，班主任周平安大力支持了他们的活动，给了极大的自由度，让班委们自行组织安排活动。

夏天作为英语课代表，自然也属于班委的一分子，她的字写得特别好看，所以班长安排她负责在黑板上涂鸦写字。

她站在小凳子上，用彩色的粉笔在后排的黑板上写下"元旦晚会"几个可可爱爱的卡通字体，并且在空白处画了花边儿和可爱的小动物。

作为文娱委员的乔跃跃，叽叽歪歪地抱怨着——班上那几个男生又跑去打球了，对这种班级活动一点也不热衷，真扫兴。

"不知道这些男的脑子里想什么！除了玩球就没别的娱乐了吗？班级活动也不参加，哼！"

"哎！体委！去篮球馆把他们揪回来！真是的，晚会都要开始了！"

体委本来拿着球也准备开溜，见乔跃跃这样说，他愣了一下子："不、不是自由活动吗今晚……"

乔跃跃指着黑板上夏天刚落笔的几个大字——

"看看！元旦晚会！义务教育把你漏了是吧，字都不认识了？还自由活动，美得你……快把他们揪回来！"

体委不敢不听乔跃跃的话，只能嘟嘟囔囔去篮球馆抓人。

"看什么。"见夏天向她投来目光，乔跃跃双手叉腰，没好气道，"说的就是你心尖尖上的宝贝师父，闪得比谁都快，这种班级活动他最不热衷了，真是没有集体荣誉感！个人主义！利己主义！哼。"

"也不能这么说吧。"夏天转过头，继续写着字，"你平时不也一下课就去玩球了嘛。"

"哈？哈？我没听错吧，我从小一起玩到大的闺密，居然帮男孩撑我？啊，真是有异性没人性。"

夏天脸颊红透了："别乱讲啊你，哪有。"

乔跃跃见她的卡通画快把整个黑板占满了，连忙道："欸，等等，留一块儿黑板，做心愿墙。"

"心愿墙？"

"嗯，今年元旦晚会的特别节目。"

乔跃跃拎了篮子过来，夏天看到篮子里有好些个便利贴，颜色各异，大象形状的、桃心的、星形的……不一而足。

"每个同学各选一张便利贴，在背面写上自己的名字和心愿，贴在墙上，然后再摘一张其他同学的便利贴。

"拿到谁的心愿便利贴，就要帮对方实现愿望。"

有好些个女生都被乔跃跃的心愿便利贴吸引了过来，在篮子里挑选着不同颜色的贴纸："乔跃跃，万一我只想让指定的人拿到便利贴，怎么办呢？"

"对呀，其他同学又不熟，万一选错了不是好尴尬？"

乔跃跃想了想，修改了规则："这样吧，你们可以在贴纸正面做一个小记号，但是不可以告诉对方，就看默契程度啦。"

"什么样的小记号呀，可以写字吗？"

"不可以写字！"乔跃跃连忙道，"写字就暴露啦！可以画画，可以做记号，反正不能这么明显地告诉对方，不然这游戏就没意思了嘛。"

"也是哈。"

"我要星星的。"

"给我一张粉色的！"

女孩们纷纷动笔写下了自己的心愿，做好各自的小记号，贴在了黑板上。

夏天连忙拿起粉笔，在黑板空白处写下"心愿墙"三个字："贴这里哦。"

十多分钟后，一帮男生拎着篮球回了教室。

徐不周穿着黑色运动衫，混在男生中间，身形挺拔修长，明显高出他们一个脑袋。

他和身边的穆赫兰说着话，表情放松，手指抓着球，嘴角勾着冷淡的笑。

似注意到夏天向他投来的眸光，徐不周很刻意地转头望向她，漆黑的眸子锁住她，嘴角绽开一抹狂妄不羁的轻笑。

夏天的心像被什么捏了捏，赶紧转过头，认真地绘着卡通花边儿。

平复心绪之后，她再用余光小心翼翼地望过去。

徐不周径直走回了自己的椅子上，大长腿肆意地蹬着桌下的横杠，手肘撑着后排男生的桌子，拧开矿泉水仰头喝着。

微凸的喉结上下滚动着，水流顺着下颌流淌了下来。

乔跃跃走到他身边，让他和穆赫兰选便利贴，写心愿，并简单介绍了一下规则。

徐不周听后，倒也配合，从抽屉里翻出一支笔，想了想，便落笔了。

夏天也从篮子里选了一张便利贴，回到自己的位子上，没有马上动笔，而是回头望徐不周。

徐不周立刻拎了语文书过来，挡开了她的视线——

"禁止偷看。"

"才没有偷看呢！"夏天脸颊微红，"一点都不感兴趣。"

他轻笑了一下，没应她。

她回过头，想了很久，在便利贴背面写了一个简单的愿望。

想听一首喜欢的歌星的歌曲。

——夏天

就算不是心里的那个人拿到便利贴，而碰巧被其他人拿到，唱一首歌也不是很困难的事情，不至于让对方为难。

趁着没人注意，她将便利贴粘在了心愿墙上最角落、最不引人注目的位置。

元旦班级联欢会正式开始了，每个同学都将桌椅挪到了墙边，将中间的位置腾出来，留给表演节目的同学。

开场就是一段热辣的街舞表演，将气氛推向高潮。乔跃跃做的晚会安排表非常合理，节目穿插着小游戏，尽量让每位同学都参与其中。

夏天坐在人群中，看着台上劲歌热舞的同学，一个劲儿地鼓掌，也真的很羡慕他们能够有这样的才艺，可以在晚会上尽情展现自己。

她小时候也蛮想学跳舞来着，不过自从夏皓轩出生之后，家里所有的资源都偏向了他，夏天什么兴趣班都上不了。

不过……也是她没有这方面的天赋，手脚不太协调，连唱歌都会跑调呢。

青春时代，总有那么一些很闪亮的校园风云女孩，能成为人群瞩目的焦点。

但夏天不是这样的女孩，她的青春和绝大多数人一样，安安静静，普普通通。

所以，在人群中鼓掌，就是她做得最多的事情。

这时，身后有人凑了过来，在她耳畔道："心愿贴了？"

夏天一个激灵，偏过头，看到徐不周隐约的侧脸，咫尺间贴着她的耳朵，下颌搁在了她单薄的肩上。

"嗯。"

"能找到我的？"

"不知道。"夏天稍稍挪了挪身子，避开他如此近距离的说话，"找找看吧。"

徐不周蛮横又不讲理，威胁道："不准撕别人的。"

"万一撕到别的呢。"

"那你就完了。"

她微微颔首，细声说："你还能把我怎样？"

少年嘴角勾了轻佻的笑意，几乎快要贴到她耳朵了："撕错了，那就错过了，夏天。"

说完，徐不周不等夏天反应，转身去了教室后排的心愿墙前边，细长漂亮的指尖滑过那一张张花花绿绿、颜色各异的便利贴纸。

每一张纸上都有同学们各自的记号，希望能被心里的那个人拿到，也许是闺密,也许是哥们儿,也许是不可言说的那个人……

徐不周淡淡的视线,落到了角落一张很不起眼的粉色大象形状的便利贴上。

粉色,大概是她偶像的代表色。

而这张便利贴上的记号,是用中性笔简单勾勒了一个折纸飞机的卡通图。

徐不周嘴角勾了淡淡的笑意,顺手摘下了便利贴。

…………

乔跃跃见徐不周已经摘了便利贴,于是连忙对同学道:"接下来是交换心愿卡时间!大家可以去后排心愿墙上抽卡片哦,抽到卡片就要帮对方实现心愿。当然,你的心愿也会被实现啦。"

这是同学们最期待的环节,大家一哄而上,纷纷来到后排黑板前,挑选着各自的心愿卡。

夏天见大家都去了,便没有动,她一贯不喜欢和大家争抢,等大家都选完了,她再去。

然而乔跃跃却着急地揪住了她的手:"这事儿你都能让?仔细徐不周的心愿卡被别的女生拿到哦!刚刚已经有好些个女生说她们偷看徐不周便利贴的位置了。"

夏天被乔跃跃拉到了黑板前,在仅剩不多的便利贴里挑选着……

这些贴纸上被同学们做了各种记号,有人写莫尔斯电码,有人画便便,还有人索性直接写上名字缩写了。

夏天的视线落到了一张淡蓝色的星形便利贴上,上面画了一个很可爱的猫爪,猫爪中间的肉垫上还有一颗黑痣。

她几乎不需要挑选,立刻认定了这就是徐不周的记号。

夏天立刻摘下了这张星星形状的便利贴,藏在了掌心里。

等所有同学都选完了便利贴,乔跃跃拿着话筒走到讲台上:"好啦,大家都拿到了各自的心愿卡,接下来就相互坦白心愿卡,帮对方实现心愿吧。"

有些男生拿到的心愿卡，特别搞怪，有叫对方去办公室向周老师跪下来唱《征服》的，有要对方给自己100块钱的……

女生们的心愿卡就要温和很多了，相互赠送一些小礼物、明星爱豆的卡片，或者让对方教会自己编某种复杂样式的发饰……

夏天紧张期待地看着徐不周，但他靠墙站着，看着手里那张便利贴，眼底没什么情绪，不知道在想什么。

这时候，穆赫兰接过了乔跃跃手里的话筒，来到了教室中央，冲夏天扬了扬便利贴："夏天，我拿到的是你的便利贴。嘿嘿，你想听周杰伦的歌曲，那我给你唱一首啊。"

夏天略感诧异地望着他："你拿到了呀？"

"对啊。"穆赫兰很大方地说，"我会的歌不多，不能让你点歌了，我给你唱个《七里香》吧。"

"好啊，谢谢你。"

乔跃跃立刻去操作多媒体电脑，帮穆赫兰放了《七里香》的伴奏。

同学们也安静了下来，倾听着男孩浑厚的调子唱着这首略跑调的《七里香》。

这首歌的怀旧感拉满了，所以最后变成了班级大合唱，气氛格外和谐温暖。

夏天也鼓起掌，微笑着，跟着他们一起唱了起来。

全班同学都很开心……除了徐不周。

他独自倚在墙上，漆黑的瞳孔漫不经心地扫过手里那张画着纸飞机的心愿卡。

我想要一颗限量版NBA球星的篮球，啦啦啦，异想天开啦，知道这是不可能的，但心愿的确就是这个，拿到的同学请无视我。

——乔跃跃

"……"

徐不周心里揣着一股子闷闷的情绪，尤其是当他听到穆赫兰这首唱得怪难听的《七里香》，更加不爽了。

大合唱结束后，乔跃跃在人群中问道："哎哎，你们谁拿到我的心愿卡啦？"

同学们面面相觑，最后徐不周扬了扬手。

"居然是你，那你……"乔跃跃回头望了眼同样不言不语的夏天，"啊这……"

这乌龙。

她从徐不周手里拿走了心愿卡，干笑着，缓解尴尬的气氛："如果是你拿到我的心愿卡，我倒觉得我的愿望有可能实现嘞，哈哈哈。"

徐不周是愿赌服输的人："我会想办法帮你弄一个。"

"啊，真的假的？那我要期待啰！"

在联欢会结束的时候，徐不周叫住了穆赫兰："夏天的便利贴，给我看看。"

穆赫兰也看出来了，徐不周一整个晚上情绪都很低沉。

能不郁闷吗，他没认出夏天的记号。

"我当时也是随便挑的。"穆赫兰将便利贴递到了徐不周手里。

和他一样，夏天也选了一枚蓝色的星星形状的便利贴，她做的记号，是一个笑脸表情。

徐不周像是忽然被一道闪电击中，摸出手机，戳进了企鹅的 APP 图标。

那个……久未联系的名叫 Summer 的女孩，这是她最喜欢发的表情。

他再次抬眸望向人群中，夏天和乔跃跃走在一起，杏眼清澈，睫毛低垂，嘴角勾着含蓄浅淡的微笑。

宛如一阵盛夏吹来的风，温柔，恬静。

Summer："做个白日梦，我希望有一天能听到喜欢的人唱《黑色毛衣》给我听。"

风："有喜欢的人？"

Summer："嗯，喜欢了很久。"

风："他是什么样的人？"

Summer："他是我的英雄。"

晚上九点，班级的元旦晚会结束了，同学们收拾书包，意犹未尽地离开教室，准备回家好好休元旦假。

徐不周情绪低沉，离开教室时抠开盒子，将一颗薄荷糖扔嘴里，牙齿咬着，嘎嘣作响。

夏天揪住了他的衣袖，对他说："徐不周，你跟我来。"

说完，她便背着小书包，迈着舒徐的步子走出了教学楼。

徐不周犹豫片刻，跟上了她，不急不慢地走在她身后，步履松弛。

两人走出了校门，夏天走到公交车站台等车，回头望了他一眼。

一身黑衣的徐不周，气质比这凛冬的风更显冷戾，一言不发地站在她身边。

很快，公交车入站，夏天上了车。

徐不周同样也走了上来，车上人不多，两人一前一后地扶着栏杆站着。

今晚的徐不周，没有底气在她面前放肆。

这算是他人生的第一场滑铁卢了，他有多在意这件事，心情便有多糟糕。

以前他玩世不恭，感情方面的事从未走过心，梁嘉怡以前骂他浑蛋，他不以为然。

然而在他彻底洞悉了夏天的心事之后，生平第一次感觉到……自己真混账。

公交车走了三站后，夏天下了车，徐不周立刻跟上了她，走过一段漫长的蜿蜒而上的山路阶梯之后，路灯也渐渐隐去了，周围一片漆黑，只能借着月光才能勉强看清石阶。

徐不周看着周围，有点像文创街，都是废旧厂房改造的创意网红打卡地，白天很多人过来拍照，但晚上因为路灯还在修缮，所以这里是全城少有的黑暗地带。

"夏天。"他唤了她一声，"这里很黑。"

"就是要黑一点才好呀。"

他轻嗤了一声："怎么着，要干什么坏事？"

夏天站在阶梯上，回头瞪他一眼。

徐不周三两步追上她，去拉她的手腕，痞笑道："倒也不用来这么偏僻的地方，我又不会反抗。"

夏天没让他碰到，拍开他的手："连心愿卡都猜不到的家伙，哼，走开。"

提到这个，徐不周心里那股闷劲儿又上来了，不再多言，百无聊赖地随她溜达在文创街凹凸不平的石板路上。

这里地势极高，石板巷尽头，就是浩荡的江水，视野极其开阔，几乎可以看到半城的夜景。

徐不周磕出一颗薄荷糖，咬在嘴里，眼底透着戏谑："这算是浪漫约会？"

"才不是。"夏天没好气地说，"我拿到你的心愿卡了，帮你实现愿望。"

徐不周微微一惊，抬眸望向她。

周遭光线昏暗，皎洁的月光洒在女孩脸上，照得她的皮肤冷白如霜，她清澈的眸子眨巴着，短睫毛也被冬日的风吹动着……

她小心翼翼从书包里取出那张星星形状、挥着猫爪的便利贴。

想和夏天一起看星星。

——徐不周

她将还有些黏的便利贴，拍在了徐不周的左边胸膛上，双手撑着石墩栏杆，望着远处的浩荡江流。

抬头，便是漫天星辰洒落。

"帮你实现愿望啦。"

徐不周撕下便利贴，细长的指尖滑过贴纸边缘，哼笑了一声："你倒会挑，一看就看到了。"

夏天凝望着远处的星光，用平静的语调轻声说："我都看了这么久了。"

在那段寂静无声的暗恋时光里，她目之所及的方向……从来没变过。

一个人欢喜，一个人失落。

"不是为了报恩吧。"既然话都说开了，徐不周也不跟他兜圈子，"我救了你，你崇拜我？"

夏天看着面前这轻狂浪荡的少年，认真道："是呀。"

"万一那天路过的是别人?"

"但碰巧是你。"

徐不周终究还是低头叹了口气,白雾从他薄唇里吐了出来,袅袅散漫在夜空里,他嘴角勾了勾,没说什么。

青春期的心事,没有逻辑,如盛夏漫长的雨季,淅淅沥沥,无从推理。

"倒也值。"他伸手摸她的脑袋,"被骂了这么久,让我认识了你,不亏。"

夏天避开了他的手,瞪他一眼。她惆怅地望向夜空,回答一如既往:"徐不周,爱不是两个人的相互凝视,而是一起望向外在的同一方向。"

徐不周在长满青苔的石墩上和她一起瞭望星空——

"如果我答应你,和你考同一所大学,答应你真心,保证专一。"

夏天偏头望着他,心脏剧烈地颤抖着。

"一起实现梦想,一起去沙漠里看星星。"徐不周薄唇轻绽,漆黑如夜的眼眸紧盯着她,"这样,算是瞭望着同一方向了吗?"

漫天的星星都仿佛在这一刻,坠落。

徐不周给了她最想要的承诺,而在此之前,他绝不对任何人轻易许诺未来。

夏天攥住了他的书包带子,隔了很久,才说:"徐不周,不要骗我。"

徐不周靠近了她,轻声道:"绝不骗你。"

夏天距他很近很近,咫尺之距,她能看到他漆黑浓长的睫毛,还有眸子里倒映的她绯红的脸庞。

…………

晚上,徐不周回了家。

猫咪立刻从沙发旁边跳过来,蹭着徐不周,长长的尾巴竖立起来,紧贴着他的腿。

徐不周换了鞋,蹲下身揉了它好一会儿。

穆赫兰叼着苹果,笑着说:"以前也没见你这么喜欢猫。"

"这是我儿子。"

陈霖从展示柜里取出了他的 NBA 球星签名篮球,小心翼翼地用抹布清理着灰尘，漫不经心问道："这么晚才回来？"

"和夏天出去了。"

"这么晚，你跟她去哪儿了？"

徐不周睨他一眼："有你什么事。"

穆赫兰笑着对陈霖道："哎，你不知道今天真的尴尬透顶了，我们元旦晚会弄了个心愿墙，夏天给徐不周留记号的心愿卡，被我拿了，他拿了乔跃跃的，估摸着就为这事儿，夏天心里不痛快呢。"

"她没有不痛快。"徐不周替她解释道，"她那张卡，本来也不是写给我的，谁拿了都无所谓。"

"人家夏天对你什么意思，明眼人都看得出来好吧。"穆赫兰坐在沙发边，用手肘戳了戳陈霖："是吧，霖哥？"

陈霖听得云里雾里："什么心愿卡？"

穆赫兰对他详细地解释了一遍，他听后，嘴角勾起几分冷笑："我们徐大少爷，他从来不懂女孩的心思，也不需要懂，多的是女孩倒追他。"

徐不周听他调子的嘲讽之意，知道他心里不太舒服。

但陈霖其实说得没错，他从来不对女孩花心思，也没必要……

给夏天送了两个月的牛奶，已经是他对女孩做过最用心的事情了。

他走到陈霖身边，拎过他手里的篮球，在指尖转了几圈，漫不经心问："上次说的话还算数？"

"什么话？"

"我和她好好相处三个月不翻脸，篮球归我。"

"你还真琢磨着这茬。"

穆赫兰笑着说："这不巧了吗？他抽了乔跃跃的卡，那家伙是个篮球迷，最大的心愿就是想要一个 NBA 球星的签名篮球。"

"用自己喜欢的女生当赌注，帮别的女孩实现心愿？"

"那是她闺密。"

徐不周倒也不指望他的篮球，实在不行就上网找渠道。

然而，在他转身回房间的时候，陈霖却叫住了他："徐不周，你跟夏天是认真的吗？"

徐不周步履顿了顿，回答道："挺认真的。"

"不嫌她不好看？"

"我从来没觉得她不好看，她属于安安静静的那类，漂亮得不明显罢了。"

"你以前可只喜欢大美女啊。"

"换口味了行不？"

陈霖将篮球扔了过去，漆黑的眸子凝望着他，一字一顿道："你最好认真，要是还像以前一样，玩两把就腻了、丢了，我不会放过你。"

徐不周接过球，指尖缓缓摩挲着："怎么个意思？"

"三个月不闹翻，太简单了。"陈霖说，"大学毕业要是还没分，这球归你。要分了，你赔我十个。"

徐不周嘴角挑了挑："一言为定。"

…………

期末考终于结束了，寒假即将开始，外面下起了淅淅沥沥的冬雨，同学们也宛如出笼的小鸟，一整个拥出了教学楼，也不管下没下雨，开心就对了。

夏天怕徐不周没有带伞，早上出门的时候特意准备了两把，但这家伙也不知道在哪里，兴许一出考场就跟穆赫兰他们一起去玩了。

这段时间高强度的期末复习，也的确把这帮家伙给闷坏了。

远处，乔跃跃冲夏天扬了扬手："宝贝，走走走，吃火锅去！给你庆祝十八岁生日。"

"好呀。"夏天微笑着点头，"我请你。"

乔跃跃凑上来一把揽住她单薄的双肩："不要你请，你爸妈又不给你钱，姐请你，走走走。"

"不要了，你总请我，这次说什么都该我。"

"要请也轮不到你。"乔跃跃环顾四周，"徐不周呢，他不给你过生日？"

"我没跟他说，最近不是考试嘛。"

"你俩一天到晚眉来眼去的，十八岁生日这么大的事，你居然都不告诉他。"乔跃跃笑着打趣道，"太假了。"

夏天心里蛮忐忑的，她刚和徐不周把话说开了，但终究还是有很多顾虑，能低调还是低调些。

"没事啦，我每年都和你一起过。"

"行，咱俩过。"乔跃跃揽着她走出校门，夏天赶紧给她撑着伞。

校园广播里播放着音乐，同学们脸上也洋溢着轻松的笑容。

冬雨朦胧，但年轻的心脏却是火热地跳动着，迎接着人生最重要的一道难关。

今天之后，夏天就长大成人了。

曾经无限渴望的远方，也终于近在咫尺。

忽然间，校园广播里传来一串熟悉的优美旋律，短暂的吉他前奏之后，更加熟悉而又遥远陌生的嗓音，仿佛在她耳畔轻声哼唱着那首她最喜欢的歌曲——

《黑色毛衣》。

周围好些女孩都驻足停留，惊诧地望向了彼此，显然也被广播里男子的声音吸引了注意。

他的嗓音宛如黑咖啡一般醇厚，袅袅余香在这首歌温柔的旋律里蔓延着，令人着迷。

乔跃跃猛地揪紧了夏天的衣袖，瞪大眼睛望向她："徐不周！"

"嗯。"

"天哪，第一次听他唱歌，他唱得好好听啊！"

这也是夏天第一次听他唱歌，听穆赫兰说，徐不周从来不唱歌。

旋律缓缓步入尾声，在最后的伴奏里，少年宛如磨砂一般的嗓音响起来，认真地说——

"这首歌，送给我喜欢的女孩，愿她长夏无边，余生尽欢。"

夏天心里刮起了一阵风，幸福到几乎不知所措。

她的白日梦，美梦成真。

以前没有，以后……也不会再有。

一年后的盛夏，七月底，夏天迈入了楼下的副食店。

这副食店现在也兼作快递接收，小区里没有快递柜，居民们有什么快递，都来佘朗的店里取。

见夏天走进来，正在刷手机短视频的佘朗满是黄斑的脸上绽开了亲厚的笑意——

"夏天来了。"

"嗯，叔叔，我来拿快递。"

"嘿嘿，上午就到了。"佘朗在一沓邮件快递里翻找，终于翻到了属于夏天的录取通知书，"恭喜啊，夏天，大学生了。"

"谢谢佘叔叔。"

夏天抚摩着录取通知书上"南渝大学航空航天学院"几个大字，看着红色封皮上的那架大飞机彩印，心情无比激动。

这两年，在徐不周的指导下，夏天一直有好好锻炼身体。最终，靠着优秀的文化课成绩和卓越的体能状态，通过了航空航天学院的体检和最终审核。

梦想……也终于近在咫尺了。

"来，夏天，叔叔给你包个大红包！"佘朗将一个印着"金榜题名"烫金字样的红包，塞到夏天手里。

"啊，谢谢叔叔，我不能要。"

"拿着拿着！哎呀，叔叔的一点心意嘛。"

"真的不能要，叔叔的好意我心领了。"

"你看看你这……"佘朗看着她，"我可听说了，这种航空学院的学费可不便宜，你那爸妈……能给你这么多钱缴学费？"

夏天陷入惆怅，为这事儿，家里吵过不止一次，婆婆和父亲竭力阻止她报考飞行学院，觉得她将来当个老师或者公务员就够了。

他们想的主要是多多扶持夏皓轩，当老师还能给夏皓轩补课呢。

夏天一意孤行，填报了南渝大学航空航天学院，所以父亲甚至扬言，一分钱学费都不会给她缴，到时候还不是只能乖乖退学。

夏天上网查过了，国家会有各种学费补贴政策，可以先入学，再申请各种助学贷款，总之是不会让每一个考上的大学生念不了书的。

因此，即便父亲和婆婆如此反对，她还是毅然选择了填报这个专业，实现梦想，成为女飞行员。

"叔叔，没关系，会有助学贷款的。"夏天还是将红包退给了佘朗。

不该她拿的钱，她一分也不会要。

佘朗见状，也不好强求，从冷冻柜里取出一瓶可乐递给了夏天："还跟叔叔客气呢？"

"这我就不客气啦。"夏天接过了可乐，笑着说，"叔叔再见。"

佘朗目送着女孩纤细苗条的背影，忍住心痒难耐的情绪，舔了舔唇。

收到录取通知书，母亲林韵华还挺高兴的，准备今天做红烧鱼庆祝一下。

毕竟她是整个夏家唯一的大学生，而且还是重本院校，以后她可有的跟牌友们吹嘘的了。

婆婆不以为意："女娃家读这么好的大学有啥用，学费还这么贵。"

林韵华系上围裙，询问夏天："录取通知书里写的学费多少？"

夏天拆开通知书仔细地阅读着："说是 9000 元。"

婆婆一听就气炸了："什么！9000 元，谁读大学这么贵！真的是疯了，隔壁老秦家的女儿，人家普通二本也才 3000 元不到的学费，你这个咋这么贵？！"

"我念的是飞行学院。"

"疯了！你还要上天是吧！你以为你是谁！"

夏天不想和她说话了，只对林韵华道："这个专业的学费是这样，不过可以申请助学减免。如果能拿到奖学金就更好了，他们学院奖学金也很高的。"

林韵华的茶馆其实也挺挣钱，自从跟婆婆关系闹僵之后，她对夏天的态度倒缓和了很多。

以前她只心疼儿子，对这个女儿不咸不淡、爱搭不理，但现在她渐渐地发现，在这个家里，其实……只有女儿跟她在同一阵营。

她们母女俩，在这个家里地位是最低的，儿子对她漠不关心，丈夫对她颐指气使，婆婆更是看不起她。

如果她再不和夏天结成统一阵线，只怕……只怕将来会落得个晚景凄凉的下场。

更何况，她还是家里的经济支柱呢！她茶馆赚的钱可比夏仁的固定工资高多了。

"没事，这点钱算啥。"林韵华睨了婆婆一眼，故意道，"夏天，妈妈给你缴学费就是了。怎么着，学费高就不念了？家里好不容易出个大学生，我还供得起！"

夏天绽开笑脸："谢谢妈妈！"

"哎呀，真的是反了天了！"婆婆用拐杖使劲儿捣着地："夏仁，快来看看你这好媳妇，简直要翻天了！"

夏仁在厨房里忙碌着，听到母亲的话，拎着锅铲走出来，呵斥了林韵华一句："你少跟我妈吵。"

"妈妈没跟婆婆吵。"夏天出言反驳，"妈妈在和婆婆商量学费的事。"

林韵华看了夏天一眼，心里很欣慰。

夏仁冷哼了一声："她有钱给你缴学费，那就让她缴，我才懒得管呢，我只管我宝贝儿子。来，皓轩，跟爸爸说你想读什么大学？"

沙发上玩 Switch 游戏机的夏皓轩沉浸在游戏世界里，脑袋都没抬一下，敷衍地说："不读大学，我要玩游戏！"

"你说啥！没出息，不准玩了！看我不揍你！"

夏仁走过来要夺走他的游戏机，婆婆赶紧上前阻止："干什么！不准对我宝贝孙孙动手。"

"妈，你看看他，一天到晚就只知道玩游戏，再这样下去，他考个什么狗屁大学。"

"他还是个孩子，还这么小，爱耍是天性。"

"哼。"夏仁还是揪了揪夏皓轩的耳朵，揪得他哇哇大叫起来，差点把游戏机砸夏仁身上。

这时，夏天收到了徐不周发来的消息——

风："通知书收到了？"

Summer:"嗯!"

风:"晚上一起吃饭,庆祝又要当同学了。"

Summer:"好呀!"

傍晚时分,夏天在步行街遇到了徐不周。

少年倚在地铁口通道栏杆上,简约月球印花黑T恤,长裤修饰勾勒着他逆天的大长腿,低头看着手机,侧脸轮廓锐利分明,脱离了高中生的稚气,少年越发帅得没有天理了。

街上有拿着相机街拍的潮人博主,见了他,也会远远地给他来一张。

即便是现在,夏天见了他也会害羞。

两人这一年的相处,在学校的时候一直很克制,只比普通同学多了一点心照不宣的暗涌,她对他其实也还有陌生感。

"徐不周。"她走到他身边,叫了他。

徐不周抬起懒洋洋的眼皮,扫了她一眼,小姑娘穿着JK短裙子,双腿笔直修长,领口系着蓝色蝴蝶结,精心地给自己在侧边编了发辫儿,俏皮可爱。

这姑娘虽然模样不算绝对美艳,但她挺会拾掇自己,也别有一番清新感。

徐不周顺手揽住了她单薄纤瘦的肩膀,鼻息间也盈满了她身上的甜香味:"想吃什么?"

夏天还挺害羞,不好意思,稍稍避开了些:"都行,你决定吧。"

少年明显注意到了她的闪躲,不依不饶地揽着她,让她习惯这种相处模式:"你是我女朋友,不是吗?"

她低着头,抿了抿唇,点头:"是。"

"那怕什么羞。"

少年的手臂微沉,他的怀抱也坚实硬朗,熟悉的雪松气息让她的心怦怦直跳。毕业之后,一切顾虑全然解除,她和徐不周自然而然进展到了更加亲密的阶段。

徐不周自然而然掌握了主动权,但夏天却还生涩得很。

"不周,我们去吃泰式火锅吧,不会很油腻,吃完身上也没有味道。"

"叫我什么?"

"不周。"

徐不周狭长漂亮的眼尾挑了挑,嘴角勾起浅笑:"那我该叫你什么?"

"就叫夏天啊。"

"不够亲热。"

"那……随你。"

"宝宝。"

"哎呀……"夏天害羞了,推开他的怀抱,加快步伐朝商业街区走去,"别这么肉麻。"

徐不周单手揣兜,从容地跟在女孩身后:"宝宝,等我啊。"

夏天是第一次谈恋爱,青涩得很,不可能一来就跟他黏黏腻腻进入热恋状态,徐不周倒也不急,他挺喜欢这种渐入佳境的感觉。

青柠泰式海鲜锅端上来之后,夏天才知道徐不周对海鲜过敏,很愧疚地说:"你不早说。"

"这又没什么,海鲜都给你,我吃别的。"

夏天连忙给他烫了一块牛肉卷,徐不周用筷子捣着碗里的蘸料,抬眸观察她,把夏天弄得又害羞了,几番闪躲他的眼神,只顾着低头吃饭。

徐不周意味深长地望着她,眼神直勾勾的。

夏天终于受不了了,搁下筷子,埋怨道:"哪有吃饭的时候总盯着别人看的道理。"

徐不周背靠座椅,扬着下颌,理所当然道:"你可以选择坐到我身边来,这样我就看不见了。"

夏天没搭理他,过了几分钟,实在被盯得不好意思了,终于端起碗,坐到了徐不周身边。

徐不周给她夹了虾,动作亲密。

夏天全身都僵住了,紧张得都不敢动筷了。

显然,被这家伙给骗了,他这样子……比他盯着她,更让她心脏扑通乱跳。

但徐不周没当回事,给她碗里夹了满满的海鲜,淡淡问道:"对了,学费有困难吗?"

"我妈妈会帮我缴学费的。"

"缺钱了跟男朋友说。"

"嗯。"

夏天物质欲望不高,所以不怎么缺钱,缺了也不会问他要的。在这方面,她绝对坚持原则。

两人坐在一块儿黏黏腻腻地吃了晚饭,徐不周揽着她逛街,看到高端女装店便带她进去,给她挑选衣服。

逛街的时候,徐不周绝不会像店里其他男友那样,坐在休息椅上玩手机,百无聊赖地等女友试装。

徐不周挑选衣服的兴致比夏天更高,看看不错的便在她身上比一比,觉得好看,就扔给她去试衣间试。

夏天见他有兴致,自然也不想扫他的兴,任由他像打扮洋娃娃一样打扮着她。

然而,到他要掏出手机付款的时候,夏天却摇头说:"我不喜欢这件,徐不周,看看别的吧。"

一连逛了好几家店,夏天都没有挑中喜欢的衣服。

徐不周逐渐看出了小丫头的心思,走出店门,对她道:"你是一件衣服都不会让我帮你买。"

"没有啦,遇着好看的,我也会买的,但我现在衣服蛮多的,其实……我妈前两天还给我买了两条新裙子。"

徐不周没有勉强,揽着她去了五楼电影院:"行,我们 Summer 穿什么都好看。"

夏天低低笑了起来:"你真觉得我好看哦?"

扶梯上,徐不周单手抬起了女孩的下颌,左右挪了挪,打量着:"嗯。"

"嗯什么嗯!"女孩拍开他的手,"看你就没什么好话,不要说啦。"

"你们女生就是不爱听实话。"

"哼!"

"偏要说，实话就是……"

徐不周凑近她耳畔，用温热的气流音，缓缓道："在男朋友眼里，这个世界，无人胜你。"

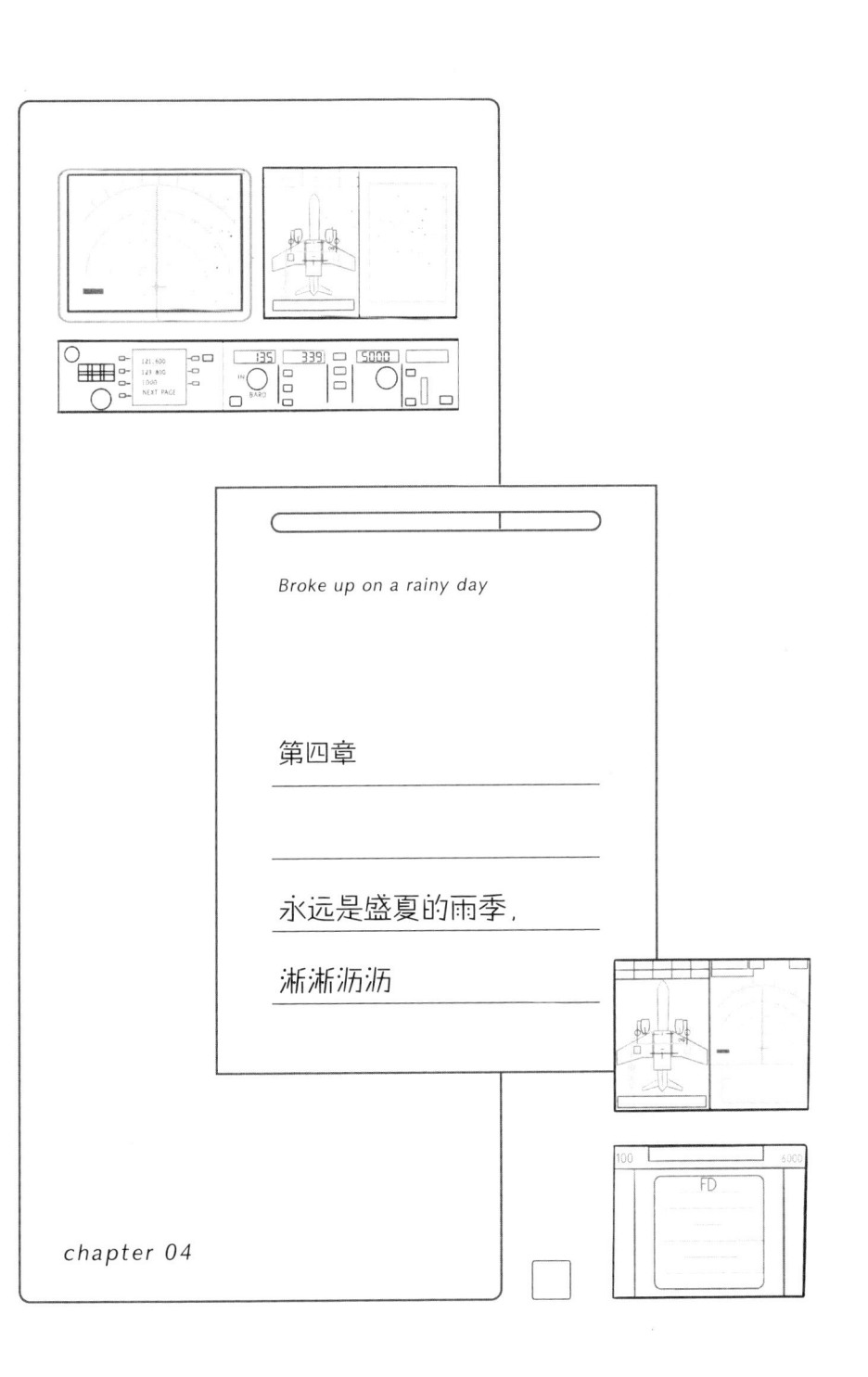

Broke up on a rainy day

第四章

永远是盛夏的雨季,

淅淅沥沥

chapter 04

八月底，C 城仍旧是盛夏天。

徐不周在校门口的公交站接到了夏天。

小姑娘提着重重的行李箱下了车，他连忙上前接过了行李，脸色不怎么好："说了来接你，比石头还固执。"

"还来接我呢。"夏天撇撇嘴，"你的箱子比我的还大，东西比我还多，谁给谁提都说不好。"

"行啊 Summer，跟我混熟了，也不脸红了，开始抬杠拌嘴了。"

徐不周伸手揽着小姑娘的颈子，偏头便要靠近她，夏天连忙避开，笑着说："热死了，一脸的汗。"

女孩撑开了太阳伞，也给徐不周撑着，两人拎着箱子朝南渝大学走去。

今天太阳格外刺眼，气温高达四十摄氏度，好在学校里种满了香樟树，走在树荫下也不觉得有多燥闷。

"等下。"

徐不周叫住了前面的女孩，三两步跑过去，单膝蹲下将她松散的鞋带重新系好。

这一幕，让周围路过的女孩们呼吸直接都停滞了。

太青春养眼了吧，尤其是徐不周这直冲一米九的身高和他令人艳羡的颜值……俯身给女孩系鞋带，简直迷死人了。

夏天脸跟着红了，牵起了徐不周的手："你别这样。"

"怎样？"

"挺不好意思的。"

他接过她的肩包背着，单手揽住她："我女友这别扭劲儿，什么时候能改。"

"嗯……我也不知道。"

其实进入飞行学院也并不意味着就能真正操作飞机升上天空,这四年的学习,既是学习又是考验,他们必须足够优秀,才能够脱颖而出。

飞行技术专业的女生少之又少,基本上都是又高又帅的男孩子,不过其他专业诸如专业英语啊、空乘专业的,也有很多高挑漂亮的女孩。

徐不周被分配到了卓越班,这个班级里的学生都是体能和专业成绩格外出挑的,也是学院重点培训的飞行学生。

而夏天则留在普通的飞行(一)班。即便如此,她也很满足了。她知道自己几斤几两,不会好高骛远,这四年扎扎实实地学习和锻炼,她肯定能飞上天空。

两人分别填写资料之后,各自领到了两套制服,一套纯白色,一套深黑色,非常漂亮。

"我叫梁旭,是你们的学长,负责对接新生,你们有事可以直接找我。"

"嗯,好的学长。"

"日常生活基本都是军事化管理。"梁旭向他们介绍道,"每天5次集合,早操,内务,队列,被单要叠成豆腐块,每天都要检查。日常训练里有抗眩晕的滚轮、固滚、活轮和旋梯,都是必修课……更多的内容,辅导员会跟你们说。"

"嗯,谢谢学长。"夏天点点头。

有几个分配钥匙的空乘专业学姐,盯着徐不周看了老半天。

目前来报到的大一新生里,就这位目前得分最高。

不,不止,他这一入校,恐怕要秒了整个飞行学院的男孩啊!

柳若兰将男一舍的钥匙递给徐不周,很直白地甩了个电眼过去:"学弟,要不要加学姐一个微信啊,有什么问题,都可以问我。"

夏天正在另一边的小桌上俯身填资料,听到动静,微微偏头望过去。

那位学姐身材高挑纤瘦,波浪长卷发被绾在脑后,纱网包裹着,妆容格外精致,红唇如玫瑰般娇艳,穿着空乘制服,勾勒出傲人的身材,五官更是灼灼动人,属于漂亮得很明显的那类女孩。

能主动同男生搭讪加微信,还能这般轻松自如,似玩笑非玩笑的样子,多少都有些段位了。

至少比夏天这小白兔要厉害得多。

却见徐不周拎了钥匙串,在顾长的指上转了转,笑着说:"不好意思了,学姐,我手机在女朋友那儿。"

包括柳若兰在内的好几个女孩,顺着徐不周的视线,偏头望向了夏天。

徐不周也不再和她们周旋,拎着夏天的行李,和她一起离开了飞行学院办公楼。

柳若兰不无遗憾地说:"天哪,这么帅的小鲜肉……居然有主了。"

"而且他是卓越班!那班级一共就十来个人吧!是学院的重点培养对象。"

"看他女朋友很一般啊,属于乖乖女那类。"

"这小鲜肉一看就玩得开,乖乖女能行吗?"

学长扫了女孩们一眼:"请你们过来帮忙,不是让你们在这儿评头论足的,管太多了吧。"

"替我们的学弟惋惜嘛。"柳若兰耸耸肩,拉长了调子,"那两人,一看就不配啊。"

梁旭学长扫了眼夏天的资料,沉声道:"她是飞行技术专业的,那专业将来要操作飞行器,统共就没几个女孩能上,必须是身体素质和成绩双优,百里挑一的好苗子,所以她不配……难道你配?"

乔跃跃也考到了南渝大学,不过她读英语专业,跟夏天隔着一整个校区,一个在南区,一个在北区。

飞行学院有属于自己的片区,位于北面,地势也更加平坦,到了南区,地势就比较高低起伏,还有盘山环路了。

晚上,乔跃跃约了夏天在美食街吃麻辣烫,吃完之后俩女孩还挽着手去逛商场,为着接下来的军训做准备。

乔跃跃听说夏天他们的飞行学院几乎每天都是军事化管理,啧啧感叹:"真不知道你哪根弦搭错了,居然填报这样的学院,想想整个大学四年,每天军训,我……我人都要没了!"

夏天笑着说:"你不觉得飞行员很酷吗?!"

"是很酷,尤其是女飞行员,但是也实在辛苦了些吧!"

"宝剑锋从磨砺出嘛。"

"妈呀!"乔跃跃放下手里的补水精华,嫌弃地睨她一眼,"乖乖,就你这样的女生,你是怎么跟徐不周恋爱长跑了这么久还没分手的?"

夏天撇嘴:"我们毕业才确立关系呢。"

"啧。"

乔跃跃将精华水放进了篮子里。

夏天听她话里有话,追着她问道:"你什么意思吗?"

"没什么意思啊。"

"话说一半,真没劲!"

乔跃跃单手揽着她的肩膀:"你太老实啦,也太认真了,真就是乖乖女好学生。"

"为未来而努力,这样不好吗?"

"挺好的呀,但你男朋友啊……你要说你男友是陈霖,我觉得你俩就挺配,偏偏你追到了徐不周,他可不是个老实的,我觉得你看不住他。"

夏天推开了她勾肩搭背的手,纠正道:"第一,徐不周对我挺老实的;第二,他追我,不是我追他。"

"啧啧啧,嘚瑟呀。"

"哼,可不是。"

这事儿夏天其实挺骄傲的,因为徐不周是全校女孩心仪的男神,她以前做梦也想不到,这样的男孩可以落到她手里,毕竟……她这样普通,除了成绩好,也没什么特别的。

不会跳舞,没有特长,在家里也不招待见……

但徐不周喜欢她,还追了她。

夏天觉得,大概是因为自己的真诚吧,徐不周表面浪荡轻狂,他骨子里也是蛮认真的男孩,所以他们会相互吸引。

"不过说起来,你可仔细了,我来学校三天了,观察了一大圈,包括你们飞行学院。可没见着比徐不周更耀眼的男孩。"乔跃跃好心好意地提醒道,"当心被人撬了墙脚。"

"怎么会有人做这样的事?"

"拜托,这里可是大学欸!恩怨纠葛那比高中精彩多了!你可别掉以轻心。"

"我相信徐不周,他不会的。"

"你这么信任他呀?"

"对呀。"

这段关系里,看似徐不周更主动,总撩拨她,但实际上在他俩的恋爱博弈中,夏天才是真正做决定的那个人。

徐不周很听她的话。

"对啦,你拿到你的 NBA 签名篮球了吗?"

"拿到了。"提到这个,乔跃跃嘴角都笑裂开了,"你男朋友可真行啊!居然真给我搞到了!美梦成真的滋味太棒了吧!"

"他一直是言而有信的人啊,既然抽到你的卡片,肯定会帮你实现的嘛。"

"欸?你男朋友送我礼物,你居然不吃醋,奇怪哦!"

夏天笑着揉揉她的脑袋,轻哼了声:"我们都认识多少年啦!我就算吃我们家星星的醋,也不会吃你的呀。"

"呜呜呜,我还比不上一只猫。"

夏天将饰品店里的一顶鸭舌帽戴到了乔跃跃脑袋上:"送你一顶帽子。"

"干吗要送我帽子呀?"

"酷。"

她打量着镜子里戴黑色鸭舌帽的自己,摆了个 pose(姿势),摸出手机和她一块儿拍照:"是挺酷的哈,行,接受了!"

夏天抱了抱乔跃跃:"宝贝,谢谢你。"

"谢我什么呀?"

"谢谢你和我当朋友。"在她最孤独的那几年,乔跃跃就像小金刚一样挡在她身前,支撑着她。

现在夏天觉得格外幸福和知足,她一向是个懂得感恩的女孩子。

"以后我们也要一直当好朋友哦。"

"当然!"乔跃跃一把薅住了女孩的脖子,"男人也许会离开你,但闺密永远不会!"

夏天和乔跃跃道了别,回了女生宿舍,却在楼下看到了徐不周。

少年站在路灯下,穿着一身白色飞行制服,黑色高帮短靴,肩徽流光溢彩,整套制服勾勒着颀长英挺的身形,完全压住了往日的轻狂气。路灯光从头顶落下,将他深邃的黑眸埋入挺阔的眉骨之下,带着一股子冷硬的质感。

夏天差点不敢走过去了,探头探脑地打量了好久,确定面前的徐不周,就是她所认识的徐不周。

直到少年对她扬了扬手,说了声:"不认识你男朋友了?"

夏天这才小跑着过去,盯着他害羞地笑着。

徐不周一把将她揽过,宛如兄弟般,手搁在她单薄的肩上:"你很傻。"

"你怎么换了这套啊?"

"室友说还不错,过来试穿给你看看,帅吗?"

"嗯……"夏天拉长了调子,"还行。"

"只是还行?"徐不周显然对这个答案不太满意,"路上蛮多女孩都在看我。"

她背着手,故意说道:"那……你去问她们呀,干吗问我?"

徐不周笑了,他一笑起来,整个五官生动而明艳,漂亮极了。

"我女朋友怎么这么可爱?"他情不自禁伸手揉了揉她的头发。

"哎呀。"夏天挡开了他的手,"这么热,全是汗。"

"嗯,刚洗过澡,等会儿还得回去洗一遍。"

"所以你过来,还特意换了制服,就是为了听我夸你帅?"

"那不然?"

"哼,你很闲吗徐不周?"

"不闲,入校好多学姐约我吃饭。"

"你敢!"

徐不周嬉皮笑脸的样子,总算恢复了高中时期轻狂痞帅的模样,对夏天道:"夸我。"

"幼稚。"

"我想听。"

夏天踮起脚,在徐不周耳边轻轻道:"不周,你真的……超帅。"

下一秒,徐不周乘她不备,侧头吻在了她的唇畔。

夏天蓦地一惊,吓得退后了几步,唇上轻擦而过的触感,令她的心跳一百八十加码……

徐不周舔了舔薄唇,哼笑道:"躲什么?"

"偷袭我!"夏天都羞得不知如何是好了,跺跺脚,转身回了宿舍楼。

徐不周追了上来,摘下书包,将书包里一袋护肤品和防晒霜递给了她:"给你买的。"

夏天接过口袋看了看,都是很好的名牌护肤品,价格不菲,她眉心浅浅地蹙了起来:"干吗要给我买这个呀?"

"军训了,好好保养,不然晒成小黑猪。"

"我知道保养的。"夏天晃了晃手里的袋子,懊恼地说,"你看,刚刚和乔跃跃逛街,我也买了好多呢,你又买,浪费了不是……"

徐不周倒也不客气,一把夺过了她的袋子:"正好了,给男朋友用。"

"哎!"

夏天见他不由分说地拿走了她的袋子,连忙道:"你要跟我换啊?"

"嗯。"

"那……那……我给你补个差价吧。"夏天连忙摸出了手机。

徐不周翻了个白眼:"你是不是我女朋友?"

"是啊。"

"我没听说过女朋友还要给男朋友补差价的。"

"可……"

"你敢给我转钱,我拉黑你,信不信?"

夏天知道徐不周这家伙,说得出做得到,她犹豫了片刻,终于还是点了点头:"那……谢谢你了,不周,以后我也会对你好。"

徐不周轻笑着,走过来,俯身望着她。

"你要怎样对我好?"

夏天见他都凑过来了,于是快速地在他脸颊印下一吻,似蝴蝶触花般轻盈,也不等徐不周反应,拎着袋子转身跑回了宿舍。

夏日晚风依旧燥热,徐不周摸了摸自己的脸颊,甚至还带着微汗。

触感清浅,却……刻骨铭心。

…………

夏天所在的飞行技术班,全班统共也就三个女孩:夏天、苏芮和许丝染。在分配宿舍的时候,夏天自然也和这两个女孩组成了三人间。

苏芮和许丝染是完全不同的两个类型:一个话不多,是高冷学霸;另一个温柔妩媚、天生尤物。截然不同的性格让夏天在入校的第一天就深深地记住了她们。

即便性格天差地别,但八卦的属性却是女孩共有的。夏天刚回宿舍,就被许丝染一把揽到了阳台上,指着路灯下还没有离开的少年,睫毛浓密的大眼睛泛着兴奋的光芒——

"好呀,早就听说你男朋友是徐不周,我还不相信,我们宿舍最平平无奇的小白兔,居然跟这位一入校就秒杀飞院全体帅哥的超级男神……是男女朋友,今天一见,我眼睛都要闪瞎了。"

很浓郁的紫罗兰香扑鼻而来,夏天不由得往后仰了仰,她差点都要碰到她的大红唇了,怪不好意思的。

还没来得及说话,旁边拿着望远镜观察帅哥的苏芮一针见血道:"依依不舍、回味无穷……他是真的喜欢你。"

夏天趴在阳台上,看着踱步离开的少年。

清瘦的白色背影,宛如一阵凉爽的夏夜晚风。

她笑着说:"你们干啥呀,《作风建设十六条》都背好了吗,明天可要抽查。"

"扫兴啦。"许丝染显然看不惯夏天这一副正经规矩的模样,"真想不到,徐不周竟然喜欢这样的,你知道吗,这几天有好多女孩子跟他告白呀，全都铩羽而归。"

夏天知道徐不周一定会很受欢迎，高中时期便是如此了，大学之后他也彻底放飞，各种潮牌衣服和运动鞋穿了起来，再加上这无可挑剔的超高颜值，必然会是学校里最美的一道风景线。

"快老实交代，你是怎么追上徐不周的？"

夏天坐回下桌的椅子上，拿起桌上的作风建设小册子，摇头道："嗯……我没有追，是他追的我。"

"真的假的？"许丝染不可置信，抬起夏天的下颌，左右看了看，"天哪，难以置信！这也不是女神颜值啊。"

夏天笑了起来，她一点也不在乎这个，她本来就不是女神。

"其实……我有先加他企鹅啦，以陌生人的身份和他聊聊天，后来我们就一起打球，他当我师父，自然而然就熟了，不过我也没有主动，是他先追的我。"

"好吧，那你肚子里肯定有点东西。"

苏芮也爬到床上，戴上眼镜，拿起厚厚的《飞行理论》阅读了起来，不再和她们聊天。

许丝染抚摸着夏天的皮肤："乖乖，我觉得你应该化妆试试。"

"我不会呢。"

"你这底子还不错，而且五官其实挺高级的，不是那种一眼万年的大美女，但是只要好好上妆，把气质勾出来，也会很不错哦。"

"嗯……那明天你帮我试试。"

"明天军训啦。"许丝染笑着说，"军训就算了，甭管什么妆，最后都糊成一团，不过什么时候你要约会了，我帮你试试看。"

"谢谢你。"

"你皮肤底子不错啊，让我看看你的护肤品。"许丝染捡了夏天随手搁在桌上的口袋，惊悚地叫了起来，"我的天，你居然用这种护肤品，这一套……加起来得上万了呀！"

夏天惊呆了："这……这么贵？"

"可不是！这都是贵妇级护肤了，等等……你不知道价格？别人送的？"

苏芮一边看书一边漫不经心道:"徐不周刚送的。"

"天呢!不仅有颜,还有钱!"

许丝染丝毫不跟夏天客气了:"宝贝,能让我抠一点吗?我想试试贵妇级护肤品的神奇功效呢。"

夏天显出了为难之色。

苏芮扫她一眼,直接看穿了小姑娘的心思:"你还想用?她都不一定敢用。"

"为啥?"

夏天咬了咬下唇:"这太贵了。"

许丝染满脸诧异:"你不会想还给他吧!"

"太贵了,不好收的。"

许丝染看明白了,夏天这小姑娘压根就是完全没有恋爱经验,根本不懂男生给女生送礼物的心思和意图。

这么明晃晃的献殷勤,她居然不敢接受,这也……太纯了吧。

"不是,你说真的?你要还给他啊?"

"嗯。"

"亲爱的,恕我直言,你要是一直这么别别扭扭呢,你俩这关系,我可不敢保证能长久地处下去。"

夏天不解地看着她。

许丝染耸耸肩,解释道:"虽然我不了解徐不周的为人,但以我看男人的精准眼光,看得出来,你俩不是一路人,所以最大的问题就在于,你们到底谁去适应谁,要么你变成他那样的,跟他一路玩下去;要么就把他变成你这样的,老老实实陪着你。"

夏天听着许丝染这一番分析,也觉这个姐姐是真的厉害,一眼就看破了她和徐不周之间潜在的危机。

的确,他们在某些方面存在不可调和的矛盾。

譬如徐不周喜欢玩,夏天又不会玩;徐不周喜欢给她买衣服,夏天却从来不肯接受;甚至他俩好几次吃饭,夏天都坚持和他AA,徐不周虽然也接受了,但肉眼可见的不愉快……

夏天只希望他们之间有比较纯粹的恋爱关系，但很显然，她和徐不周的家庭条件差距太大了，如果她不接受徐不周的行事作风，他们真的处不长久。

可夏天真的很难说服自己，心安理得地去使用徐不周送给她的这些价值不菲的护肤品。

她抱歉地对许丝染说："那个……不能借你用了，对不起啊。"

"没关系咯。"许丝染倒是无所谓，"你好好想清楚哦，这种条件的……过了这村没这店，你看空乘班那边的女孩，个个眼巴巴盯着呢！"

"不会啦，我跟徐不周这才刚开始，我们还要好好磨合。"

许丝染放下了她的护肤品，不再多说什么，转身进了阳台洗手间。

夜间入睡前，夏天跟徐不周说了护肤品的事情。

Summer："太贵了哦，不周，我不能收。"

风："你室友够多嘴的。"

Summer："你这都知道！"

风："男朋友无所不知。"

Summer："心领啦。"

风："别说你要还给我。"

Summer："我还没拆，应该还能退。"

风："……"

他不再回她了，夏天也揣着满心的忐忑，不知道该如何是好。

她是不是真的太死板了呢。

过于一板一眼可能真的会让人讨厌吧，可是她也实在很难接受一个男孩子给她买价值如此昂贵的化妆品啊衣服这些。

有了第一次，就会有第二次、第三次……以及此后的无数次。

夏天真的很喜欢徐不周，他一直都是她的英雄。

但她希望他们的关系更平等，更纯粹。

她放下手机，准备睡觉了，这时徐不周给她发来一条消息，没有内容，而是分享了一首美国乡村民谣音乐。

夏天连忙戴上耳机，闭上眼，听着这首歌。

风："什么感觉？"

Summer："想象着某个地方，入目都是青翠欲滴的植物，这里有漫长的雨季，淅淅沥沥，潮湿又润泽，石头上爬满了厚厚的青苔，老旧的墙上覆盖着葱郁的爬山虎，天空被大雨染成了鸽灰色，逐渐……夜色降临。"

徐不周看着女孩细腻干净的文字，闭上眼，想象着她的想象。

他给她发来了一段语音："夏天，也许老了，我们会住在这样一个覆盖着葱郁的爬山虎的房子里，一起结束这雨季一样漫长的生命，我们死在一起，好吗？"

夏天听着徐不周这中二病①一般的少年幻想，嘴角绽开了笑意。

Summer："嗯，我们要一生一世，死在一起。"

次日军号之后，女孩们匆匆起床叠被，宛如打仗一般。

夏天在前一日练了几十遍叠被，已经熟能生巧，被子叠成了豆腐块。苏芮也叠得不错，但许丝染因为没有练习，怎么叠都跟大包子似的。

夏天眼见时间不够了，她还踏着拖鞋一头乱地看着被子犯愁，连忙道："你快去洗漱，我帮你叠。"

"啊啊啊谢谢宝贝！"许丝染抱住她亲了亲，夏天感觉到女孩柔软的身体在她身上蹭了蹭，脸都红了。

这位的身材，实在过于美好而丰腴，即便同是女孩，她见了都会不好意思呢。

看看自己，好像还是竹竿小学生身材，不知道徐不周喜欢自己什么。

夏天一边胡思乱想着，一边替室友叠好了被子。

早操列队先跑三千米，飞院在录取他们之前，都会对学生的身体素质进行严格考核。夏天也几乎是用了一年半的时间，每天在她"师父"男友的带领下，进行各种体能训练，最后终于擦线通过了考核。

不过收到录取通知书之后，她就倦怠了很多，所以这一次限时三千

---

① 网络用语。指二次元病，是一种流行于青少年时期的特殊心理状态。

米跑,她真是累得够呛。

然后,比她还不行的是许丝染,落后了大半圈,几乎要垫底了。

远处,卓越班的男生们列队集合,徐不周就在其中。

夏天远远地望着他,仍旧是那一身纯白制服,肩章在阳光下散发着镏金的光芒,压住了平日里的轻浮,但少年气仍旧明显。五官端正英俊,侧脸如削,鼻梁高挺,白皮肤被晨曦的日光照得通透。

他漆黑的眼眸坚定而倨傲,这一身制服穿在他身上,比周围其他男孩更多了一层从容的优雅之感。

许丝染喘息着,跑到夏天身边,拍了拍她的肩,努努嘴,示意让她看空乘班那边……

空乘班几乎全是身材高挑、颜值出众的小姐姐们,她们都盯着卓越班这边,毫无疑问,徐不周是其中最耀眼的一个。

"之前我就警告过你了,你这男朋友太扎眼了。"

"没关系啊。"夏天加快了步伐,追上了大部队,"我也不差。"

"有自信,姐喜欢,哎,等等我……"

因为飞行技术班就三位女孩,所以她们甭管是上厕所还是去食堂吃饭,几乎都是一起行动。

食堂里,苏芮打了饭,给其他两位女孩盛了汤,还拿了三个白面大馒头过来,就着米饭一起吃。

许丝染看着满满的大米饭和白面馒头,很嫌弃地说:"碳水超标了!"

"军训真的太累了。"夏天顾不得什么,抓起馒头大口地吃了起来,"好饿。"

苏芮也说:"可不是,身体是革命的本钱,下午还有固轮训练呢。"

"我真是作了什么孽报考这个专业啊。"许丝染仍旧坚持只吃肉菜,不吃米饭,"太辛苦了吧。"

"所以你为什么报考这个专业?"夏天问她。

"之前不是看了国庆阅兵大典吗,觉得女飞行员超酷超帅!我准备大三就入伍。"

"啊!那你还不得多吃点!"她将白面馒头撕了一半递给许丝染。

"不要诱惑我,我戒断碳水。"

"一点点没关系了。"

"No!不要瓦解我的革命意志!"

几个漂亮的空乘女孩经过她们身边,其中还包括之前见过的学姐柳若兰,她们睨了眼夏天和苏芮碗里的白面大馒头,嘴角绽了一抹轻笑,兀自走到杂粮店,只点了紫薯和芋头一类的食物。

许丝染一口咬下白馒头,努努嘴,似乎格外讨厌她们:"装什么。"

过了会儿,徐不周和几个英俊帅气的少年一起走进了食堂,他一如高中那会儿一样,手里还拎着球,随手扔在桌下面,拎了餐盘去窗口打饭。

柳若兰她们相互眨眨眼,在徐不周他们一帮男孩落座后,也赶紧端着盘子坐了过去。

"能坐这儿?"

"当然当然!"这帮男生都是新生,柳若兰可是女神学姐,他们忙不迭地邀请几个女孩一起落座。

柳若兰毫不犹豫坐到了距离徐不周最近的斜对面位置。

许丝染观察着那边的情形,有些气愤了,揪着夏天的手:"走,我们也坐过去!谁怕谁。"

"什么呀。"夏天望了那边一眼,只是看看都觉得好尴尬,"又不熟。"

"怎么不熟啊,你男朋友呢,过去宣示主权。"

"不用的,而且我也不认识卓越班那些人啊。"

"嘻,现在不就是最好的机会,可以认识他们啊。"

"我不想这样。"夏天仍旧摇头,她性格自来就是如此,不喜欢争啊抢的。

确定了是她,谁都抢不走,她没必要死死抓着,患得患失。

还宣示主权,未免太尴尬了。

许丝染见夏天不为所动,于是对苏芮道:"咱们坐过去,帮夏天盯着他。"

苏芮也说道:"我不爱跟那帮臭男生打交道,不去。"

"你们啊!"她真是恨铁不成钢。

夏天吃着馒头，抬头望了徐不周一眼。

少年餐盘里食物不多，也没像周围其他男孩那样狼吞虎咽，他吃饭的姿态一向优雅矜持，拎着一瓶没开盖的可乐易拉罐，指尖漫不经心地抠着拉环。

注意到夏天的视线，徐不周也抬眸睨向她。

她连忙避开，低头吃着饭，他轻笑了一声，没有理会身边男孩女孩插科打诨的玩闹，安静地吃着饭，高冷得不行。

好几次柳若兰想要和他搭话，都被他不可侵犯的眼神给逼退了回去。

很快，男孩们结束了用餐，将餐盘送回收拣台，朝着夏天的方向笑闹着走过来——

"打球去啊。"

"刚吃了饭，省省吧。"

"回去午休。"

…………

经过夏天身边时，徐不周单手抠开了易拉罐拉环，将可乐递到了夏天手上，顺带揉了揉她的脑袋，一言未发地跟着少年们走了出去。

夏天盯着眼前微冰的可乐，望向少年瘦削清爽的背影。

"哇哦。"许丝染不怀好意地凑到她耳边，"我算明白为什么你这么有安全感了。"

夏天浅浅地抿唇笑了下。

苏芮"啧"了声："他俩这一看就是热恋期，未来还长着呢。"

……

夜间吹着幽幽晚风，很多学生坐在碧绿的足球场草地上，围成团玩狼人杀，或者唱歌，或者谈天说地……

徐不周躺在夏天腿上看星星，夏天则小心翼翼地帮他敷了一张面膜，将气泡全部挤出去，让面膜服服帖帖地贴在他英俊的脸上，冰冰爽爽，很舒服。

"不周，护肤品都退了吗？"

"退了。"徐不周语调轻淡，没什么情绪。

"是按原价退的吗?"

"嗯。"

"那就好。"夏天稍稍松了口气。

徐不周看着女孩这认真的样子，轻哼了一声："你还真跟我一是一，二是二。"

"亲兄弟也要明算账嘛。"

"原来我们Summer费尽心机加我企鹅，和我聊天，只想拿我当兄弟啊?"

女孩脸颊微微泛红："你别说那件事了。"

怪不好意思的。

"结婚之后，也要明算账?"

"早着呢，而且我还没有说要跟你结婚。"

"你不跟我结婚，怎么一生一世，都上锁了。"

"啊啊啊！那件事也别说了！不是我放的锁！"

夏天捂住了脸，窘死了，以前她真的做了好多蠢事啊。

徐不周摘掉面膜扔进了垃圾桶，走回来仍旧躺在女孩身上，认真地望着她羞红的脸蛋："夏天，我是你男朋友，什么时候能别拿我当外人。"

"我没有啊。"

"我送你礼物，你能安心接受，就不是拿我当外人了。"

夏天妥协道："你别送太贵的，也别总送。"

"我不会送太廉价的。"徐不周漫不经心道，"我喜欢的女孩，我就要给她最好的。"

夏天看着徐不周不爽的样子，顿了顿，问道："不周，你觉得我很死板吗?"

"你自己觉得呢?"

"我觉得某些原则，还是要坚持。"

徐不周"哼"了声："你永远有自己的原则。"

夏天轻轻拍打着他英俊的脸颊，将精华全部拍入皮肤里，笑着说："好了，别生气了，不周。"

"哄我。"

"怎么哄呢？"

徐不周坐了起来，轻轻凑了过去，试探性地轻触了触女孩柔嫩的唇。

她轻微地颤抖着，但是没有躲开，于是他扣住了她的后脑勺，用力覆了上去。

夏天全身都僵硬了，她紧张得心脏狂跳，不知如何是好。

徐不周撑着草地，意犹未尽地凑过来，用鼻翼蹭着她的脸颊和颈项，与她耳鬓厮磨："是第一次……和我的夏天。"

"真的？"

"我从不骗你。"

夏天浅浅地笑着，满心愉悦。

徐不周继续躺在她的腿上，捏了捏她的脸颊："好了，以后你就是我的夏天了，不准再拒绝我对你好。"

"嗯……具体情况具体分析。"

军训结业典礼，徐不周代表飞行学院成了旗手，也成了所有人目光聚集的焦点。

他双腿笔直修长，身形清瘦而挺拔，站在青绿色的草地上，意气风发，英姿勃勃。一双清澈的眸子里透着少年人特有的桀骜不驯，每走一步都掀起看台这边的山呼海啸。

他成了整个军训结业典礼上最大的看点，甚至不少大二、大三年级的学姐，以前从来不关注大一任何活动，都自发地来到结业典礼上。

典礼结束之后，有人拍了徐不周的照片，上传到了网上，引发了热议甚至上了热搜，词条 # 你大学时遇到过这样的学弟吗 #。

这条热搜蹿得非常快，直接上了前三，当然微博里放了全国各地多所高校的许多英俊学弟的照片，徐不周只是其中之一而已。

但毫无疑问，他是所有照片里看起来最吸引眼球的一个。

不仅仅是颜值，更重要的是那一身纯白飞行员制服，还有他桀骜不羁的眼神，青春张扬。

当然，底下的评论不一而足——

"啊啊啊！好帅好帅好帅！"

"这一身制服帅炸了。"

"看来互联网真的没有记忆啊，这种变态学弟我可不想拥有。"

"嗅到了瓜的气息。"

"已经澄清了好吗，几百年前的事了还拿出来说。"

"谁知道虐狗是真的还是假的。"

"什么，虐狗？不会吧，快给我讲讲！"

"天哪，看着人模人样的，居然是个变态。"

午间时分，乔跃跃来到夏天宿舍门口，将刚刚蹿上热搜第一的微博给她看了。

"这两天……你千万低调些，别掺和这些事，别又像上次一样。"

上次夏天拍视频澄清，结果给自己惹了一身腥，可把乔跃跃给吓惨了。

所以这次她一看到微博，赶紧来找夏天，叫她千万不要多说什么，不要发表意见，只冷眼旁观。

其实自从那件事之后，夏天已经对复杂的网络环境有了应激反应，她手机里都没有下载这些社群网站。她只用像微信、企鹅这种能联系朋友的APP。

徐不周和她一样，远离网络环境，从来不会戳进这些网站，也不会去翻热搜、吃瓜看热闹。

他们有着共同的伤痛记忆，被网络暴力伤害过的人，都会下意识地远离网络，不愿意当看客，也不愿意成为被鉴赏的材料。

"放心吧跃跃，我不会像以前那样犯蠢了，我不在乎这个。"

"那就好。"乔跃跃担忧地看着她，"没事，这事儿没几天就消停了，你不在乎，徐不周就更加不会在乎。"

"嗯，他比我更看得开。"

…………

晚上，夏天特意约了徐不周一起看电影。

他似乎一点事情都没有，的确没有被这件事影响，甚至夏天都看不出他究竟知道与否。

毕竟……他是真的不怎么接触网络。

放映厅里，每每徐不周低头看手机的时候，夏天就会心头一紧，视线情不自禁地落到他手机屏幕上，看他是不是在刷热搜什么的……

徐不周也注意到夏天对电影心不在焉，在她耳畔轻笑了一下："不想看电影？"

"嗯……"

他靠近了她，想与她耳鬓厮磨地做些亲密的事情。

夏天推开了他，低声告诫："不周，公共场合要文明。"

"行。"徐不周揽着夏天的肩膀，将她搂入了怀中，"我们Summer是最正直、最文明、最讲美德的女孩。"

"谢谢夸奖。"

这时候，他手机屏幕又亮了，夏天情不自禁望了过去。

徐不周注意到女孩的视线，索性在她面前解开了锁，放在她眼前让她看清楚。

是他寝室里几个男孩建的群，在群里插科打诨地说话，譬如刚刚经过球场看到个靓妹，又如下午的那个进球太帅了之类的话题……

"要检查我的社交软件吗？"徐不周以为夏天窥视他屏幕是不放心，于是把手机递到她手里，"目前开学到现在，我还没加一个女孩，除了学生会的工作联系需要。"

"学生会？"

"嗯，我进学生会了。"徐不周耸耸肩，"学生会素拓分最高，对大三时期进航空部有帮助，听说前几届学生会成员都进了航空部。"

正因为有这种种好处，所以飞院的学生会超级难进，因为名额基本上都被学姐学长给垄断了，他们让进才能进，苏芮想通过面试、笔试进去，都失败了。

许丝染倒是进了，全靠她和一个学生会学长搞好关系，具体细节就不知道了。

徐不周当然也能进，他可是飞院大一新生中最风云的人物。

夏天知道，徐不周有自己的人生规划，她将手机放了回去："不周，我从没怀疑你，你一定会成为最好的飞行员！"

徐不周揽住了夏天单薄的肩膀："一起去沙漠看星星。"

"你还记得呀？"

"怎么不记得？"他狭长的眼眸睨着她，"难道你只是随便说说？"

"才不是。"夏天将脑袋靠在他肩上，"我很认真的，徐不周。"

对于他的一切，她都很认真很认真。

…………

看过电影，夏天和徐不周走在霓虹阑珊的街头。

校外的步行街很热闹，也几乎都是学生穿行在街上，徐不周不想这么早回去，于是提议去喝奶茶。

夏天想着这么晚了，喝奶茶似乎不太健康，但她也想和徐不周多待一会儿，于是和他走进了奶茶店。

他点了一杯柠檬水，和她一起坐在桌边混着时间。

喝奶茶这些小事上，夏天就不会争着和他AA了，总也不能太僵硬死板，让徐不周不开心。

她小心翼翼地把握着其中的度，照顾着他的情绪。

"只买了一杯啊？"

"还怕不够喝？"徐不周插上吸管，先喂到她嘴边，让她喝了一口，然后自顾自地叼着吸管喝了起来。

以前喝奶茶也是这样，点了两杯，但徐不周总喝她的，好像她的奶茶就更有滋味一样，自己的通常不怎么喝。

所以后来他索性就只买一杯了，两人一起喝。

接过吻之后，两人的关系更加亲密，有时候两人吃饭，徐不周还会吃她吃不完的……

就在这时，一道闪光亮了起来，夏天偏头，看到有女孩正用手机拍着她和徐不周。

热搜事件上讨论热度本来就很高，最近不断有偷拍他的照片流到网上,引发讨论和热议。徐不周最讨厌做的事情就是被拍照。

夏天对这事……也非常敏感。

她鼓起勇气走过去,对女孩道:"不可以拍照,请你把刚刚拍的删掉。"

女孩偷拍被抓包,有些讪讪的,狡辩道:"我没有拍照啊。"

"刚刚闪光灯都亮了,大家都看到了。"

"我就是没拍!"

夏天从来不善言辞,但这件事触犯到了她和徐不周共同的伤痛记忆,她不得不据理力争:"如果你不删照片,我就报警了。"

"至、至于吗?!"

夏天摸出了手机,按下了110,女生见她居然玩真的,连忙道:"哎呀!删了就是了,有什么了不起,真的是……"

说完,她当着夏天的面删掉了刚刚偷拍的他们的照片:"行了吧。"

"还有'最近删除',那里面的也删掉,不然还可以恢复。"

女孩翻了个白眼,又戳进了"最近删除"的相册里,彻彻底底将照片删掉了,夏天这才放过她,揪着徐不周一起走出了奶茶店。

徐不周叼着奶茶吸管,漫不经心地溜达在她身后,看着女孩坚定的背影,眼底掠过一丝意味深长。

"真的好生气。"

夏天沉着脸,不爽地叨叨:"你以后看到有人偷拍,你一定要制止,真的很烦,这些人都不知道尊重别人的隐私吗?!"

下一秒,徐不周从后面紧紧地抱住了她,结实的手臂横在她胸口,脸庞埋入了女孩的颈项。

"这还是第一次看你发飙。"

夏天知道自己刚刚的样子很凶很凶。的确,她很少跟人这样子吵架。

"我……我也不是好惹的!"

少年从后面抱紧了她:"谢谢夏天保护我。"

晚上十点,徐不周送夏天回了宿舍。

不承想,她刚走进宿舍铁门,乔跃跃在阳台上望见她,匆匆地跑下来:"校园论坛里,你和徐不周又被人爆料了。"

她神情慌张、语气急促,看起来也真是为夏天操碎了心:"有个女的,刚刚说你们在奶茶店欺负她。"

说罢,她将手机递给夏天,论坛的帖子里有一段视频,就是夏天气冲冲地要女孩删除手机照片的视频。

视频拍摄的角度,显然就是女孩同伴在侧面偷拍的,而且经过剪辑,内容颠倒黑白——

"我和朋友本来在奶茶店喝奶茶,拍了几张桌上奶茶的照片,结果这女孩不由分说走过来,非说我偷拍了她男朋友,强行要我删照片,还骂我。"

帖子热度直线飙升,评论也很精彩——

"她长得也很一般啊,他男朋友很帅吗?"

"你们不会不知道她男朋友是谁吧?!"

"飞院大名鼎鼎的徐不周,这届新生颜值第一啊!"

"我天,她长这么普通,她男朋友是徐不周???"

"楼上的嘴下留情吧,夏天也是很可爱的女生好不好?"

"注意!亲友来了。"

"可爱的女生,会要求别人删照片?她有什么资格,太自以为是了吧。"

…………

夏天只看了几条评论,便受不了了,背靠着楼梯间墙壁,平复着心绪。

树欲静而风不止。

她很努力地逃离网络环境,逃离这一团乌黑看不见光的泥沼世界。

可是她逃不掉,有人的地方……就有网络。

乔跃跃轻轻抱了抱她:"我刚刚已经帮你骂了他们,没关系!等会儿我大战通宵,肯定帮你澄清。"

夏天用力摇头,删掉了乔跃跃手机上的校园论坛APP,对她道:"不要管。"

"可是……"

"人只会相信他们愿意相信的事情,任何的辩解都不会有帮助,你不要浪费时间去做这些。"

夏天早就明白这个道理了,她早就放弃抵抗了。

第二天的英语公共课,夏天便注意到课堂里有一些同学的目光,总在她身上逡巡,带着某种探究的意味,当然也有鄙夷。

"她就是夏天。"

"真不是大美女啊,她怎么拿下徐不周的?"

"我只关心她道歉了吗?"

"看起来安安静静的样子,没想到这样不讲道理。"

"啧……"

许丝染不爽地拍桌而起:"说啥子你们!有胆子到姐面前来大声说啊。"

同学们立刻别过头去,不再用老鼠般的眼神打量她。

许丝染气呼呼地坐下来,说了声:"气死我了。"

苏芮一边看着英语考研单词,一边道:"一群只会人云亦云的乌合之众,你别跟他们生气。"

"哼!就是看着不爽,我们夏天宝贝是什么样的人,他们根本不了解,就在那里叽里呱啦地乱讲一通。"

"永远不要和这些人讲道理。"苏芮很冷静,"人家当事人都稳着呢,你就别瞎操心了。"

同样正在埋头看英语的夏天抬起头,伸手抱了抱许丝染:"不理他们。"

许丝染将小姑娘的脑袋按在胸口,轻哼了声:"没事,别放在心上。"

"嗯。"

夏天觉得自己真的很幸运,虽然遭受了这么多莫名其妙的攻击,但这些恶意都来自陌生人,她身边的女孩……都对她很好很好。

上课的时候,英语老师叫了同学起来领读一段莎士比亚话剧的选段,那女孩正好是刚刚讨论夏天最唾沫横飞的那一个。

然而在阅读课文的时候,她却念得磕磕巴巴,断断续续,好些个单词都念不出来。

许丝染轻哼了一声:"背后议论人家的时候巧舌如簧,结果这会儿怎么说不出话来了,刚刚的气势呢。"

女孩愤恨地瞪了她一眼，显然，她嗓门拉得有点大，周围好些个同学都听到了，包括英语老师，她朝着许丝染和夏天这边望了过来。

许丝染秒怂，赶紧将脑袋埋进书里。

英语老师自然也没放过她："那就请你来阅读这一段课文吧。"

"救命！"许丝染揪紧了夏天的手腕，"完蛋完蛋完蛋。"

阶梯教室人很多，英语老师也没看清楚谁是谁，索性夏天便替她站了起来，用很流畅的英文将这段台词念了出来——

> For who would bear the whips and scorns of time,
> the oppressor's wrong, the proud man's contumely,
> the pangs of despised love, the law's delay...
> 谁愿意忍受世人的鞭挞和讥笑，
> 压迫者的谬误，傲慢者的凌辱，
> 被贬低的爱情的痛苦，法治的滞后……

这一段是《哈姆雷特》的经典选段，莎士比亚的遣词造句和文法结构都带着某种艰涩古意，其实特别不好阅读。

但这一段在夏天读来却丝毫没有任何磕巴的意思，她用非常纯正的英腔完整地将它念了出来，细腻温柔的嗓音对于每个人的耳膜都是一种按摩般的享受。

同学们愣愣地望着她，眼底透着某种难以置信的光芒。

不、不愧是飞院的学霸啊。

众所周知能进这个学院的……文化课成绩几乎是高考天花板了，而身体素质的要求也极高，这女孩……身上揣了些东西。

所以优秀的人才会相互吸引，她和徐不周至少在成绩上……肯定是配得上的。

英语老师用欣赏的眼神望着她，示意她坐下来。

许丝染也一个劲儿地给她鼓掌。

课程刚结束，乔跃跃就给夏天发了消息："啊，校园论坛被爆了！"

夏天:"？"

乔跃跃:"页面都已不可访问了，根本进不去，帖子也被删了个光。"

夏天:"怎么会这样？"

乔跃跃:"正义使者空降呗！哼，恶臭的论坛早就该整顿了！"

…………

晚上，夏天在食堂门口见到了徐不周。

少年穿着入秋时的灰色休闲卫衣，衣服正面有一条很可爱的卡通小狗，他头发似乎长长了些，几缕刘海垂在眼前，漆黑的眉眼压着，正在看手机，侧脸锋利冷峻，看起来似乎心情不佳，全身上下散发着冷冰冰的气息。

尽管如此，经过食堂的女孩也都忍不住朝他投去关注的眸光。

这样的帅哥，搁哪儿都养眼。

夏天捧着奶茶小跑着来到徐不周面前，将奶茶吸管递到他干燥的薄唇边——

"不周，尝尝，阳光玫瑰芝士葡萄，新口味。"

徐不周听话地尝了尝奶茶，眉心微蹙："酸。"

"只加了三分糖。"

她知道徐不周喜甜，不过这样的芝士奶茶她也真是不敢加太多糖，否则糖分超标会很恐怖。

"也没那么酸吧。"她捣了捣吸管，将芝士和果汁融合，"这样呢，再尝尝。"

"不想喝了。"

"特意给你买的，很贵呢！20块！"夏天哄道，"喝一大口，剩下的给我，好不好？"

于是徐不周喝了一大口，眉头用力地皱了起来："太酸了。"

夏天果然也不再逼他，自顾自地喝了一口，嚼着葡萄冻："嗯……还好吧。"

两人走出食堂，沿着香樟路一路向前走着。

夏天看出了徐不周心情不佳，用肩膀撞了撞他："你怎么了呀？"

"今天上午才看到。"徐不周漆黑的眼眸平视前方,嗓音平稳,"我不怎么用网,也没人跟我说,我昨晚要是知道,昨晚就处理了。"

"原来是这个。"

徐不周停下脚步,伸手捧着女孩小巧的鹅蛋脸:"男朋友很挫败。"

"这有什么呀,我知道你不用网的。"

他注意到女孩浅浅的黑眼圈,说道:"昨晚你失眠了。"

"还好啦,其实我睡眠一直不是很好,倒也不是因为这个。"

徐不周当然知道这些事情,嘴上说不在意,但谁又能真正地做到心如止水。

在他最痛苦的那段时间,他也控制不住着魔一般的双手,一遍又一遍地去刷新着网络上那些恶劣的评价……

夏天伸手揽住了徐不周,将脑袋靠在他胸口,深深地呼吸着少年身上清淡的雪松气息。

这个世界上,大概也只有他们彼此……能够抱团取暖了。

她真没把这些事情放在心上,但是徐不周这个样子,让她心里的委屈感漫了上来。

她将脸蛋用力在他怀里蹭了蹭,嗓音带着轻颤——

"真是的……我不想哭的。"

徐不周的心都要被她揉碎了。

夏天虽然平时安安静静,但在他面前一直都是坚强且有原则的女孩,甚至有时候正经到几乎不解风情。

只有这一刻,徐不周触碰到了她心底最柔软的部分。

"不周,为什么人可以对不认识的人怀有那么大的恶意,他们根本不认识我,我也没有得罪过他们。"

徐不周用力地箍着女孩单薄的肩胛:"因为人性就是如此,在不负责任的真空环境里,人性之恶……被无限放大了。"

夏天抱他抱得更紧了。在这样黑暗无边的世界里,仿佛只有面前这个人,才是她可以抱紧的浮木。

"不周,今晚我不想回去了,我们待在一起吧。"

夏天再度回到了徐不周的公寓。

毕业后，穆赫兰和陈霖自然也都搬走了，偌大的公寓变得空空荡荡，只有徐不周周末会回来小住。

他攥着女孩的手回了家，一进家门，夏天就被他按在了墙上。

炽热的吻铺天盖地落了下来，宛如暴雨般密集而肆意，她感觉自己被这瓢泼的大雨冲刷着，全身都湿透了。

就像盛夏里坐在摩托车上，热烘烘的风直往衣领里灌，她感觉自己就像橡皮泥一样，被这风揉捏成了各种形状。

实在……难以招架。

徐不周显然也没有任何经验，只凭借着本能，在她的世界里肆意地撒野。

借着壁灯的光，她抬眸望了他一眼。

少年的眸子是前所未有的漆黑，深邃得宛如化不开的墨石，坚硬、锋利，充满攻击性，看得她竟有些害怕。

"夏天。"

"嗯？"

他附在她耳畔，嘴角轻轻扬起，挑着一抹肆意的笑，指尖也很使坏地玩着她，眼神勾着她："夏天……"

"什么呀？"

"喜欢叫你的名字，你也叫我。"

"徐……不周。"

夏天本能地躲了躲，徐不周却将她拉了出来："躲什么？"

"我不好意思。"

"还是个小姑娘。"徐不周舍不得了，温柔而克制地叼着她的唇，"我的小姑娘。"

夏天最受不了的就是他这般温柔的吻，似乎灌注了无穷无尽的爱意，这爱是能被她感受到、触碰到的……

他们耳鬓厮磨了很久，夏天稍稍放心些，抱紧了少年的腰，在他怀里耍赖撒娇——

"不周，我饿了，去给我做饭饭。"

"叫我给你做饭？"徐不周笑了，"我从没做过。"

"那你要学啊。"

"我以为你会做。"

"会，但我不想。"

"完了。"少年枕着结实的手臂，望着天花板，"我以为我找了个温柔体贴的女朋友。"

夏天趴在他身上，玩着他卫衣上的帽绳："什么呀，不爱做饭就不温柔体贴了？"

"不是，我感觉夏天要开始拿捏我了……"徐不周坐起身，盯着女孩漆黑水润的杏眼，"这种事，不是东风压倒西风，就是西风压倒东风，你以前那种温柔小意的样子，都是装出来的，你要开始压我了。"

夏天被男人逗乐了，揪着他的衣领，将他拉近了自己，对着他锋薄的唇，笑着道："徐不周，你心思才多呢！"

"一向如此。"

"那你去不去给我做饭饭？"

"不去。"

"真的不去？"

夏天叮住了他的下唇，细细地品尝着。

徐不周被她撩拨得难以忍耐，翻身将女孩压住。

"哎！我错了，不周！"女孩被他弄得咯咯直笑。

徐不周怕这样下去真的难以收拾了，只能克制地起身："行，想吃什么？"

"面条。"

"叫我给你做饭，就吃面条？"

"对呀，我最喜欢吃面条了。"

"行。"

徐不周随手拎了件米白色居家服换上，缓步下了楼，从冰箱里取出了鸡蛋，翻开手机看着做面教程，准备给她做一碗番茄鸡蛋面。

"不周,'狼外婆'呢?"

"带回家了,我平时在学校没有时间照顾,我妈还挺喜欢这猫。"

"啊?它丑丑的,还有残疾,你妈妈喜欢吗?"

"她把星星照顾得很好。"

"那就好。"

"因为我说那是她儿媳的猫。"

"啊啊啊!"

夏天急了,趿着拖鞋下楼:"你乱讲什么呀。"

黄瓜在徐不周手里翻了个圈儿,稳稳地落下来,他笑着说:"难道不是?"

"那……那她怎么说?"

"跟全世界八卦的妈妈一样,她问我,她儿媳漂亮吗?"

夏天紧张了起来:"那那那你怎么说?!"

"我说,跟星星一样乖。"

"……"

夏天坐在高脚椅上,趴在吧台上,将脑袋埋入臂弯里:"完蛋!"

系着围裙的徐不周,坐在她左边,看着小姑娘窘迫的模样:"干吗,委屈你了?"

"'狼外婆'那蠢样儿呢。"

他捏了捏她的脸颊:"胡说,我们星星这么可爱。"

"哼。"夏天闷闷道,"反正所有人都说我不好看,不配你。"

"那你自己怎么想?"

"我觉得不是我难看,是你太好看了,衬托得我就很一般。"夏天也报复性地伸手捏住了他的脸颊,"不是我的错,是你的错。"

"居然变成我的错了?"徐不周觉得不可思议,"你的脑回路,真的可以。"

"哼。"

"我这么好看,那你还敢暗恋我。"

"徐不周,请你时刻牢记,是你追的我!"

"不知道是谁，跑到南山上去刻锁，还一生一世，笑死。"

"啊啊啊！不准说！"夏天脸颊蓦地涨红，伸手捂着他的嘴。

徐不周俯身过来，轻轻咬着她："我喜欢星星，我也喜欢夏天。"

"去做饭啦。"夏天红着脸推开了他。

…………

徐不周的厨艺的确不怎么样，两碗热气腾腾的番茄鸡蛋面，完全是凭感觉做出来的，味道、口感都是一言难尽。

他对食物很挑剔，所以吃了几口便不吃了。

夏天倒是津津有味地吃着，似乎一点也不觉得难吃，徐不周已经摸出手机叫外卖了："给你叫一份，想吃什么？"

"不用啊。"夏天叼着面条，"我都快饱了。"

"你这都吃得下？"

"挺好吃的呀。"

徐不周见她表情真诚，不似作假，于是拿着筷子挑了她碗里的面条，尝了尝。

依旧寡淡无味，面条口感也是黏糊糊的，实在难以下咽。

"你这……要求也太低了。"

夏天像摸狗狗一样摸了摸他的头，笑着说："今天是我男朋友第一次下厨，以后多多训练，厨艺会慢慢好起来的。"

徐不周本来是最讨厌做饭的，但是看着夏天吃得津津有味的样子，心里居然升起了一股子成就感，产生了想要喂饱她的兴趣。

"下周再来，我这段时间好好研究研究食谱，不会让你失望了。"

"好呀。"

夏天一边吃着黏糊糊的面条，看着徐不周秀色可餐的模样，想着如果一直和他在一起的话，将来无论多么平淡庸常的生活，也一定能过得有滋有味、甜蜜温馨。

晚上夏天洗了澡，穿上了徐不周的白色休闲T恤，和他一起抱着躺在松软沙发上，用投影仪看了一部小清新的文艺电影。

次日清晨，夏天率先苏醒了过来，揉揉眼睛，在柔软的被窝和熟悉的味道里，她看到徐不周躺在她身边，睡得很沉。

少年的五官如被美工刀雕刻得最精致的作品，眼廓深邃，鼻梁挺拔，薄唇锋利……没有丝毫破绽，完美无瑕，他的睫毛真的很长，又长又密，所以每当他望向夏天的时候，她总能感觉到一股子电流蹿过脊梁骨。

看着他，她便会情不自禁地绽开笑意。

正好，在她凝望他的时候，徐不周也睁开了眼，两人面面相觑。

几秒后，夏天不好意思了，掀起被单遮住了自己的脸蛋。

徐不周意犹未尽地伸了个懒腰，然后凑过来想亲吻她，夏天赶紧避开："没、没刷牙呢！"

"我不介意。"

她嘻嘻地笑着说："我介意你。"

"过分啊。"

徐不周果然不再吻她，抱着她黏黏糊糊、腻腻歪歪了很久："昨晚我几乎没怎么睡着。"

"我知道。"夏天蜷在他的怀抱里，"我做梦都是你。"

徐不周刷了牙，拿起梳子帮夏天一缕一缕地梳着长发："夏天，还有四年，我们毕业之后就结婚。"

"结婚？"

"看着你这表情，像是没想过要跟我结婚。"

夏天垂着眸子，轻轻叹了口气："我不知道。拥有徐不周，对我来说就是全世界最幸福的事，但幸福有时候也太容易破碎了。"

"你也太杞人忧天了。"

"可能是因为从小得到的幸福不多，所以总有一种不真实的感觉。"

徐不周从后面抱住了她："我给你的幸福，就是全世界最真实的东西。"

十月底，秋风渐寒，徐不周回家里拿一些秋冬的厚衣服，夏天也说她想念"狼外婆"了，徐不周便带她去了南岸区的别墅。

偌大的中式庭院,院子里种植着各式各样的花草树木,石子路曲径通幽,小桥流水清脆悦耳,灌木丛也被雕成了精致的动物造型。

"不周,你家好漂亮啊。"

"都是我妈的杰作,她喜欢侍弄小花园。"

夏天有些担忧,看看四周,小心翼翼地问:"你爸妈在家吗?"

"不在。"

"那就好。"

徐不周在庭院里唤了一声:"星星。"

小猫咪根本不见踪影。

他有些尴尬地望了夏天一眼。

夏天拿起花园一角的猫食盆,轻轻敲了敲,唤道:"'狼外婆',开饭了哦!"

一瞬间,小猫咪便从庭院里蹿了出来,别看它的腿受伤了,但动作非常敏捷,后腿拖着代步双轮车,可可爱爱的样子。

见到夏天,"狼外婆"来到她的脚边,非常亲昵地蹭着她,"喵喵"地叫着。

夏天得意地望了徐不周一眼:"看来它还是我的'狼外婆'。"

徐不周双手叉腰,说了声:"小白眼狼。"

夏天注意到猫咪身后的双轮车,好奇地问:"徐不周,这是你做的吗?"

"嗯。"徐不周蹲下身,调试着双轮车的索带松紧,"它后脚受伤了,总不能一直拖着走,摩擦皮肤会感染发炎,用这个车子,可以帮助走路,后脚也可以休息。"

夏天低头看着这辆卡通颜色的双轮车,心里也觉得很感动:"真行啊,徐不周,你还有这样的手艺。"

"奖励我。"徐不周凑了过去。

夏天在他唇畔吻了吻,直到"狼外婆"都看不下去了,一个劲儿地用爪子挠着夏天的鞋带。

她从包里摸出了猫条零食,喂给它。

"你快回去收衣服吧。"

"嗯，自己待会儿。"

"我和'狼外婆'玩呢。"

徐不周进了房间没两分钟，不远处，有位穿着深红偏褐色的欧式田园裙的小姐姐，鬼鬼祟祟从半人高的花圃前边走过来，手里还拿着沾了泥的小铲子，她蹲到多肉栅栏旁，一边弄多肉泥土，一边打量夏天。

夏天当然也在打量她，她看着就像德伯家的苔丝似的，但是很有气质，也很漂亮。

小姐姐脸上绽开了微笑，八卦地问："你是……不周的女朋友？"

"嗯，你是……？"

"啊，我是园丁，别管我，我工作呢。"小姐姐继续夯土，过了会儿，又意味深长地望向夏天，"这猫，是你的？"

"其实也不是，'狼外婆'以前是流浪猫，我一直在投喂它，后来徐不周收养了它。"

"狼外婆"见到小姐姐，很亲昵地凑过去，在她身边蹭来蹭去。

"'狼外婆'？"小姐姐抿着唇，"很可爱的名字，比星星可爱，它都不知道它叫星星。"

"猫猫的记忆力比狗狗差一些，要多叫才会懂。"

小姐姐摸了摸小猫的脑袋，满眼温柔："'狼外婆'，你的小主人可比你好看多了。"

夏天有些不好意思，这位小姐姐还是头一个初次见面就夸她好看的呢。

"你也很美呀，穿这一身衣服特别有风格。"

"是吗？"小姐姐站起来，转了个圈，裙摆翩飞，"田园风，我老公还总说我装嫩。"

"你都结婚了？"

"嗯，我结婚蛮早的。"小姐姐似忽然想起什么，"啊，对了，你等着，我做了小饼干请你吃。"

说着，她便匆匆回了别墅，不到一分钟，便又跑了出来，托盘里摆放着各式各样的小动物饼干，有小猴子、小松鼠、小兔子……

"尝尝。"她迫不及待地想让夏天试试她的手艺。

"欸？你不是园丁吗？"夏天去拿了小兔子饼干。

"园丁，兼管家，兼阿姨。"

"可没这么年轻的阿姨呢。"

"小姑娘嘴太甜了吧。"

她试了试小兔子饼干，说道："好甜哦。"

"嗯，不周口味偏甜，我特意加了不少蜂蜜。"

夏天连忙道："吃多了糖不好，以后会生病，我就不让他吃太甜了。"

小姐姐眼角的笑意都快藏不住了，拎着一枚小饼干，边吃边打量着她，看得夏天都不好意思了。

"那小子脾气烂得不行，你管得住他？"

"还好哦，他蛮听话的。"

"啊，看来是只听你的话，他就不爱听我的话。"

夏天不好意思地笑了笑，小姐姐又八卦地问着她这样那样的问题。

夏天能回答的，也都知无不言。

就在这时，徐不周收拾了一个行李箱，走出来，见俩女人居然开起了茶话会，坐在花园里吃着小饼干。

他眉头拧了拧："妈，您今天没课啊？"

夏天睁大了眼睛，望着边上这个她都直接开口叫姐的园丁兼管家兼阿姨……惊得快合不拢嘴了。

"您……您是徐不周的妈妈？"

李知柔笑了起来："嗐，这是最不重要的身份。"

徐不周知道她肯定骗了夏天，从她嘴里套了不少信息。

这小姑娘单纯得很，别人对她笑三分，她掏心掏肺什么都说了，哪里是李知柔的对手。

"过分了，欺负我女朋友。"

"什么呀，我可没欺负她，我请她吃饼干呢！"

夏天也连忙说："阿姨很好的。"

李知柔伸手去捏徐不周的脸，徐不周嫌弃地躲开，坐在了夏天身边："我妈有时候不太着调，很幼稚。"

"喂喂喂，不兴在儿媳妇面前说我坏话啊，臭小子。"

"你就不该骗她。"

"我开开玩笑怎么了嘛，这都不行。"

夏天掰开一块小饼干，和徐不周一人一半："阿姨的性格超好。"

"看吧看吧，我儿媳妇都这样说了。"

徐不周牵起了夏天的手，说道："行了，我们要回学校了，您老人家该干吗干吗去，别再骗人搞偷袭了。"

"哼，我今天可是为了见儿媳妇一面，特意跟单位请了假。"

"下次我带她回家，正式见面。"

"说好了！"李知柔望着徐不周身后的小姑娘，伸手摸了摸她的脸蛋，"我很喜欢你，下次来家里吃饭，我让他爸做一顿好的，你喜欢吃什么？"

夏天想了想，说道："我喜欢吃鱼。"

"好嘞！预定了！给你做一桌全鱼宴。"

…………

告别了李知柔，徐不周牵着夏天走出了别墅。

"你还挺实诚，我妈问什么，你就说什么，一点没把自己当外人。"

夏天吊着他的手臂，满心的愉悦和快乐，甜甜地笑着："因为你妈妈很好呀。"

"你喜欢她？"

"当然！这样的妈妈谁不喜欢。"

徐不周嘴角清浅地抿着，点头："她是很好的母亲，我休学那段时间，她一直陪着我。"

夏天知道，徐不周就是在很温馨美好的家庭氛围里长大的孩子，所以他才如此善良。

在一个陌生人遭遇恶犬的时候，毫不犹豫地挺身而出，甚至于后来遭受如潮的网络暴力。在面对他人无端的恶意时，他也只是背过身去，不予理会。

夏天不知道自己算不算温暖的女孩，她心里是有怨气的，这份怨气来自重男轻女的家庭里长年累月对她的忽视，一个从小遭遇不公的女孩，她一定会斤斤计较，任何轻微的恶意……她都会想要申辩和反抗。

这两年，徐不周治愈了她很多。

…………

两天后，徐不周和夏天一起去了一次南山，在南山蜿蜒陡峭的阶梯旁边，夏天在一堆锁里，找到了她当年中二病时期自作多情地系上去的那枚同心锁。

她用钥匙开了锁，上面已经全是铁锈，字迹几乎看不清了，隐隐约约能看到"徐"和"天"的字样，但都被斑斑锈迹腐蚀了……

徐不周接过锁，指尖擦过锁面的字迹，笑着说："暗恋我这么多年，现在算不算美梦成真？"

夏天死不承认："才不是美梦。"

"我不是你的美梦？"

"哎呀，徐不周你好自恋哦。"她红着脸，推了他一下，"没见过这么自恋的男孩子。"

"走吧，下山去。"

"欸？这就下山了？"

徐不周拉着夏天下了山，然后开车去了市中心，找了一家专门的锁店，将这把锁上的斑斑锈迹洗干净了，然后重新将上面的字迹镌刻清晰——

夏天＆徐不周，一生一世。

趁着太阳还没有落山，徐不周拉着夏天重新上山。

夏天和他比试着看谁能最先抵达山头，健步如飞地朝着山路阶梯上方跑去。

徐不周追着女孩矫健的身影："不错啊，小夏天，你高中那会儿还挺弱不禁风，现在都能跟我比体力了。"

"飞院期中的体考，我可拿了班级前十的成绩，有的男生都比不过我。"

徐不周知道夏天一直都很努力，高中的时候总能保持名列前茅的成绩排序，和他不相上下。

夏天三两步跨上阶梯，和徐不周一起将锁挂在了原来的位置上。

远处夕阳渐渐暮沉，徐不周从后面环抱着她，和她一起望着夕阳跌落山间，只留下漫天烧红的云霞和镶了金边的山隘。

"夏天，还记得那句话吗？"

夏天回头，看着少年近在咫尺的锋利侧脸："什么？"

"爱不是两人的相互凝视，而是一起望向外在的同一方向。"

"《风沙星辰》。"

"嗯，夏天，我现在可以很坚定地告诉你，我们凝望的是同一片星空。"

大一、大二期间，夏天和徐不周两人的关系几乎是蜜里调油，热恋期整整持续了两年，每天都黏在一起，每天都凝望着彼此，好得几乎变成了同一个人。

不过大三之后，因为学业和工作的压力越来越大，夏天逐渐感觉到了徐不周的变化，也感觉到两人的关系逐渐进入了平淡期。

当然会平淡，任何一段感情都不可能永远热恋，他们也不可能永远占有彼此的唯一世界。

当生活被其他事物充斥填满的时候，感情在漫长岁月里，逐渐褪去了最初的那一圈泡沫般的光晕，露出了生活晦暗的底色。

夏天很难说徐不周变了，因为每个人都会变，她也在改变。

…………

徐不周加入了学生会，即将被保送到航院去进行飞行特训。

而夏天也注意到，他身边的女孩多了起来，尤其是大一新生入校之后，他也经常跟着学生会的朋友们一起去聚会，男男女女都有，大一新生妹子开朗热情、活泼可爱。

夏天有几次看到徐不周和她们说话，脸上也挂着轻狂痞坏的笑意，如风一般，不可追寻。

训练场上，夏天和许丝染、苏芮她们进行着滚轮和固轮训练，为即将到来的飞行考试做准备。只有在这场飞行考试拿到高分，她们才有资格进入航院，真正穿上飞行员的制服。

被淘汰下来的学生，十有八九也只能做地勤工作了。

徐不周给夏天发了一条消息——

"宝宝，学生会迎新，今晚去玩，一起？"

Summer："不了，等会儿还要跑个两公里。"

风："又卷我。"

Summer："被保送的男人，到底谁卷谁啊？"

风："晚上去公寓睡，等我回来，很想你。"

Summer："不去，又喝得醉醺醺的。"

风："宝宝，我想你。"

Summer："训练了，拜拜。"

风："别太累。"

夏天帮着许丝染上了固轮，替她滑着轮子，这些都是飞行生每天的必修课，一开始或许还会眩晕和呕吐，不过这两年也已经适应了，如家常便饭一般。

许丝染从轮子上下来，和她一起坐在草地上盘腿休息，看着远处的斜阳残红——

"欸，徐不周最近身边的女孩挺多的啊。"

"嗯？"

"昨天还看到几个女孩和他们一起吃饭，不只是他，还有学生会那几个男生。"

夏天平静地低头揪着草茎，淡淡道："最近不是迎新吗，他是学生会主席，工作挺多的。"

提到这个，许丝染就忍不住要吐槽："真的，每个学院都有学生会，咱们学院的事最多。"

"这也不是徐不周的错，我们入校那会儿就这样了。"

"我没说徐不周怎样，反正学生会有时候办事就挺让人无语的。"

夏天知道这个世界就是不公平的，所以也没觉得多么愤愤不平，她只要好好训练，好好努力，同样会有出头之日。

"哼，也不是每个学生会的都能进航院吧，还不是要看实力。"许丝染冷哼了一声，"你看去年的学生会主席刘旭，他飞行原理挂科，体能测试也不合格，还晕滚轮呢！这种人就进不了航院。"

"对呀,所以你还有什么好气的。"夏天拍了拍许丝染的肩膀,"咱们只要通过了飞行考试,也可以进航院。"

"我没有生气,但是我还是要提醒你。"许丝染望着她,"徐不周在学生会里混了两年,感觉他变了很多。"

"哪儿变了?"

"说不上来,你俩谈了这么久,新鲜劲儿肯定过了,男人都喜欢寻找新鲜和刺激,不管以前多爱你,都会有变心的时候。"

夏天笑了笑:"徐不周不会啦。"

"希望吧。"

…………

跑完两公里已经是晚上九点了,夏天没有和许丝染、苏芮回宿舍,而是径直去了公寓。

前段时间徐不周改造了公寓,一楼的客房直接和洗手间打通,将洗手间进行了扩展,并且安置了一个内嵌式超大浴缸,给夏天泡澡用的。

每每高强度训练之后,泡澡是最能缓解身体疲惫的。

夏天舒舒服服地躺在浴缸里,听了会儿音乐,她摸出手机,湿漉漉的指尖给徐不周发了一条信息:"到公寓了,早点回来哦,别喝太多。"

没想到没一会儿,夏天接到了徐不周的电话。

她接听之后,并没听到徐不周的声音,周围背景音嘈杂,有歌声,有笑声,还有骰子的声音……

远处似有个女孩娇滴滴的声音传来——

"主席,你唱一首歌呗。"

"我想听你唱歌。"

"主席从来不唱歌,据说唯一一次,还是给他女朋友过生日,唱了首《黑色毛衣》。"

"啊,这也太浪漫了吧。"

"主席,你什么时候分手啊,学妹们都排着队等你呢。"

徐不周冷笑着,用清淡的调子说了声——

"等着吧。"

夏天愣了愣，没有挂断电话，等了很久，也没听到徐不周唱歌。

她挂断了电话，从浴缸里起来，擦干身子，换上睡衣回了房间。

…………

包厢里，徐不周看着手机里和夏天有近三分钟的通话记录，脸色逐渐低沉了下来，酒意也醒了大半——

"刚刚谁动我手机了？"

柳若兰走过来，坐在他身边，笑着说："别生气啦，开个玩笑，而且也没说什么啊。"

话音未落，徐不周单手将她拉近了自己，冷声道："我给你脸了？"

柳若兰看到徐不周微醺的眼底升起几分冷戾，心里也有些犯怵了："不、不是我，只是不小心碰到了。"

几个男生也看出了徐不周不对劲，赶紧过来劝道："不周，若兰学姐肯定不是故意的。"

徐不周脑子晕乎乎的，一把甩开了柳若兰，将她狠狠掼在沙发上，拎了外套，大步流星地走了。

柳若兰眼睛都红了，有男生递来一杯酒，也被她用力扔在茶几上。

徐不周不是不解风情的男人，有时候也会和她插科打诨地聊几句，玩笑几句，谁都看得出来，他没有大一那会儿那么坚决笃定、满心满眼都是他女朋友了。

今晚这一着，很明显，那个女孩在他心里的位置……

仍旧不可动摇。

徐不周回了家，房间留着一盏壁灯，光线昏暗。

他站在门口揉了揉眼角，稍稍清醒了几分，怕她嫌他身上酒味儿重，先去洗手间冲澡半个小时，喷了她搁在水台上的香水，将自己好好地收拾了一番，这才轻轻推门进了房间。

女孩显然已经睡熟了，深蓝色被单盖在她身上，单薄的身影微微隆起。

徐不周躺在她身边，从后面环住了她，亲吻着她光洁的颈子，将女孩从睡梦中唤醒了。

这次，夏天却没有给予他任何回应。

徐不周注意到她的冷淡，也停了下来，亲着她的下唇，看着夜色里女孩柔美的脸庞："夏天……"

"徐不周，你什么时候跟我分手？"她平静地问。

徐不周知道她肯定听到了，翻身坐了起来，果断跪在女孩面前："我错了。"

夏天没理他，淡淡道："什么时候开始，你允许其他人用分手的事，开我的玩笑了？"

徐不周沉默了片刻，望着她的眼睛，郑重地保证："我喝醉了，别生气，下不为例。"

"马上就要考核了，你还去聚会。"

"也就这两天，迎新结束，该干吗干吗。"

"我从没见过迎新要这样的，你们干的什么事儿。"

"飞院的学生会就这样，你又不是不知道。"

夏天也坐了起来，攥着被单，认真地问："徐不周，你很喜欢学生会的工作吗？"

"还行，都已经干了三年，成了主席，这会儿没理由放弃。"

"飞院的学生会乌烟瘴气，全校都知道。"

"又怎样。"徐不周并不在乎这个，"我来的时候它就是这个样子。"

"徐不周，人要适应舒适的环境很容易的，堕落也很容易；要坚定信念、保持初心才是最难的。"

"又开始叨叨了。"徐不周平躺在床上，望着天花板，双手垫着后脑勺，"我们夏天啊，永远这么正直，永远知道什么该做、什么不该做。"

"我只想好好毕业，进入航院，可以真正飞向天空。"

徐不周睨她一眼："你有过迷茫的时候吗？"

"有过。"

"哪方面？"

"我们的未来。"

徐不周轻笑了一声，用手背去蹭小姑娘的脸颊："这有什么好迷茫的。"

夏天避开了他的手，摇了摇头："徐不周，今晚去沙发睡。"

少年看着她，看出了小姑娘眉宇间的冷淡，愣了几秒："你认真的？"

"嗯。"

"就为这点破事？"

"这两年你在学生会干的破事还少？"

"夏天，"徐不周脸色也渐渐沉了下来，望着她，"我给你冒犯我的资格，不代表你可以一再地诋毁我。"

夏天和他对峙着，呼吸起伏不平。

即便……即便是她先喜欢徐不周，即便现在一如既往地还是喜欢着他。但夏天从不屈服于他，也不会谄媚讨好他。

他们之间是平等的关系，她从不要他给她买任何东西，也不接受他的金钱，哪怕是感情最好的时候。

"徐不周，你给我滚出去。"

徐不周都要被这小姑娘气疯了，看着她漆黑的眸子里泛着坚定的光芒。

而这种光芒……自他在公交车上望向她的第一眼开始，就从未消失。

他也不知道自己怎么就让她拿捏成这样，换了以前，有哪个女生敢对他这般颐指气使，即便现在……也没有。

徐不周压着怒意，气冲冲地走出了房间。

"徐不周，回来。"

他又推开门冲了回来，脸上已经写满了不爽："我是让你这样呼来喝去的？"

夏天将枕头扔给他，侧身躺了下来，冷漠道——

"把门带上。"

…………

次日清晨，上午没有安排课程，夏天很难得睡了个懒觉。

只有在徐不周的公寓里，她才能一觉睡到自然醒，不会担心被宿舍每天早上七点的晨铃广播弄醒。

大一、大二的时候，飞院学生还被严格要求必须住校，不过大三之后就放松了要求，给予了学生更多自由。

她懒洋洋走出房间，徐不周已经离开了，桌上搁着一杯青蓝牧场的牛奶、一份三明治。

夏天拿起牛奶杯喝了一口，牛奶还有余温。

她喝完牛奶才注意到，杯子边贴了一张便笺，上边有一行熟悉的漂亮小楷字，是徐不周的字迹——

"徐不周期待夏天，就像园丁期待春天。"

她嘴角轻轻绽了绽。

徐不周看书很多，他很喜欢用这样一些女孩子都喜欢的方式，去讨她的开心，也常常在生活中制造这类的小浪漫，作为感情的调剂。

对待这段感情，徐不周和她一样认真，哪怕现在感情进入了平淡期，他们之间总会为一些鸡毛蒜皮的事情吵架，因为两人都是互不相让的性格。

但吵架之后，徐不周总是愿意主动和好的那一个。

这是他在这段感情里最大的妥协。

夏天回了学校，早上没有课程，许多同学都聚集在训练场里，有教练在这里指导他们的日常练习。

尽管卓越班的同学基本被保送到航院了，几乎不太需要这些训练，但徐不周每天早上都要来场地里完成他的日常训练，哪怕他有班级和学生会的双重工作，也从没放松过。

无论是旋梯还是固轮和滚轮，他都能做到最好，成绩远远高出其他同学一大截。

夏天遥遥地看着他，却见少年三两步跨上了旋梯，利用惯性推着旋梯飞速旋转了起来，周围同学帮他计数。

"50，51，52……"

"79，80，81……"

周围的同学已经开始发出了低低的惊恐和赞叹声，一般的旋梯训练46个满分，能坚持60个都已经很不容易了，徐不周一次就做满了100个。

从旋梯上下来，教练还怕他撑不住，上前来扶他，却见徐不周浅浅笑着，摆了摆手，表示没关系。

周围掌声响了起来,就连夏天身边从不轻易夸男生的苏芮,都忍不住赞叹道:"这男人……真是天生的飞行员,太稳了。"

其实所有人都当徐不周有天赋,才能拿到这样的高分。

在别人都看不见的地方,只有夏天知道他有多努力。绝大多数约会的时间,两人其实都在训练场度过,两人经常比试,较着劲儿,谁也不让谁。

他们不是相互凝望,而是一起望向外在的同一方向。

所以,他们一样努力。

这时候,夏天听到身边有外专业的男生说道:"这就是为什么飞行员都是男生,女孩根本干不了这些,体能差距就很大啊。"

"可不是,她们一站上旋梯就晕了吧。"

苏芮很不爽地睨他们一眼:"别看不起人啊,这都是飞院的基础训练,谁站上去就晕了,不知道别乱讲。"

"我又没说错,你看场子里不都是男的吗?"

"你们飞院男女比例差异很大啊。"

"女生都去当空乘了。"

许丝染听他们越说越离谱,望了他们一眼,捏尖了调子:"你们不是本专业,不了解不要想当然地乱说,飞行员也不只是男生。"

这些男生显然很不以为然,他们的认知偏差,来自性别赋予他们骨子里的傲慢。

夏天索性一跃而起,漂亮地翻入了训练场栏杆处,来到了旋梯前。

训练场的男孩们见有女生过来了,而且还是每次文化和实践成绩双高的夏天,立刻躁动了起来——

"哟,不周,你媳妇来了。"

"嫂子来几圈啊。"

徐不周正要上固定滚轮,听到男孩们的声音,遥遥地望向了夏天。

女孩将长发利落地扎成团子,袖子挽在了手肘上,露出纤细却有肌肉线条的小臂,轻微俯冲,借着惯性,动作敏捷地爬上了旋梯。

"不周,你媳妇来挑战你了。"

徐不周满眼欣赏地看着她，说了声："她不是谁的嫂子，也不是谁的媳妇，她叫夏天。"

夏天紧紧握着栏杆，在旋梯上天旋地转，速度飞快，没多久就冲破了50个。

男生们齐声高喊着，替她数数——

"59，60，61，62……"

很快她就超过了男孩们能承受的数量，冲到了80个。

徐不周情不自禁地走过来，也有些担忧：这姑娘，平时和他比试的数量也最多80个，这会儿她还是没有停下来的意思。

"90！91！92！……"

男生们齐声报数的声音越发激动了起来，终于，夏天破了徐不周100个的纪录，旋梯稳稳地停了下来。

徐不周见她步履踉跄，显然也已经快晕了，怕她站不稳，赶紧上前扶她。

夏天却甩开了他的手，看也不看他，扶住边上的许丝染。

"没事吧。"

"没事，一点点晕。"

"太厉害了夏天！你破纪录了！"

"嗯！"

她们走出了训练场，飞院的男孩们吹着口哨，鼓起掌来——

"酷哇！"

"巾帼不让须眉。"

"哈哈哈哈，夏天牛啊！"

徐不周望着夏天远去的背影，虽然看起来纤瘦柔弱，却带着一股子宁折不弯的气势。

边上的教官眼底也泛着欣赏的光芒，赞叹了一声："真是好久没见到女孩里面，也有这么好的苗子了。"

徐不周眼底的骄傲，都快压不住了。

傍晚时分，夏天从图书馆走出来。

徐不周独自倚在落地窗上，柔和的灯光从头顶漫洒，照得他皮肤越发苍白，漆黑的眸子隐藏在眉骨之下，分明而清晰。

他手里拎着一枝夏天喜欢的纯白百合——

"夏天，徐不周错了。"

夏天没接他递来的百合花，迈着步子径直朝前走去，都没搭理他。

徐不周追了上来，拉住女孩的手腕："我再也不去了，行了吧？"

听到这样的保证，夏天这才回头，望了他一眼："本来就不该去，忘了我们的规章十六条，要是被人举报了，你吃不了兜着走。"

"我错了。"

"真的以后都不去了？"

"我什么时候对你食言过。"

夏天闷闷道："那我也不能随时随地盯着你啊，你这油嘴滑舌的，谁知道会不会当面一套、背后一套。"

徐不周从包里摸出两块崭新的腕表，一块女式白色，另一块男式黑色。

"已经调试好了，表里有定位，欢迎我们夏天随时监督男朋友的行踪。"他将白色腕表戴在了夏天纤细的手腕上。

"欸？"夏天打开腕表的定位系统，果然出现了手机定位的地图，地图显示南渝大学图书馆外两个小蓝点，表示他们正在一起。

"真的可以定位啊。"

"嗯。"

"这样岂不是一点隐私都没有了。"

"你可以关闭定位，如果不想被我知道，但我的定位关不了。"徐不周很真诚地握着夏天的肩膀，"夏天，我是真的想要和你一生一世，作风问题绝不出错，欢迎女朋友随时监督。"

夏天轻哼了一声："狗言狗语的。"

徐不周见她态度和缓，知道小姑娘没那么生气了，于是将她拉入怀中，用力抱了抱："这两天一直没有好好抱你，想死了。"

夏天能感受到少年埋入她颈项间的深深的呼吸，也能清晰地感受到，其实……徐不周很依赖这段感情。

晚上的和好餐,徐不周请夏天去美食街吃她最喜欢的玉米馅儿饺子,而徐不周则点了一份热腾腾的馄饨。

这家店他们大学期间经常造访,已经是熟客了。

夏天特别爱吃饺子,徐不周不喜欢吃厚皮的,只有馄饨还稍稍能入口,但她也逼着徐不周把她吃不完的饺子处理了,自己则吃他的馄饨。

两人似乎又回到了从前的关系,亲密无间,眼里只有彼此,相互凝望着……直到地老天荒。

吃过晚饭,两人去江边散步,但没有走多长时间,夏天就被徐不周攥回了家。

夏天躺在徐不周的怀里,他揽着她单薄的肩,和她聊着学生会里的事情。

都是细细碎碎的琐事,甚至包括迎新活动的组织、入会成员的挑选,还有他如何制定全新的章程、如何管理"老油条们"……

也是最近这一段时间,夏天听徐不周说这些,逐渐感觉到他对学生会的工作,其实挺乐在其中。

她并没有太放在心上,徐不周如果不喜欢学生会的工作,就不会坚持三年,甚至投入极大热情竞选了学生会主席。

他根本不需要依靠学生会的加分,也能进入航院。

然而,直到徐不周很轻描淡写地告诉她:"夏天,你知道吗,其实我不太想进航院飞行班……"

她惊讶地抬起头,看着少年线条流畅而锋利的下颌:"什么?"

"我最近一直在想这个问题,比起飞行班,我其实……更想进地勤指挥部。"

"可是成为飞行员,不是你一贯以来的梦想吗,你第一次来我们班的时候,你说你的梦想是成为飞行员。"

那天的情形,夏天历历在目,永远不会忘记。

"我挺喜欢跟人打交道、组织活动的,或许地勤指挥部更适合我。"

夏天看着徐不周:"你其实更喜欢当领导,享受那种把控全局、说一不二的感觉,对吗?"

徐不周垂眸看着夏天,浓长的睫毛覆下来,温柔又漂亮:"果然,夏天最了解我。"

她当然了解他,这两年徐不周的变化,夏天历历在目。

"徐不周,你曾经渴望自由地飞上天空。但现在……你想要困守地面,就为了成为像学生会主席这样的人。"

"没有几个男人能拒绝权力。"徐不周漆黑的眸子凝望着怀里的女孩,"夏天,别对我有偏见。将来,或许我会成为一位优秀的地面指挥官。"

"徐不周,我越来越看不懂你了。"

徐不周穿好衣服,起身来到飘窗边,凝望着漫天星辰:"人就是要在不断的成长中认识自己,我会变,你也会变……这很正常。"

"一切都会变吗?"

"斗转星移,一切都会变,夏天,没必要觉得感伤。"

"那我们的关系也会变吗?"

"当然。"徐不周偏头望向她,"你已经不再是高中时那个安静的夏天了,你变得更优秀,更自信。徐不周也变得更喜欢你,你成了我最大的骄傲。

"所以是的,一切都在变,包括我们的关系。"

夏天走过去,从后面紧紧抱住了徐不周的腰。

巨大的陌生感,让她有点想哭。

"可我就没有变。徐不周,我还像第一天喜欢你那样……喜欢你。"

夏天慢慢地消化着徐不周的那番话。

大一开学的职业规划课,夏天每一节课都认真倾听。

职业规划老师告诉他们,大学就是一个不断探索自我的阶段和过程,因为高中时期大家都被繁重的课业压着,不知道自己喜欢什么、渴望什么,无法更深刻地认知自我。

到了大学,他们就要在充裕的自由安排的时间里,不断探寻,找到自己的热爱和信仰。

所以徐不周也终于在学生会的工作中，找到了他自己的热爱吗？

也许是吧。

他还是会去航院深造，但不会成为飞行员了。

未来，他会成为优秀的地勤指挥官，也许……还会成为领导和高层。

这样也好，只要徐不周不后悔自己的选择，夏天会尊重他。

这么多年，全世界都在变，但夏天感觉自己似乎从来没变过。

就像被时光遗漏在了世界的某一处角落，偏安一隅。

这个角落，永远是盛夏的雨季，淅淅沥沥。

金秋十一月是校园开放日，许丝染组建的话剧社提前了一个多月就开始排演话剧《日出》。

社长许丝染为了圆她的演员梦，自然成了女一号陈白露。

作为整个班级仅有的三个女生之一，苏芮也被她拉过来扮演寡妇富太太——顾八奶奶。

听说顾八奶奶还要包养面首小鲜肉，夏天看看一贯正经的学霸苏芮那张难看的脸，差点笑翻了过去。

却没想到，她也不能幸免，即便对演出一窍不通，也被许丝染强行拉来充数。

许丝染跟她说没关系，她演的是戏份很少很少的配角——"小东西"，不需要演技，台词都没几句。

夏天真是信了她的邪，开始排练了才发现，小东西才不是配角，她根本就是自始至终贯穿全剧的重要线索。

小东西是个被旧社会压榨的可怜小孩，特别苦，所以要演出苦情的感觉，还有不少哭戏。

夏天是真的要哭了。

但没办法，她既然答应了许丝染，自然也要好好演，努力背台词。为了能够哭得出来，还特意在手指头上抹了蒜汁儿，以便在擦眼泪的时候，真的有眼泪流出来。

许丝染是老早就去申请了飞院最气势恢宏的千人大礼堂，校园开放日的时候，就在这气派的大礼堂里演出，观众也多，场面也壮阔。

自然，千人大礼堂的高规格舞台，还能升降，有这么好的条件，演员们自然排练得更加卖力了。

就连之前一直没怎么用心的表演门外汉——夏天，都去把曹禺先生的话剧版《日出》搜出来，仔仔细细地揣摩了一番。

许丝染真的很适合陈白露，陈白露婀娜又风情，还特性感，特慵懒。许丝染无论是身材还是颜值，或是身上那一股子风情的劲儿，都几乎把剧本里的陈白露给演活了。

而且她真的有几分表演的功底，不仅自己演得好，还能够指导其他的演员，比如说门外汉夏天。

"夏天，你不要这么浮夸好不好？"

"你要哭啊，不是号。"

夏天穿着灰扑扑的补丁民国装，扎着土里土气的大辫子，看着舞台上光鲜亮丽的旗袍女许丝染："我都被金八给卖掉进窑子了，我肯定伤心啊！我看别的话剧里面的小东西，就是这样哭的。"

"你不能简单地模仿别的话剧，我们得演出自己的风格来。听我的，不准大哭大闹，用你的眼神……去打动观众。"

"好嘛……"夏天蹙起了八字眉，努力做出感伤的样子。

就在他们排练之际，几个学生会的同学走了进来，指挥道："来，把舞台清空一下，我们要开始排练了。"

夏天认得那些人，是学生会干事，其中还有副主席刘韬，都是徐不周手底下的得力干将。

"你们管事儿的人是谁。"刘韬颐指气使地问道，"管事的出来说话。"

许丝染打了个喷嚏，揉揉鼻子，站出来说道："我是社长，有事吗？"

"学生会征用了千人礼堂，开放日要表演院里的舞台剧《天空利刃》，你们去别处排练吧。"

"什么呀？"许丝染摸不着头脑，"我们已经跟团委申请了礼堂，开放日也要表演话剧《日出》啊。"

刘韬神情已经极度不耐烦了，还是耐着性子，解释道："《天空利刃》

是院里的节目，届时会有不少校领导来看，你们的话剧能比吗？"

舞台上的同学纷纷鸣不平："太看不起人了吧！"

"我们是经过团委审批，申请了千人大礼堂，申请文件都在这儿呢！怎么就不能演了？"

副主席刘韬冷笑道："任何社团都越不过学生会去，尤其是你们这种小社团，学生会承办的是院里要求的主旋律节目，你们自己说，你们这舞台该不该让出来。"

"反正我们有文件！"许丝染态度很强硬，"你让团委的老师来跟我说话，团委说让，我们才让。"

"别忘了，社团在校园开放日的任何活动，都要经过学生会审核。"刘韬见他们不依不饶，直接拿出了撒手锏，"你们再不清场，你们的话剧就别想在校园开放日演出了！"

此言一出，所有同学都厌了，包括许丝染。

他们的话剧排练好之后，最终还要由学生会成员进行审核，审核通过了才能正式演出。

话剧社同学们讪讪地搬着桌椅板凳，满脸颓丧地下台。

"清场清场。"

刘韬颐指气使地指挥着同学们，自己也抓起一把演出道具的条凳，扔下了舞台。

夏天本来不想多说什么，跟着许丝染下台，但看到刘韬直接在台上扔东西的举动，她心里的火气"噌"的一下蹿了上来——

"你给我捡起来！"

刘韬平日里被捧惯了，听到这般不客气的叱责声，雷霆大怒地转过身，和夏天对上眼神。

夏天不甘示弱地望着他："你有什么资格扔我们的东西，捡起来！"

压了一肚子火的话剧社成员，一个个顿时也炸了肺，不甘心地大骂。

刘韬刚想发作，身边的女孩忽然扯了扯他的袖子，低声在他耳边道："别说了，那是主席的女朋友。"

他愣住了，压根没认出来，这个穿着灰扑扑补丁衣服、扎着土里土气的大辫子,脸上还抹了黑煤灰的女孩,居然是徐不周的女朋友夏天。

他仔细地打量着她,好像……好像还真是啊。

完蛋了。

谁不知道徐不周是个宠妻狂魔,对他女朋友简直言听计从。

就因为女朋友不开心,连学生会的聚会都能推则推了。

许丝染似乎察觉到了气氛的变化,轻哼了一声:"别以为就你们有后台,我们也有啊,还不快把条凳给我们捡回来。"

夏天拉扯着她,不想带出徐不周。

但许丝染这会儿也是一肚子火气,直言不讳道:"你去问问徐不周,看他有没有这个胆子卡他女朋友的话剧节目!"

刘韬冷冷地笑着,将条凳捡了起来,规规矩矩地递给了话剧社同学:"都是误会嘛,夏天,对不起啊,我没认出你。"

夏天没理他,对许丝染道:"我们另外找地方吧。"

许丝染接了条凳,鄙夷地轻哼了一声,离开了千人礼堂。

…………

接下来的好几天,话剧社的排练几乎都跟游击战似的,接二连三换地方,一直找不到合适的排练场合,更因为开放日渐近,申请不到其他礼堂了。

其他礼堂被其他社团占用,除了教室,他们根本找不到更好的场合。

但是教室那么小,谁愿意在教室里看话剧啊,而且观众位也太少了吧!

许丝染都气哭了,坐在教学楼前的长阶梯上,看着夕阳垂落,满心伤感。

她抹着眼泪,哭哭啼啼道:"我最大的梦想就是成为演员,呜呜呜,但是我爸妈把我送来了飞院,当什么飞行员。"

"你不是说自己看了国庆阅兵典礼,想当女飞行兵吗?"陪坐在边上的夏天,毫不留情地拆穿了她的话。

许丝染瞪了她一眼:"不许打断我。"

"好好好。"她轻拍着她的肩膀,"不哭不哭。"

"反正我就是很喜欢演戏,我想当演员,《日出》是我唯一的机会,我特别想演好陈白露,我觉得陈白露就是另一个面的我。"

苏芮听到这话就笑了:"原来另一面的你,是个作风不良、傍大富豪的交际花呀!"

"哼!你才不懂呢,陈白露有她的悲剧性,她在日出的时候香消玉殒,很凄惨的!"

许丝染哭得更厉害了:"现在全完了!全完了!我们排练了这么久,演不成了,呜呜呜。"

"没关系。"夏天安慰道,"我们在教室里也可以演。"

"教室才多大点儿地方啊!根本没几个位置容纳观众。"

"你到底是想演陈白露,还是想被观众看呢,如果只是想演,即便没有观众,也没关系呀。"

"我都想!呜呜呜!"许丝染撒着娇,闹着小脾气,"都想都想!"

苏芮叹了口气:"事若求全何所乐,看开些吧。"

"凭什么嘛!明明是我们先申请的千人礼堂,现在闹得……其他礼堂也被占了,学生会真的太过分了!"

夏天听着她俩你一言、我一语的,心里也很不是滋味,纠结了很久,终于道:"这样吧,我去和徐不周聊聊,看有没有解决办法。"

此言一出,许丝染立刻变了脸、破涕为笑,一把搂住了她:"就等你这句话呢,我的夏天宝贝!"

夏天在千人礼堂找到了徐不周。

徐不周站在台下,统筹全局地看着台上的舞台剧表演,手里拿着对讲机,时不时低头说几句,指挥着台上演员们的站位。

台上几十个演员,穿着统一的航空制服,很显然,声势浩大,规格远胜于话剧社的《日出》,也只有千人大礼堂这样的舞台,才能展现出如此宏阔的场面。

《天空利刃》是学院要求的主旋律舞台剧,展现的是空中飞行员的飒爽英姿,所以由学生会全权承办,徐不周最近也一直在忙着这件事。

夏天悄无声息地走到徐不周身边。

徐不周没想到她会过来,这几日他们各忙各的事情,一直没时间见面。

他顺势揽住女孩单薄的肩膀,笑着说:"看看我们的舞台剧,还不错吧?"

"还行,场面很大。"

"学院很支持这场演出,只求能做到完美。"

"还行,只有一个问题。"

"嗯?"

"你们霸占了话剧社的舞台。"

徐不周闻言,诧异地垂眸望着她。

夏天甩开了他揽着她的手,沉声道:"我跟你说过,我参加了话剧社,你忘了吗?"

徐不周揉了揉额角,淡淡道:"事情太多,的确不记得了,你好像是提了一句。"

"嗯,你当时在跟人发信息,也许没怎么听。"

徐不周牵住了女孩的手,嘴角绽开温柔的笑意:"排练得怎么样,有时间我去看你演出。"

"不用,主席你是大忙人,自己的事情都忙不过来,哪有时间管我。"

"夏天,"徐不周脸色微沉,眼神也渐冷了下来,"闹脾气也不是现在,周围很多人。"

夏天知道,徐不周是惯要面子的人,尤其周围都是学生会的人。

她平复了情绪,两人相对无言地沉默了片刻。

徐不周终究还是讨好地牵起了她的手:"我错了,宝宝,晚上回公寓,我们好好聊聊,行吗?"

"不用回公寓聊。"夏天扯开了他的手,"徐不周,千人大礼堂是话剧社早半月前就申请了,社团审批通过下了文件,现在你们学生会说占就占,校园开放日还有几天,我们根本申请不到其他礼堂,你把千人大礼堂还给我们。"

徐不周明白了,这丫头原来是为这事儿来的。

"夏天,《天空利刃》是学院要求的重点节目,旨在展现飞行员的英姿风采,到时候也有不少领导莅临观看,大一、大二的全部同学也会被组织观看,只有千人礼堂才能容纳这么多人。"

"但礼堂是我们先申请的,你们就这样霸占了,没一个说法吗?"

"一切活动,以学生会优先。"

"凭什么?!"

"凭这是飞院的规定。"

两人剑拔弩张的气氛,让周围不少同学为之侧眸。

徐不周竭力忍耐着,尽可能不对她发脾气,拉着她的手,妥协道:"夏天,我另外去帮你们申请礼堂,行吗?比千人礼堂小一些,但排练话剧绰绰有余了。"

"可是别的礼堂都被其他社团占用了啊,你怎么申请?"

"没关系,我能搞定,肯定给你们弄一个好的。"

夏天甩开了徐不周的手,已经快要控制不住心头的火气了:"又去强占别人的礼堂?"

"夏天!"徐不周的火也快压不住了,"这也不行,那也不行,你想让我怎样?"

夏天看着面前这个英俊如初的男人,可是在他漆黑的眸子里,已经看不见少年时的清澈和干净了。

她冷笑了一下,转身离开了千人大礼堂。

…………

次日清晨,夏天和许丝染她们一起去了团委,向团委申请了露天开放的足球场颁奖台,作为开放日的话剧表演舞台。

虽然天气预报显示那几天都是阴天,也许会下雨,但无论如何,只能够赌一把了。

许丝染对这场话剧极其看重,夏天当然要帮她圆这一场演员梦,因为她这三年照顾了自己好多好多——教她化妆,在别人诋毁她的时候帮她出头,还经常送她面膜……

夏天对别人的温柔和善意,向来涌泉相报。

所有人都祈祷着，校园开放日这天千万不要下雨，果不其然，天遂人愿，这一天艳阳高照，天气非常好。

《日出》话剧晚上六点正式拉开帷幕。

在此之前，夏天去传媒学院办公室好说歹说，向他们借到了一套绝佳的音响设备和耳麦设备。

因为演员人数众多，耳麦不够，她和许丝染还向一些任课老师借到了小蜜蜂扩音器，保证即便是露天舞台，也能让观众听到清晰的台词。

话剧演出的过程中，陆陆续续有同学三五成群结伴来到田径足球场，坐在青青草坪上，心情愉悦地观看着舞台上的表演，时不时发出阵阵笑声，看到催泪处，也很动情地掉下眼泪。

许丝染扮演的陈白露，不管是演技还是台词功底，都近乎完美。

虽然大家都是表演门外汉，但整场话剧表演，靠女一号许丝染撑着，竟然效果也还不错。

千人礼堂的《天空利刃》还没有结束，徐不周安排好了领导入座，在演出开始之后，便离开了大礼堂，来到了露天足球场，遥遥地看着舞台上的话剧表演。

这一幕正好是《日出》第三幕，也是夏天扮演的小东西的主场演出。

徐不周凝望着舞台上那个奋力表演的女孩，她丝毫不在乎自己的形象，把自己打扮得灰头土脸，头发乱糟糟的，脸上也是狼狈的泪痕花妆……

但她的演技真的很好，徐不周从来不知道，夏天竟还有这么好的演技，说哭……就能哭得出来。

徐不周很少见到夏天哭，她一向是无比坚强的女孩。

唯一的一次，就是被网暴的那一次，她努力忍着眼泪。但徐不周抱住她的时候，她哭了，委屈都要溢出来了。

即便时隔两年多，徐不周仍然能感受到那一次……心脏的战栗。

他在心里发誓，要保护那个女孩，直到世界的尽头，生命的终结。

小东西被万恶的旧社会摧残至死，夏天的戏份也杀青了，但话剧表演并没有结束，台上依旧如火如荼地进行着第四幕的演出。

夏天来到后台的简易小桌前，用卸妆棉擦拭着脸上的哭花的妆。

苏芮双手落在她肩上,做出了剧里"顾八奶奶"矫揉造作的情态,捏着嗓音道:"演得不错啊小东西,真是我见犹怜。"

说完,她摸了一把夏天的下颌。

"哎呀,你什么时候也跟染染一样肉麻了。"夏天推开了她。

这时候,手腕上的电子表嘀嘀振动了一下,夏天看到地图上徐不周的小蓝点,和她的小蓝点重合了。

她脸上笑意散了些。

一朵清新的百合花,搁在了她手边。

苏芮见徐不周过来,按了按夏天的肩膀,然后离开,给这两人留下独处的空间。

徐不周从后面抱住了小姑娘,将脸庞埋入她的颈项中,深深地呼吸着:"我的小东西,这也太可怜了些,哭得男朋友心都要碎了。"

夏天没再和他玩笑,推开了他,起身道:"你们那边结束了?"

"没有,等会儿还要回去,现在溜出来看你的话剧演出。"

"谢谢。"

"谢谢?"徐不周微感诧异,嘴角绽开冷笑,"夏天什么时候跟我这么客气了?"

夏天看着少年这一身合体的黑西装,勾勒着他匀称的身材。

这么多年,他也逐渐从少年蜕变成了成熟的男人,五官轮廓越发锐利而英俊。

只是夏天却越来越……看不懂他了。

"徐不周,你快回去吧。"

徐不周拿起桌上的百合花,放进了她手里:"夏天,我们不要闹脾气,行吗?今天结束之后我会轻松很多,没什么工作了,我可以全天陪在你身边。"

"徐不周,你以为我生气是因为你工作忙?你当我是什么,在家里苦苦等着丈夫回家的小娇妻?"

夏天简直觉得不可思议,他竟然丝毫没有意识到她到底为什么而生气。

徐不周脸色也冷了下来:"我从来没说过你是什么小娇妻,哪有小娇妻一天到晚对我摆脸色、使性子。夏天,这么多年了,到底是谁在迁就谁?"

"对,你在迁就我,徐不周,看来是我欺负你了……"

"夏天,人要学会适可而止,你原生家庭给你造就的某些深刻的自卑感,为什么要强势地发泄在我的身上?"

这句话脱口而出,徐不周立马后悔。

但说出去的话就是泼出去的水,除非时光倒流,否则……覆水难收。

夏天分分钟便红了眼睛。

徐不周的话……就像刀子一样直往她心底最薄弱的地方狠戳。

是,因为原生家庭她不能像其他女孩那样心安理得地花男友的钱。

她什么都要和他AA,他给她买了礼物,她也一定要回一份价值相当的礼物。

她小心翼翼地维系着他们之间的平等关系,并且很多时候,她甚至要凌驾于徐不周之上,无论是姿态还是情绪……

徐不周有问题,她又何尝没有问题。

他们之间的某些危机,就像墙壁上的裂痕,随着时间的风化,越来越明显了。

注意到女孩绯红的眼角和苍白的脸颊,徐不周用力地抱住了她,似乎也有些慌了,一个劲儿地吻着她的颈子:"对不起,夏天,我口不择言了。"

"口不择言。"夏天嘴角轻轻扬了扬,"说出心里话了。"

"不是,夏天,我不该戳你伤疤,我真是够浑蛋的。"徐不周连声道歉,"对不起。"

女孩的手轻轻落到了他劲瘦的腰间,嗓音战栗着:"不周,我现在已经不确定,我们是不是还凝望着同一方向……"

此言一出,徐不周感觉到自己的心脏都跳慢了半拍。

"徐不周,我们分开一段时间吧,彼此都好好冷静一下。"

"夏天!"

徐不周用力抱紧了她,态度坚定决绝:"我不可能和你分手。"

夏天却用力推开了他，拎了包，转身离开了足球场。

夏天和徐不周分手的消息不知道当时被谁听到了，没几天就传遍了校园。

流言蜚语、众说纷纭，但讨论得最多的，就是夏天配不上徐不周，早就该分手了。

篮球场上，许丝染看着挥汗如雨地发泄着的夏天，满心愧疚，对她道："如果是因为话剧的场地，害你们分手，那就真的没必要，多大点事啊！"

夏天胸腔起伏，轻微地喘息着，运球上篮："不是因为这个，我跟徐不周问题很多。"

"哎呀，你们都谈了这么多年了，从高中到大学，有问题是很正常的，你看看周围，哪对情侣没点小问题呢。"

许丝染还是希望这两人能够和好，所以不住地劝说道："都是小事，坐下来好好谈一谈，哪有过不去的坎，这么多年了，分了多可惜呢。"

"哐"的一声，篮球入篮。

夏天捡起球，轻轻拍了几下："我们无话不谈，几乎没什么心结和误会，但正因为这样，反而没什么好解释的，就是变了。"

"你看看那些女生怎么说的，明明是你甩了徐不周，她们传徐不周甩的你，说你长得又不是超级大美女，徐不周迟早厌倦了甩你，这不就……"

话音未落，苏芮拉了拉她的手，止住了她的话。

夏天对此倒没什么感觉，拍着篮球，转身一个漂亮的三步上篮——

"我本来就不是超级大美女，学校美女那么多，让她们去追呗，看她们追不追得上。"

苏芮笑了起来："就是要这样，看我们夏天多自信，自信的女孩才是最好看的，什么徐不周、徐不南的，甩了就甩了，飞院男生这么多，还怕找不到男朋友吗？"

许丝染也赶紧转换了话头："就是就是。"

她俩不再张口闭口徐不周，夏天反而打开了话匣子，来到她俩身边坐下来："当初我也不知道徐不周怎么就……怎么就喜欢我的，很迷惑，那时候追他的也不少，个个条件都比我好。"

"别妄自菲薄，你有你的优点。"

"他和我在一起，让我有种美梦成真的感觉，因为是我先暗恋他的。"

许丝染向往地双手交握放在胸前："多美好啊。"

"这几年，真的每一天都沉浸在美梦里。"

夏天多喜欢徐不周啊，分手了她怎么会不伤心，可是她真的需要静一静，好好捋一捋这段感情，好好看清楚，徐不周现在的样子究竟是不是她喜欢的……究竟还能不能找回当初的感觉。

"你啊，你就是想太多了。"许丝染不以为然，"缺乏恋爱经验，才会把屁大点事儿都当成天大的事。"

"是因为我恋爱经验太少了吗？"

"对啊，你多多见识男人就会知道，男人真没那么美好。"许丝染一本正经地教育道，"你对徐不周要求太高了，你说是因为自己暗恋他，大概也会在脑海里无限去美化他。所以夏天，你必须弄清楚，真正的徐不周和你想象中的徐不周，你到底喜欢哪一个。这么多年的感情，难不成他就真的这么一无是处，让你失望吗？"

夏天被许丝染给说愣了。

当然不是，相处的这些年，徐不周对她的好，带给她的温暖，还有他妈妈对她的关心和爱，都深深地治愈了夏天心灵的创伤。

"哎呀，别劝了。"她站起身，抱着篮球继续练着，"让我好好想想吧。"

…………

篮球在篮筐边缘旋了一圈，没有进，滚到了球场边缘，被身着黑色球衣的徐不周捡了起来。

他拍着球走进半场，扬手一个三分投篮，稳稳命中篮筐。

穿着篮球衫的他，仍旧如高中时候那般桀骜不驯、意气风发，一个眼神一个动作，都足以引发全场的尖叫。

"为师很久没指导你了，看样子水平下降了。"

徐不周似没经历过分手流程一样，很自来熟地上前，和夏天一起打球。

夏天从来不甘服输，他既然要挑衅她，她自然竭尽全力地应战，两人在篮筐下你追我夺地玩起了 solo 赛。

这两年，夏天的体能得到了明显的提升，球技也很纯熟，但比之于在飞院几乎可以说是全能冠军的徐不周来说，还是差了些。

篮球这方面，她始终没能青出于蓝，即便很不甘心，还是让徐不周给暴扣盖帽，摔在了地上。

徐不周双脚落地后，走上前去，伸手想要牵她起来。

夏天拍开了徐不周的手，自顾自地站起来，拍了拍裤腿，拎了衣服转身离开。

"夏天，"徐不周追上来，叫住了她，"还在生气？"

她最讨厌的就是徐不周这一副尽在掌控中的样子，好像无论闹多大的脾气，无论她怎样决绝地提出了分手，对徐不周而言，似乎都不放在心上，他还能嬉皮笑脸地跟她玩笑。

就像他心里总有一种自信和笃定，那么喜欢他的夏天，永远不会真的离开他。

所以他才会有恃无恐，只当没事人一样。

就在徐不周还要伸手来拉她的间隙，夏天一把拍开他的手，发出了清脆的一声"啪"。

周围好多人都听到了，侧眸朝他们望过来。

徐不周手背让她拍疼了，麻麻的，嘴角的笑意也渐沉了下去。

"夏天，闹脾气也要有个限度。"

"你觉得我在跟你闹脾气？"夏天也是被他气笑了，"徐不周，这几天，你到底有没有好好反省，我们之间的问题究竟在哪里，还是你根本不放在心上，只觉得像以前一样，送送花，哄几句，夏天就会原谅你一切的行为。"

"我们的问题……"徐不周漆黑的眸子凝望着她，"不就是那天我告诉你，我不想当飞行员吗？你不喜欢我做学生会主席，你也不认同我未来想要努力的方向，你认为权力是丑陋的、可耻的，所以借着校园开放日跟我发作，这就是我们最大的问题。"

夏天被徐不周那穿透性的视线看穿了心思。

没错，她和徐不周最大的问题……就在于此。

她真的不喜欢现在的徐不周，不喜欢学生会主席徐不周。

现在只是一个小小的学生会主席，将来呢，她知道徐不周会成为最优秀的指挥官，甚至成为高层，而她觉得徐不周越来越不像曾经的样子了。

夏天找不到他身上那股子清澈的少年感了，他再也不是那个只想飞上天空，只想在沙漠里看星星的徐不周了。

"你说得对，徐不周。"她失望地摇了摇头，"我们之间……就到这里了。"

"夏天。"徐不周嗓音沙哑，眼角也泛着微红，一字一句，发狠用力……

"不是没有人追我，我徐不周也不是非你不可。"

她回头，眼泪已经润在了眼眶："那你去啊！"

"我们好好在一起，我还疼你。"徐不周凝望着她，"走出这个门，我们就没有以后了。"

夏天心如刀绞，全身颤抖着，停顿了几秒，咬着牙道："我不要你疼。"

说罢，她头也不回地离开了篮球馆。

傍晚，夏天和许丝染她们结束了体能训练，回了宿舍。

宿舍门旁边，乔跃跃等她很久了，她们约好了要一起吃晚饭。

夏天回宿舍洗了个澡，换了身清爽干净的秋装卫衣，和乔跃跃一起去了食堂。

"话说……你们真的分手了？"

"嗯。"

那天篮球馆之后，徐不周就再没有找过她了。

一开始夏天其实没有把话说得太绝，只说给彼此一段时间好好想想。

但后来被徐不周话赶话……闹得一点儿回旋的余地都没有了。

"夏天，多大点事儿呢，你们都这么久了，你不是还想要和他一生一世吗？"

"你可别提一生一世了，弄得跟个约定似的。"夏天端着温热的奶茶杯，望了乔跃跃一眼，"闺密不都劝分吗？怎么我身边的闺密全在劝和，是怕我除了徐不周以外就找不到更好的了吗?"

"那倒不是。"乔跃跃轻松地笑了起来,"我们夏天是最棒的!"

"就是。"

"但也真不一定能找到比徐不周条件更好的了。"

"……"

乔跃跃掰着手指头给她细数道:"单就颜值,南渝大学无人能出其右,家世背景,更是难找第二个,再有个人能力和水平,徐不周也绝对吊打一众优等生。"

"好啦好啦,别说了!"

乔跃跃打量着女孩,犹豫了片刻,忽然道:"既然你铁了心要分手,那我再跟你说一件事吧。"

"什么事,非得等我分了手才说。"

"嗯……虽然真的不该由我来说,毕竟我是得了好处的人,但你是我闺密……"

夏天好奇了,催促道:"到底什么事啊?!"

"你还记得,高三那年,徐不周送了我一个NBA球星签名篮球吗?"

"记得啊,你为此高兴了大半年呢。"

"嗯……那个篮球,其实是陈霖的。"

"欸?"

"他和徐不周打了个赌,赌你俩在一段时间内不分手,球就归他。"

"……"

乔跃跃打量着夏天糟糕的脸色,连忙摆摆手,转圜道:"哎呀,你知道那个年纪的男生,都很无聊啦,可能只是相互间开玩笑。"

她沉默了很久,忽然轻笑了一下——

"他一向喜欢拿我们的感情,开玩笑。"

乔跃跃见夏天好像钻进了牛角尖里,连忙拉着她,努力解释道:"你别胡思乱想,徐不周那样的人,他怎么可能为了一颗球去谈恋爱,而且跟你谈了这么多年,你们肯定有感情啊。"

"我知道。"

"那你就不要误会他了。"

"我只是觉得，可能自己一开始就没有很了解他。"

酒吧里，男男女女坐在雅座沙发上，灯红酒绿……

暗淡的灯光笼着徐不周英俊的脸庞，漆黑的眸子深埋在眼窝里，颀长漂亮的手随意地搭在沙发上。

昏暗的灯光下，少年苍白的皮肤透着几分冷淡。

但这一身的高冷气息，还是挡不住有女孩跃跃欲试地上前搭话。

柳若兰坐到徐不周身边，递了一杯酒过来："不周，学姐马上就要离校实习了，有些话不说，就再也没有机会了。"

徐不周漫不经心地抬头，扫了她一眼，眼神里透着一股子懒劲儿，似不管她说什么，他其实都不在意。

柳若兰看着少年英俊的脸庞，将酒杯递到他手边："跟我喝一杯吧。"

徐不周兴致怏怏，拎了酒杯仰头喝下，微凸的喉结上下滚动着："有话就说。"

"不周，我一直都喜欢你，从见到你的第一天……"

柳若兰深深地呼吸着，继续说道："既然你已经分手了，我觉得我有必要把我心里的话说清楚。你难道还看不出来吗？夏天她喜欢的根本不是真正的你。如果她真的喜欢你，她就不会对你在学生会的工作指手画脚。我们是旁观者清，所有人都心知肚明，你那个前女友她根本不在意你。"

"我和她不一样，不管你是什么样子，我都接受，我……"

只听"砰"的一声脆响，六棱形玻璃杯被他扣在了桌上，这一个动作，昭示着他不耐烦的态度。

"告白就告白，为什么要诋毁我女友？"

柳若兰被他的动作吓了一跳："我……"

徐不周缓缓起身，拎了外套走出了酒吧，热闹的舞池和他萧索的背影……形成了鲜明的对比。

已经入冬了，街头寒凉的风瑟瑟地吹着少年苍白的皮肤，空中飘起了单薄的雪花。

徐不周背靠着路灯杆子,凉风习习,他微微偏头,感到身上的温度正被风带走。

下一秒,他用力一拳砸在了墙上。

夏天不喜欢他现在的样子,夏天也不理解他内心所想。

这么多年,她未曾改变过,还是十七岁盛夏那个撞进他怀里的小姑娘。

当然,现在的夏天已经成长了很多,不会再迷茫、忐忑、害怕……她变得更坚强勇敢了,所以她能决然地说出分手。

毫不犹豫,没有任何留恋。

但徐不周无法做到她这样……三年的感情,几乎每一天,徐不周都在深爱她。

她在这段关系里变得更好了,徐不周却变得更懦弱,更胆小,更拿得起……放不下。

他踱着步子回了南渝大学,在夏天的宿舍楼下,犹豫地摸出手机,低头编辑短信,想找她下来再聊聊。

只要不分手,其实徐不周可以再把姿态压低一些,没关系,夏天是他要共度一生一世的女人,在她面前,徐不周不会觉得没面子。

他舍不得夏天,就像园丁舍不得春天。

徐不周编辑着短信,斟酌措辞。

夏天是很文艺的女孩,骨子里有股子浪漫,所以徐不周在写小字条的时候,也会写得像诗一样。

然而就在他侧眸的一瞬间,却看到有男孩陪着夏天一起走回宿舍。

两人沿着香樟步道缓缓走着,夏天穿着白色高领毛衣,衬得皮肤白皙如月。

男孩戴着金丝眼镜,斯文又腼腆,是他以前的好哥们儿——

陈霖。

也是喜欢了夏天很久的人。

徐不周看着两人有说有笑的样子,在她行将转身进宿舍楼的时候,陈霖叫住了她，伸手拂去了她衣服上的一片雪花。

他的黑眸宛如被冰刺了一般，紧攥着手机，直到手机边缘将掌腹抵出了疼意。

那种疼……还带着钝感，却让他的心都要窒息了。

徐不周无法容忍自己的女孩和其他男人有哪怕一点点的可能性，即便只是这样，即便两人只是偶然遇见抑或怎样……

但他竟也没有冲上前狠狠给陈霖一拳头，他忍住了心里那只东撞西冲的野兽，将它关了起来。

徐不周颓然转身，离开了。

…………

陈霖考上了本市的另一所211大学，就读心理学专业，现在已经考到了心理咨询师证，成绩非常好，前途也是一片光明。

夏天前不久给他打了电话，向他询问当年和徐不周赌约的事情。

陈霖说还是见面告诉她，所以两人在高中毕业之后第一次约见了，在美食街吃了一顿饭。

比之高中时期愣头青的样子，现在的陈霖看起来斯文又温柔，而且成熟了很多。

宿舍楼前，陈霖把当年的事情告诉了夏天——

"当年，我和徐不周之间的确存在一个赌约，而赌注……是我的NBA球星签名篮球。"

夏天脸色惨白，心尖翻起一阵凉意："为什么要把自己视为珍宝的篮球拿来当赌注，你们男生……都喜欢开这么无聊的玩笑吗？"

陈霖摇了摇头："这不是玩笑，夏天。"

"还不是玩笑？你们在耍我！"

"他有没有耍你我不知道，但我没有。"陈霖将她肩上那片雪花温柔地拂落，"夏天，我希望你能美梦成真，我希望你能得偿所愿，因为我也喜欢你，很久了。"

告白来得猝不及防，夏天都惊呆了："什么？"

"你一直觉得自己很平凡，觉得自己不好看，所以没人喜欢你吗？"

陈霖摇着头,"你错了,从高一我见你第一眼开始,就一直在关注你。这个世界上不是只有徐不周才是最耀眼的。夏天,在我眼里你是最灿烂的阳光。"

夏天看着面前这个男人,听着他温柔的告白,混乱的脑子也渐渐厘清了。

她想起高一还是高二,好像的确收到过一封告白的圣诞贺卡,但当时……并未放在心上。

"你和徐不周在一起这几年,我没有打扰过你,但你们分手了,我也想把我心里的话说出来。"

"陈霖,所以那颗篮球是因为……"

"我希望你能和他走得更远。"

期末备考的那段时间,夏天每天出入图书馆和训练场,不过鲜少看见徐不周,听人说他最近很颓废,总在酒吧买醉。

夏天偶尔打开定位系统,看到他的定位地址都不在学校,而是学校附近的酒吧街。

她不知道该说什么才好,在她的印象中,徐不周从来不是这般自暴自弃的性格。

期末测试前夕,夏天去徐不周的公寓收拾自己的衣服。

门刚一打开,便嗅到一股浓郁的烟酒味儿,她微微皱眉,进了屋,却见茶几倒放着几个酒瓶子,烟灰缸里也有好几个烟头,少年穿着单薄的灰色毛衣,仰躺在沙发上,脚上套着白袜子,长腿伸出沙发一截,悬在半空中。

他五官一如既往地清隽而锋利,因为醉酒沾染了一层旖旎颓靡的颓败气息,整个人简直不像个人样了。

夏天拎了行李箱走出来,不想搭理他,经过沙发准备出门的时候,终究还是于心不忍。

这么多年的感情,即便是现在两人闹得这般面目全非,但她心里对徐不周终究是喜欢和疼爱的。

她收拾了茶几上的酒瓶子，倒了烟灰缸，来到徐不周面前，见他脸颊泛着不自然的红，伸手探了探他的额头。

似乎……在发烧。

夏天立刻去洗手间拧了毛巾，替徐不周擦了擦脸，将毛巾搁在他额头处降温退烧，又用外卖叫了退烧药。

这家伙，发烧不知道去医院，还在喝酒。

她简直不知道该说什么才好。

很快，外卖的退烧药送到了，夏天接了温开水，扶起了沉睡的男人，端着杯子叫醒了他："不周，把水喝了。"

徐不周微微睁眼，看到女孩近在咫尺的柔美脸庞，一如过往无数次当他清晨醒来时，看到她睡在自己身边，仿佛巢穴里的小兽，永远依赖他，永远陪伴他。

徐不周接过杯子，很听话地就着她的手吞了药片，一言未发。

两人已经很长时间没有如此近距离地接触和亲昵过了，夏天有些不自然，正要离开，少年却一把拉住了她的手腕，翻身将她压在了沙发上，咬住了她的唇，竭力地吮吸着，渴求着……

夏天尝到了他嘴里苦涩的药味，男人的身体烫得宛如烙铁一般，热吻如夏风般在她的颈项上肆虐着……

她竭力推开他，退后了几步："徐不周！"

徐不周看着女孩抗拒的模样，又看到她身旁的行李箱，眼底掠过一丝冷意——

"你见陈霖了？你知道他一直喜欢你。"

夏天拎着行李箱拉杆，淡淡道："上次见面是为了问清楚一件事。"

"什么事？"

"关于你和他的那个无聊的赌约。"夏天脸上的绯红渐退了下去，漆黑的眸子无比平静，嗓音也很淡然，"徐不周，我最后问你一句，你和我在一起的时候，到底是不是真心喜欢我？"

"陈霖是真心喜欢你，你怎么没和他在一起？"

"你少扯这些有的没的！"夏天愤怒地吼了一句，"这跟陈霖无关。"

徐不周脸色很冷，嗓音更冷："夏天，三年了，你现在问我这样的问题，这三年我们就算白过了。"

"是啊……"夏天唇角苍凉地提了提，"徐不周，我现在真的什么都不确定了，我们这三年的感情，就像镜花水月一般，我喜欢的人也变得……面目全非。"

"面目全非。"徐不周指尖抠着打火机，冷冷笑着，"既然如此，那滚吧。"

夏天拎着行李，决然离开了公寓。

…………

自那日之后，夏天和徐不周彻底断了联系。

寒假期间，某个绵绵阴雨天，她去了一趟南山。

真的想不到自己会像个刚谈恋爱的人一样，哭着解开了那枚锁在南山悬索上的锁——

"夏天＆徐不周：一生一世"。

一生一世的誓言宛如神话般遥不可期，但他们最相爱的那几年，他们却信以为真了。

夏天哭着扔了锁，准备彻底忘记这一段感情。

后来她把这件事告诉了乔跃跃，乔跃跃笑话她幼稚。

丢锁这件事就和当初偷偷刻锁的事情一样，幼稚和天真。

难不成，丢了定情信物，她就不再喜欢徐不周了吗，正如当初刻了锁，他们就真的能一生一世了吗？

恋爱中的人，总是头脑发热，想一出是一出，还不如让自己冷静下来，好好想想前途。

一语点醒梦中人，这是大三最后一个学期了，大四开学，航院的选拔就要开始了，这半年的时间，夏天必须每天努力、努力再努力，她一定要成为女飞行员。

尽管飞行员中女性的数量少之又少，但并非没有。

她要冲破重重的阻碍和困难，远远超过身边的男同学，所以必须咬紧牙关。

这半年的时间严格训练，夏天的身体每天都处于精疲力竭的状态，晚上一碰着枕头马上就睡着了，根本没有余力去伤春悲秋，情绪整个处于封印状态。

徐不周似乎也振作了起来，不再如上学期末那样颓废。

夏天时不时挑开腕表定位，看到他很少去酒吧了，绝大多数时间都在训练场。

她也总能在场地里遇见他，两人遥遥地对视一眼，又立马移开视线，各自上了设备，相互间不搭理。

尽管如此，但徐不周带给她的感觉，却从来没有变过。

她仍旧可以在全穿着黑色背心、全部留板寸发型的男同学里，一眼望见徐不周。

因为航考在即，所有男同学全剃了板寸发型，徐不周的板寸给人的感觉……是最硬朗的一个，也是全院公认的最英俊的板寸。

他一向是人群中的焦点，是所有人目光所及的方向。

但夏天却不是，夏天只是个平凡普通的女孩，尽管她所有的努力……都是为了变得不普通。

大三的那个暑假，卓越班的所有人都进了航院集中培训营，进行最专业的培训，要求不可以带手机等通信设备，要与家人联系的话，只能使用限时的公用电话。

夏天其实挺想不通，如果徐不周只想做地勤指挥官，根本不用去集中培训营。

早就听学姐学长说了，这个培训营堪称魔鬼训练营，培训的是最优秀的飞行员，每天的集训内容变态到无以复加。

如果徐不周只想做地勤指挥官，他不需要参加这样的魔鬼训练。

不过无所谓了，徐不周怎样想，怎样做……已经和她没有任何关系了。

暑假前夕，夏天拎着行李箱走出校门，在公交站等车的时候，感觉到有人走到了自己身边。

她微微抬眸，一身黑T恤的徐不周背着单肩包，站在她身边，刺目的阳光正好照耀着他锋锐的侧脸。

他耳朵里戴着蓝牙耳机，嚼着一颗薄荷糖，牙齿咬得嘎嘣响。

夏天的心都跳慢了半拍。

此刻的少年，一如她初见的少年。

干净，清隽，明澈。

徐不周将一封原木色的信递给了她，然后一言未发地转身离开。

夏天低头，看着信封上有徐不周漂亮的字迹——

"宝贝 收"。

信封里除了徐不周写给她的一封长信之外，还有一枚同心锁，正好是她丢掉的那一枚。

夏天看到那枚锁，愣了一下，直到看了信的内容，才知道他根据她在南山逗留最久的位置定位，找了一天一夜，终于找到了被丢弃的同心锁。

他们已经分手半年多了，但无论是夏天还是徐不周，都没有摘下腕表。

像某种心照不宣的默契，这块腕表是他们最后的联系了。

夜间，夏天站在卧室靠墙的那扇小窗前，细细地阅读着徐不周写给她的这封信。

信很长很长，似乎将他这半年来的心境，每一次看到她时的愉悦和伴随而来的失落，都记录了下来。

徐不周告诉夏天，那日公寓里说的都是气话，他怎么会不喜欢夏天，他很爱她。

他还说，自己已经辞去了学生会主席的工作，全身心地投入航院的训练中，他不会留在地勤，他会和她一样飞向天空，瞭望星辰。

徐不周希望在他结束暑假的航院集训营的那一天，夏天能够来接他，能给他一个拥抱。

或者，让他抱抱她，也行。

锁找回来了，一生一世的誓言也不是玩笑。

他们既凝望彼此，又共同瞭望着外在的同一方向。

…………

所以这封信，其实是徐不周情真意切的和好信。

清晨，夏天躺在床上，老旧的空调咯吱咯吱地运转着，她脸上蒙了一层细密的汗珠，而信纸也被她覆在了脸上，她深深地呼吸着清新的墨香。

她会去接徐不周，会给他一个大大的拥抱。

他们会幸福地生活在一起，直到彼此的心跳都停止的那一天，他们也会死在一起。

生同衾，死同穴，最大的浪漫。

夏天推开房门，父母正在收拾行李，他们要带着升上初中的夏皓轩去三亚旅游度假。

本来一开始，母亲林韵华是打算带着夏天全家一起去的，但是婆婆强烈反对，说什么机票多贵啊，而且一家四口两间房就够了，她去了又得多开一间房，度假酒店房间动辄一晚800元、1000元的，浪费钱不是。

夏天其实已经习惯了，重男轻女的家庭氛围不是一天两天了，而且……她也根本不想和这家人一起去旅游。

将来她自己赚了钱，可以开着飞机全世界旅游呢，还差这点机会吗？

夏天对林韵华道："妈，我不去了。开学就是航院考试，我得在家复习。"

丈夫和婆婆都不想带这个女儿，林韵华也无可奈何，只能点点头，说道："那你一个人在家注意些，晚上睡觉，记得把门反锁了。"

"好。"

一家人提着行李背着包，浩浩荡荡地冲出了小区，叫了出租车赶往机场。

他们一走，夏天自由地往沙发上一蹦，给乔跃跃拨去了电话："我爸妈走了！去三亚度假了，整整一周呢！"

"真的！恭喜恭喜！恢复自由身！"

"今天晚上，要不要过来一起看恐怖片，就在我家过夜，一起睡觉。"

"好呀！"乔跃跃好久没和夏天一起过夜了，忙不迭地同意了，"我要吃薯片，还有冰可乐，还有还有……绝味鸭脖！"

"好好好，我去给你买，你等晚些时候太阳落山了没那么热，再过来。"
"哎呀，还是我们小夏天知道疼人。"

夏天撑着一柄花边儿小阳伞，走出了家门，去楼下副食店买薯片。

副食店老板佘朗秃顶的脑袋，越发没几根头发了，穿着中年男人常见的横杠衬衣，手里拎着一瓶冷冻汽水，晃来荡去。

他老婆从柜台里拿了钱，准备出去打麻将，很嫌弃地望了眼身边的男人："隔壁的女大学生一回来，你就跟丢了魂儿一样，也不撒泡尿照照自己，什么鬼尿样儿。"

"你说什么！老子把你嘴巴撕烂信不信？"

树下几个老人下着象棋，蝉鸣嘶哑，叫嚣着仿佛永远不会结束的夏日。

女人离开后没多久，夏天来到了店里。

她穿着薄荷绿的短袖和短裤，长发随意地裹了个团子，绾在头顶，丝丝缕缕的碎发垂了下来。

一看到她，佘朗眼睛冒了光，又带了几分紧张，手边的汽水瓶子都险些碰倒："夏天回来了，哎呀，这些年真的长成大姑娘了。"

"佘叔叔好。"夏天礼貌地跟这个一直很关心她的男人打了招呼，然后去柜子上挑选了几包薯片和虾条，还有乔跃跃最喜欢的浪味仙。

"夏天啊，我早上看见你爸妈带着你弟，大包小包地出去了。"

"嗯，他们去三亚旅游了，很早就计划好的。"

"原来是这样的。"佘朗似乎并不感到惊讶，他视线下移，落到了手边的瓶装汽水上。

"夏天啊，你买这么多零食，看来是要好好放松了。"

"嗯，今晚要看电影。"

"行，那你好好选，多买些，叔叔给你打折。"

"不用了佘叔叔。"

夏天拎着几包膨化食品，过来结了账，佘朗说道："哎呀，你看看你爸妈，真是的，带你弟弟出去玩，不带你，真的是……他们这老思想，真不知道该怎么说，还有你婆婆也是，平时一下楼，嘴里满口都是孙儿怎样怎样。哼,要我看来,夏天才是最有出息的!考了这么好的大学,将来还要当女飞行员咧!"

面对男人的善意,夏天报之以温柔礼貌的微笑回应。

佘朗顺手将手边的那瓶可乐递过去:"来,佘叔叔请你喝。"

"啊,不用了佘叔叔,我也买了可乐的。"

"这是新口味,无糖的,不会长胖,算叔叔请你的。"

"那……谢谢叔叔了。"夏天接过了他递来的可乐,"佘叔叔,这么多年您都请我喝了多少回可乐了。"

"这有啥,叔叔看着你长大,这不也是心疼你嘛,你说说你爸妈……真没个当爹妈的样子,你要是当了我女儿啊,我不知道多疼你,这么好的闺女……"

"叔叔,我先回去了。"

"好好好。"

夏天提着一大包膨化食品和可乐,缓步走上了楼梯口,顺带摸出手机给乔跃跃拍了一张照片:"零食都准备好啦!(图片.jpg)"

乔跃跃:"搓手手。"

夏天:"来的时候,注意一些,别让周围街坊邻居看见,不然他们又要跟爸妈告状。"

乔跃跃:"放心放心,我知道。"

出门就是一身汗,夏天回到家,打开了客厅里的空调,将温度调节到最低。

客厅和夏皓轩卧室的空调都是全新的,所以很快气温就降了下来,只有夏天房间里的空调设备老旧,吹出来的风都像是被炎热的盛夏过滤了一般,让人烦躁。

她早已习惯了这个家庭的区别对待。

不过快了……很快,她就可以离开这个家,奔赴更远大的前程。

她会拥有自己的灿烂人生。

就在这时,手机响了起来,夏天看到那是一个陌生的座机号码,她没有多想,接起了电话:"您好,哪位?"

电话那端，是一阵深长的呼吸。

夏天倾听着那呼吸，时间仿佛也在此定格。

良久，她主动开口："不周？"

"嗯，夏天。"

她已经很久没和徐不周说话了，男人的嗓音醇厚而温柔，像细细研磨的黑咖啡，芬芳弥漫在空气中。

两人又安静了，以沉默相对，但如潮的思念却在细细的电流声里，翻滚如浪涌。

"没有很多时间。"徐不周哑着嗓音，低声道，"每天睁眼到闭眼，每一分钟的时间都被占满了。"

"很辛苦，徐不周。"她站在窗边，望着西沉的斜阳，"这是你想要的吗？"

"我想要的……自始至终，从来没变。"

夏天低垂着眸子，嘴角浅浅绽开："不周，这半年我也想了很多，我也有不对的地方。我想跟你说，你的一切决定我都尊重。"

"我要挂了，夏天。"

"不能再多聊一会儿？"

"嗯，时间有限制。"徐不周深长地呼吸着，"夏天，记住一件事。"

"嗯？"

"你永远是徐不周的夏天。"

……

通话，戛然而止。

夏天望着窗外浓墨重彩的盛夏夕阳天，怔怔地……拧开那瓶无糖汽水。

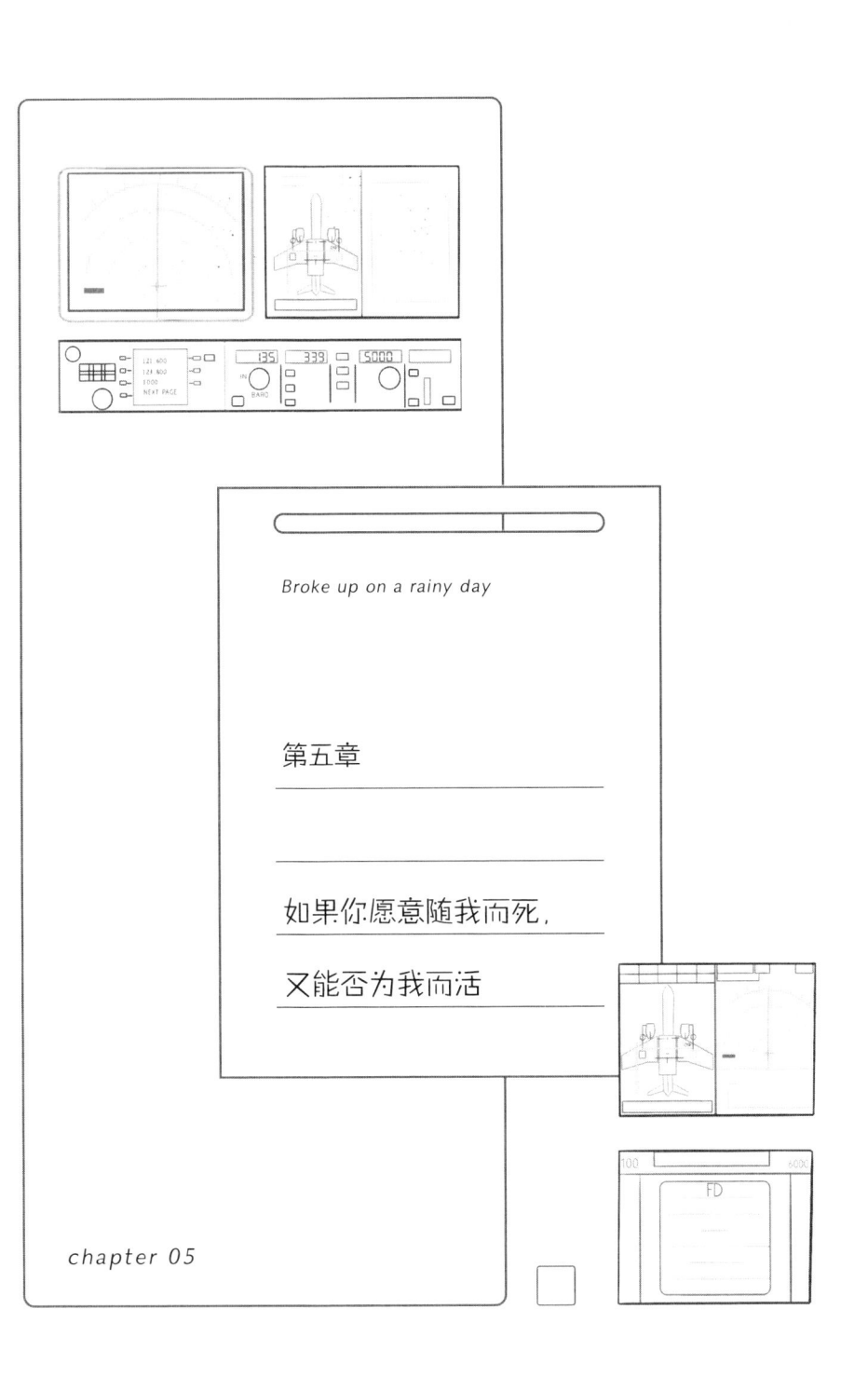

Broke up on a rainy day

第五章

如果你愿意随我而死，

又能否为我而活

chapter 05

那天的事,直到很久以后,夏天回想起来也只觉得心惊胆战。

如果那天乔跃跃没有赶过来,她真的不敢想象会发生什么。

俩女孩抱在一起看恐怖片直至深夜,后来夏天迷迷糊糊便睡着了,睡得特别沉,一觉梦醒已经是次日清晨。

她梦见了自己的死亡。是的,她死了。她跳入了江里,江水铺天盖地灌满了她的呼吸,脆弱的生命伴随着呼吸一点点流逝。她甚至感觉临近死亡的那一刻,灵魂飘出了身体。

她的意识借着如风一般的灵魂,在这个世界上飘飘荡荡。她亲眼看到自己肿胀的身体被打捞起来,看到母亲抱着她痛哭流涕,弟弟当然也哭了。

父亲夏仁没掉眼泪,手插兜立在边上,配合警方调查,婆婆更是一滴眼泪也没流,脸上甚至浮现几分可惜的意思,仿佛看到她宝贝亲孙子的彩礼就这样随水流逝了一般。

她为什么会死,记不得了,灵魂很多时候是记不得事的,就像人醒来也不会记得梦境里发生的故事。

场景一转,夏天看到了让她心碎的一幕。

她看到徐不周抱着她的骨灰盒痛哭,那是夏天第一次看到他哭,玩世不恭的徐不周、浪荡不羁的徐不周……

他哭泣的时候发不出声音,眼泪一滴滴从眼角落下来,但他紧抿着唇,全身都绷紧了。

徐不周抱着她的骨灰盒,消沉了三个月之久,把自己关在房间里。

而夏天的灵魂附在骨灰盒上,被他温暖又冰冷的怀抱紧紧相拥。

有几次，徐不周尝试着践行那个"死在一起"的可怕誓言，他抱着夏天的骨灰盒，走上绝路。

夏天的灵魂竭力地嘶吼着，泪流满面，她想让他活下来，想让她代替他飞向天空，完成未竟的梦想，在沙漠里看满天繁星，去领会人世间更多她从未感受的新奇，每天早上推开窗户，感受雨露和晨风轻拂脸庞的温柔……

夏天用力地抱住了少年的腰，哭着求他，求他活下来。

因为人间总有可亲可爱之处。

没有夏天，还有春天、秋天和冬天啊！

徐不周像是体察到了夏天的挽留，他抱着她，坐在天台上痛哭了一整晚，却不再有绝望的念头。

后来，徐不周用自己残余的生命，足迹遍布世界各地，他成了最优秀的飞行员，也曾去往浩瀚无垠的沙漠，在沙漠里眺望星辰……

他守着夏天的骨灰盒，度过了一生一世。

…………

夏天几乎是呛哭着醒过来，睁开眼，便迎上了乔跃跃担忧的目光，她揪着她的衣领，激动地说："夏天！你总算醒了！你担心死我了！"

她左右四顾，看到周遭是洁白的病房，微风撩动着窗帘，泛起层层涟漪。

"这里是……？"

"你被人下药了！"

乔跃跃激动地说："昨晚我怎么叫你都叫不醒，然后又听到门外有人撬锁开门的声音，把我吓得半死，我马上打电话报警了！你都不敢相信，那瓶无糖可乐里居然有药！警察已经把你楼下的那个猥琐色狼请进局子里了！好险啊。"

夏天听着乔跃跃的话，后背都惊出了冷汗："真、真的？"

"你这一觉都睡到中午了，昨晚我可是一整晚都没合过眼！天呢，吓死个人了。我听到撬锁的声音，整个人都吓没了，你又一直叫不醒，幸好后来警察赶到了。"

夏天脑袋胀胀的，太阳穴突突地跳着，厘清了乔跃跃的话，也觉得后怕不已。

如果……如果不是她约了乔跃跃看电影，后果不堪设想。

她一把抱住了乔跃跃："谢谢你！幸好有你。"

"没事没事。"乔跃跃轻拍着女孩的背，"呼，我也被吓死了，刚刚你睡觉的时候都在哭，哭什么啊？做噩梦了？"

"嗯，我梦到我死了。"

"妈呀！呸呸呸呸！大清早的。"

夏天嘴角绽了绽，回想着那个真实的梦境，仿佛每一寸的心碎，都深刻而清晰……

她好想见到徐不周啊！

佘朗被警方抓获归案，也交代了他给夏天下药的罪行，包括这么多年的图谋不轨。

从她高中开始就给她送可乐喝，其实是等一个机会，好不容易终于等到了。

佘朗被判了刑，楼下的副食店也关了门，每个邻居经过店门口都要呸几口，也庆幸小区里没有发生这样可怕的惨案。

八月底，夏天见到从集训营里出来的徐不周。

少年依旧留着寸头，头发楂子似更短了些，近乎贴着头皮，但丝毫不影响少年的英俊，轮廓越发硬朗锋利。阳光下，他皮肤白得像在发光。

他背着单肩包，站在公交站牌旁边，偏头无意间望见了夏天。

她穿着纯白的裙子，撑把遮阳伞，安静地看着他，温柔地轻唤了一声："不周。"

徐不周摘下耳机，嘴角绽开轻佻的笑意，对她伸出了手："夏天。"

蝉鸣嘶哑，一切美好得宛如初见。

毕业之后，夏天参军入伍，进了航校。

她大概永远也不会忘记，当她手拉着操纵杆、脚蹬着方向舵、跃入云霄的那一刻，万丈长空，壮丽的山河图景，在眼前徐徐铺开。

从此以后，她的青春和生命都献给祖国的蓝天。

航校毕业后，她参与了许多艰难的任务。这些所有曾经以为不可能的壮丽人生，夏天全都做到了。

她不是重男轻女家庭里等待被救赎的可怜女孩，她是翱翔于苍穹的鹰。

而自始至终，她喜欢的徐不周，一直陪伴着她，给予她最大的支持、鼓励和尊重。

在她第一次完成巡航任务之后，徐不周便跪下来向她求婚了。

他们乘坐着热气球，在天空中举办了盛大的婚礼仪式，热气球嵌满了百合花，纯白无瑕。

他们度过了人生的风雨、漫长的岁月，经历生活的蹉跎，热恋期持续了二十年，还将永远持续下去。

书店里，柔和的灯光落在坐在沙发正中间的女人脸上，她虽然不再年轻，但岁月对她依旧宽厚，她美丽如初，眼神里却更多了一份洗练和淡然。当然，也有长年累月练就的坚毅与笃定。

"我和徐不周幸福地生活在了一起。

"而我，也像《风沙星辰》的作者一样，实现了飞行员的理想，同时还成了一位作家，只是我没有他那样伟大。

"谢谢徐不周一直支持着我的事业，谢谢他给予我的尊重。

"我想说的就是，这个世界对女孩有很多不公，但是成为什么样的人，由你自己说了算，谁都不能决定你的人生。"

如雷的掌声里，夏天温柔地叙述着少年时的一切。

签售分享会上的读者，以女孩居多。

她们都很喜欢夏天和她的作品《夏天的风》，所以希望夏天分享这本书背后的故事。

《夏天的风》，大概是所有女孩都会喜欢的故事。

浪漫、温柔、完美……

暗恋成真，甜蜜的大学时光，虽然有争吵也有分手危机，甚至结尾的时候还险些遭遇危险。

但最终,这个故事完美地落下帷幕。

夏天和徐不周幸福地生活在了一起,她也实现了自己的理想,甚至荣光加身,光荣退役……现在还成了畅销书作家。

多么美好啊。

她活成了女孩们都会羡慕的样子,也给了她们许多的鼓励和勇气。

…………

书店外下着雷暴雨,远处电光隐现,大雨倾盆,哗哗啦啦的……似要将全世界的污浊与肮脏都痛快淋漓地清洗干净。

夏天站在门边,怔怔地望着这一场大雨。

身旁有一个女孩,蓄着温柔的栗色短发,微卷,模样清新可爱,看起来年纪似乎不大,应该是大学生,她单手抱着一本夏天的书,另一只手拿着手机,焦急地打着电话——

"这么大的雨,你叫我打车回家?!什么意思啊!

"你根本不在乎我吧!

"我说了我去参加读书分享会了,我特别喜欢的作者,拿到了签名书,你不来接我,难不成要我冒雨回家?书要是弄湿了我唯你是问!"

女孩的脾气似乎不太好,正跟她男友争执着,撒娇耍着小脾气——

"不管不管不管!我就要你来接。

"你不来就是不爱我!就是不在乎我!"

注意到门边的夏天向她投来的视线,女孩脸颊微微泛红,连忙压低了声音:"挂了挂了!"

说罢,她果断挂了电话,红着脸走到夏天身边,完全换了一副温柔的腔调和语气,笑着问:"夏天姐姐,你也是在等徐先生来接你吗?"

她语气里带了几分揶揄和玩笑的调子,像极了粉丝拼命找糖的样子:"这么大的雨,他肯定会来接你哦。"

夏天也微笑着回应:"是啊,他会来接我。"

"那我们去那边的咖啡厅等一下吧?我男朋友也要来接我。"

夏天礼貌地点了点头,和女孩一起来到书店大厅旁侧的一家安静的原木色调咖啡厅,在高脚椅上坐了下来。

女孩俨然已经把徐不周当成了小说的男主角,不断地向夏天询问:"他真的很帅吗?真的有那么多女孩喜欢他吗?"

"是啊。"夏天细长的指尖拎着小匙子,轻轻地搅动着浓郁的咖啡,"不周当年……的确是少女杀手,他是我见过的最好看的男孩。"

"啧啧啧。"女孩看出了她满心满眼的爱意,真是要被甜死了,"哎呀,你真应该把他的照片放进书里,我们都没见过他的样子呢,真是太好奇了。"

"不周不喜欢拍照,我的手机里没有一张他的照片。"

"啊!想起来了,确实是呢!书里有提过的,因为那件事……"

女孩克制了自己对徐不周的好奇,转而又问道:"夏天姐姐,书里的情节都是真实的吗?"

夏天想了想,回答道:"你想问哪一段呢?"

"所有的,因为这个故事真的太美好了,一个女孩暗恋成真的故事,美好得像一个童话,如果全部都是真实的,为什么你不把它写成自传,而是……小说?"

"你很敏锐。"夏天搅动着咖啡的小匙子停了下来,"这本小说是我年少时期最美好的记忆,就像装在水晶球里那个白雪纷飞的城堡世界,我希望把它送给更多的女孩,让她们鼓起勇气、面对生活。"

女孩用力点头:"嗯!真的很励志,虽然原生家庭对她很不公,但她也从来没有放弃梦想,一直努力追寻着,爱情、事业双丰收……"

"但是真实的人间却是另外的样子。"

夏天蓦地打断了女孩美好的憧憬,手里的咖啡匙用力地摁入了指腹。

"夏天姐姐,这是什么意思呢?"

良久,夏天缓缓松开了汤匙,从容地说:"也许这个故事,还有另外一个结局,一个并不美好,甚至残酷的结局,如果……你还有勇气倾听的话。"

女孩的心紧了紧,她沉吟片刻,说道:"反正我男朋友肯定也不会来接我了,他上班之后每天都忙着工作工作工作。夏天姐姐,我想听你的故事。"

夏天温柔地叙述着:"大三暑假的那天,她喝下了那瓶被放了药的可口可乐。也许,她的闺密——那个自始至终宛如小勇士一样挡在她前面的乔跃跃,那天晚上却因为有事,没能过来。"

女孩用手捂住了嘴,难以置信地看着夏天。

夏天用第三人称叙述着,仿佛在讲述着别人的故事。

女孩从她淡然的眼底,看到了被岁月抹平的创伤。

"她遭受了侵害,虽然罪魁祸首也受到了惩罚,但这一切真真实实地发生了,任何惩罚都无法抵消她心里的痛苦。"

"然、然后呢?!"

"然而她没有想到,相比于此,更加可怕的梦魇还在后面。她毅然决然选择了报警,事情在当时闹得很大,有媒体采访她。

"为了让更多女孩免受侵害,加强防范,她毅然决定接受采访。

"然而,无良媒体为了满足围观者猎奇的心理,为了流量,没有给她任何马赛克的保护,将她彻底暴露在了公众视野之下,接受众人各种目光的审判,那些鄙夷的、怜悯的、好奇的、追根究底的目光,像黑暗中的豺狼,近乎要将她吞噬了……"

女孩几乎不敢再听下去,可是她又控制不住想要了解这个故事最真实的模样。

"一如既往地……这样的新闻出来以后,网络上什么样的评论都有,当然绝大多数人都是正常人,他们会同情她,会指责媒体为了赚流量没有底线。但……还有很多人,他们说她脏了,不知道以后会有哪个傻瓜来接盘。

"她长得又不好看,竟然也会有人对她有意思?

"肯定是她自己的问题啰,她要是不勾引男人,别人怎么会冒着犯罪的风险去做这些事。

"活该,怎么不去死……

"对啊,女人失去了贞洁,就应该去死啊。"

看到女孩已然煞白的脸色,夏天控制住心绪,沉静地说:"抱歉,我不该说这些。"

"没、没事,夏天姐姐,这些都是真的吗?他们……他们这样说你吗?!"女孩的手都颤抖了起来。

"他们不是在说我。"夏天嗓音平稳,"他们是在说每一个曾经遭受过伤害的女孩。"

虽然女孩已经快要无法承受这个故事最真实的底色,但她还是想要倾听,因为夏天大概从未对任何人……提及过这一段不堪的过往。

"夏天姐姐,后、后来呢?她怎么样了?"

"她一直是坚强的女孩,禽兽的伤害没有摧毁她,她第一时间鼓起勇气和他斗争,用法律的武器制裁了恶魔。但网络上的流言蜚语,却攻破了她的心防。

"那是一个恐怖的世界,无论怎样用力奔跑,都无法逃脱。因为网络世界暗无天日,没有尽头。凶手隐藏在黑暗中,法律也抓不住他们。所以啊,在那个世界里,伤害他人……是多么容易的一件事。"

"她……她也被他们……伤害了吗?"

夏天点了点头:"是啊,她在现实中勇敢地与恶魔斗争,却敌不过网络世界里更多的豺狼。她丢盔弃甲,最终选择放弃。她真的很累了,抗争了二十多年,抗争自己成为女孩的不幸命运,最终也因她是女孩,失去了生活下去的勇气。"

"可是……"

她看着夏天:"您现在这么好,这么优秀,您甚至成了军人!您的抗争成功了呀!"

前面,当夏天说到那么多不堪的过往,她没有掉一滴眼泪,却在女孩提及此处时,夏天的眼泪根本收不住地掉了下来——

"因为有人替我承受了这一切!"

女孩的脑子"嗡"的一下,视线立刻移向了夏天的手腕。

那枚……那枚有着双向定位功能的陈旧腕表。

"被流言蜚语攻击的她,一个人在江边坐了很久很久。

"选择绝路,真的不是一件容易的事,需要勇气,她心里很害怕、很挣扎……但是最终，痛苦还是压倒了害怕，她想要结束奔跑、停止抗争，于是选择滚滚江流。"

女孩蓦地抓住了夏天的手。

夏天竭力控制着起伏的胸腔，平复着这么多年每每念及都会痛彻心扉的情绪。

"刚刚得到消息的徐不周，从封闭管理的集训营里跑了出来，根据腕表的定位找到了她，在她跳入江流的那一瞬间，几乎没有任何犹豫，跟着她一起跳了下去。

"他把她托上了岸，自己却被江里的漩涡卷走，直到两天后，打捞队在下游找到他。"

夏天紧紧地握着女孩的手，指骨都已经用力到发白了。

眼底的悲恸……即便是这么多年的时光沉淀，也丝毫没有缓解分毫。

"他的尸体被泡得肿胀发白，在我看来，他还是帅的，我的不周是全世界最帅的男孩……"

她不再用第三人称了。

那是她的不周。

女孩连忙从包里给她递了纸巾，夏天接过纸巾擦掉了眼泪，努力控制浪涌般的情绪："谢谢。"

"夏天姐姐，都已经这么多年了，你千万……节哀。"

苍白的安慰似乎并不能起到任何作用，但这也是出于善意，夏天点了点头。

是啊，一转眼都二十多年了啊。

不周离开她已经二十多年了，他的青春永远定格在了二十二岁最意气风发、桀骜不驯的少年时。

"我们曾经有过约定，生同衾，死同穴，我也有想过去找他……"

"夏天姐姐，你千万不能想不开。"

"不是想不开，只是践行约定而已。"夏天似乎终于平静了下来，摘下了腕表。

女孩看到夏天手腕上有很明显的伤疤，像是割腕留下的伤痕。

"我泡在浴缸里，等待着生命静静地流逝，等待着我的不周来接我回家，但我做了一个梦。"

"啊，我记得，书里的女主人公也做了一个梦，梦见自己死了，徐不周也走上了天台，却被她的灵魂从后面紧紧抱住。"

"对，就是这个梦，或许是冥冥之中，不周的灵魂真的回来了，他紧紧地拥抱着我，他问了我一个问题。"

"什、什么问题？"

"如果我愿意随他而死，那么我是否愿意……为他好好活下去。"

女孩一直以为自己看过无数言情小说，不会轻易被某些悲剧所打动，但听到这句话，她还是红了眼睛。

如果愿意随他而死，又是否愿意……为他而活。

就在这时，一个男665匆匆走进咖啡厅，打断了夏天的回忆和叙述。

那是女孩的男朋友，终究还是冒雨过来接女孩回家。

女孩还没能从这个故事里抽离出来，直到男孩来到她身边："喂，我冒着这么大的雨过来，你在这里悠闲地喝咖啡啊。"

"哎呀，你真的太讨厌了，打扰我们。"女孩擦掉了眼泪，轻轻打了他一下，歉疚地望向夏天："对不起，夏天姐姐，我男朋友来了。"

"没关系，快回家吧，故事已经结束了。"

女孩看着夏天，认真地说："夏天姐姐，谢谢你的信任，这个故事，我不会告诉任何人。"

"没关系。"

夏天温和地笑了笑，打量着女孩身旁高挑清瘦的男孩："你男朋友很帅啊。"

"嗐，他就剩下这张脸了。"

"快回去吧。"

"夏天姐姐，我们有伞，送您一程吧。"

夏天摇了摇头，望向落地窗外淅淅沥沥的小雨："不用了，雨……也快停了。"

女孩告别了夏天，和男朋友拉拉扯扯地走出了咖啡店。

看着他们的背影,夏天仿佛看到了曾经的自己和徐不周的背影。

在热恋期,他俩也时常吵嘴,她也对他使过小性子、撒娇耍赖……无恶不作。

雨停之后,夏天走出书店。

空气中散发着青草的气息,澄澈而干净,她深深地呼吸着,朝着种满了香樟树的街道尽头走去。

阳光刺破了压顶的黑云,朝着人间投下一抹天光。

这一抹天光遗落之处,街道尽头,夏天看到了徐不周的影子。

他仍旧是少年时的模样,穿着初见时的白衬衣,干净、清隽。

徐不周对她扬了扬手,唤道:"夏天,好久不见。"

一整个盛夏的风呼啸而至,灌满了她的全世界。

她不顾一切地奔向了他。

多年前,父亲夏仁患上了严重的疾病,被病魔摧残得不成人样,夏皓轩心疼每天上千元的手术治疗费用,所以签署了放弃治疗的同意书。

搬离监护病房不过三天,夏仁就去世了。

那时候夏天正在外地执行巡航任务,回来的时候,家里已经挂了白,给父亲办丧事。

夏天对父亲没有感情,因为父亲一向对她也很冷淡,尤其是她大学毕业那几年,父亲一直想逼着她尽快结婚,好榨取一笔彩礼钱,用作夏皓轩将来娶媳妇的费用。

但她都以心理创伤为由,拒绝了所有的相亲,并且搬离了家乡,在服役的城市居住。

那是一个海滨城市,每天清晨阳光洒满了阳台,推开窗便能看到大海。

夏仁对这个"不听话"的女儿恨得不行,暴跳如雷地想把她揪回来。

但他绝不能这样做,因为夏天是国家现役的军人、空军女飞行员,他无法以"父权"的名义来处置和摆布她。

最后,只当没生过这个女儿了。

但是她很有感触，因为夏仁是最疼夏皓轩的，自小到大，他想要什么，父亲都买给他，对他简直关怀备至、溺爱有加。

甚至在夏皓轩高职毕业之后，还到处托关系，帮他找了个公司文员的工作，让他能稳定下来。

然而在夏仁人生最后的时光里，夏皓轩却几乎没有踏足过病房，全靠老母亲照顾着病重的丈夫，偶有几次踏足病房，夏皓轩都被病房里的气息熏得不行，捏着鼻子退了出来。

放弃治疗的同意书，夏皓轩签得非常果断，因为治疗越到后期，费用越高，而且治疗起来希望不大，只能勉强维系生命。

所以，尽管夏仁非常不愿意拔管——他还是想要活下去，但夏皓轩毫不犹豫地选择放弃治疗，义正词严地说绝不愿意再让父亲受苦了，甚至连医院都不想住了，想让父亲回家，由家人来照顾他、陪伴他度过最后的人生。

夏天回过一次家，去取一些自己的东西，没有做太多逗留便离开了。

临走的时候，看着柜子上父亲的黑白遗像，夏天沉默了片刻。

大概他至死都想不到，他最疼爱的宝贝夏皓轩，会亲手断送他活下去的希望。

也许，也许临死之际他会后悔，也许不会。

父亲去世没多久，母亲也离开了人世，夏天好好地给她办了丧事，让她走得体面风光。

毫无疑问，家里的房产和父母半生的积蓄，全让夏皓轩拿了，毕竟他是家里的宝贝儿子，但夏天无所谓，她根本不想要他们一分一毫。

这个家，于她而言是缺少温度的。

父母离世后，夏皓轩没有了零花钱来源，几次三番想问这个姐姐要钱。

但夏天的态度很强硬，她长年健身和搏击格斗训练，夏皓轩打也打不过她，每次死乞白赖去要钱，身上都会青一块紫一块。

几次之后，夏皓轩也放弃了，只当没有她这个姐姐。

但是这个世界上还有很多人关心着夏天，譬如乔跃跃、许丝染和苏芮她们，每次只要夏天休假回家，她们都要找她出来玩儿。

而徐不周的父母，他们只有他一个独子，中年丧子，人生莫大的悲苦。

母亲李知柔几乎把夏天当成了自己的亲生女儿一般对待，父亲也是这样，每每回家，都会给她做满满一桌子饭菜，接风洗尘。

夏天回到家乡，落脚的地方就是徐不周的家，住的房间也是徐不周曾经的房间。

徐不周的父母，已经成了夏天的父母，李知柔对她是一口一个"幺儿"地叫着，亲热不已。

就像她当年唤着徐不周一样。

星星已经离开了，夏天和父母一起将它跟徐不周埋在了一起。

就让星星永远陪伴着他。

有一次夏天回家看望徐父徐母，一如往常那般给他们带了全国各地的特产。

父亲徐庭喜欢的西湖龙井，母亲李知柔爱泡水喝的北方黑枸杞，她大包小包地提着进了门，一口一个爸妈也叫得特别亲切自然。

桌上已经做了满满一桌子的饭菜，还有夏天最爱吃的水煮鱼，三人落座之后，父母一个劲儿给她夹菜。

夏天因为常年的锻炼，所以身材保持得特别好。

尽管她年少时可能并不是大家眼中的大美女，但三十以后的夏天，看着却和二十几岁没什么区别，容颜也被岁月格外优待。

而因为参军入伍，她身上有一种特别的利落和干练，英气十足。

李知柔看着她，真的是越看越喜欢。

如果徐不周还在的话，有这样一个媳妇，不知道会多么般配和幸福呢。

李知柔偏头望向了墙柜上徐不周的照片，照片里的少年永远定格在了青春正茂的时期，骑着自行车，回头，莞尔一笑，温柔阳光。

夏天顺着她的视线，也望向了她喜欢的那个少年，只看了一眼便抽回视线，不敢再看。

这么多年了。

那个少年的死，还是她心里难以释怀的悲恸。

每每念及,肝肠寸断。

夏天一直很勇敢坚强,徐不周……是她心底唯一的柔软。

饭桌上,徐庭倒是说起了他们公司新招了一个程序技术员,还是名牌大学毕业的,言辞间似乎对他颇为欣赏。

夏天认真地听着父亲说话,时不时回应几句,也没有多想,直到饭后父亲把这个男人的照片给夏天看,询问她觉得怎么样,夏天才明白父亲的意图。

他想给她相亲来着……

"这小伙子,人真不错。"李知柔也在边上附和着,"爸妈都给你把关过了,品行端正,长得也好看,瞧着一点也不输给我们不周嘛。"

夏天有些无奈,虽然她已经三十多了,还没有结婚,按照社会上的话来说是大龄剩女,但她也没有谈恋爱和结婚的打算,这辈子都不可能会有。

任何人都不能取代她心里的徐不周。

"爸妈,哪有你们这样的,不周知道了会不高兴。"

李知柔似乎看出了她的心思,有些着急了,拉着她道:"夏天,不周已经走了,你……都这么多年了,我们知道你一直念着他,但也不要为此轻掷人生啊,你还年轻,你值得更好的人。"

"没有比他更好的人。"

"虽然爸妈也很想把你留在身边,但我们不能这样自私,你不是我们的儿媳妇,你是我们的亲闺女。"徐庭也说道,"你看看这小伙子,人真不错。他比你小,但他看了你的照片和资料,也说很愿意试一试,不介意姐弟恋。"

"真的不用了。"

夏天很冷静地对他们说:"爸妈,我不是一直想着徐不周,才不谈恋爱不结婚,我只是想自由自在地……过自己想要的生活。"

"你想要什么样的生活嘛,难道结婚生子了,就不算自由了吗?"李知柔看着她,"妈只是希望能有人体贴你,知冷知暖的……"

夏天不知道该怎么说,沉吟片刻,说道:"我想自由地选择人生,不因为年纪到了所以结婚，如果一定要结婚，只能是因为我爱那个人，仅此而已。"

"那你……那你也可以试试这个小伙子嘛，说不定也会喜欢他呢。"

她偏头望向照片里笑容灿烂的少年，温柔地摇了摇头。

她只是徐不周的夏天。

永远。

…………

退役后那几年，夏天去了好多地方，感受全世界的风土人情，享用各地美食，考了潜水证，还在万米高空跳过伞，在险峻的山隘攀过岩……

她尝试着一切的未知，体验着这个世界的新奇与美好。

她要代徐不周好好活着，好好感受这个世界。

平平凡凡、轰轰烈烈。

夏天曾有一次机会去到新疆。

在新疆南边的小城若羌住了很长一段时间。

那里的夏日时常会有沙尘天气，夜间星辰布满蓝幕一般的夜空。

她曾在一个夜晚，开着路虎越野车，沿着北边的一条国道，行驶在浩瀚无垠的罗布泊沙漠之中。

沙漠静寂，四野无人。

夏天将车停在了路边，借着明亮的月光，走上一个小小的沙丘。

她攥紧了披风，躺在沙丘之上，打开了手上那块腕表的定位功能，看到地图上出现了一个小蓝点。

"不周，我带你来沙漠里看星星了。

"记得吗，我们约好了，瞭望同一个方向。"

另外一个小蓝点，永远不会再亮起了。

她躺在柔软的沙地上，漫天繁星落入眼眸。

在沙漠里看星星，和城市里的感觉真的很不一样，因为没有任何光源的影响，所以星河璀璨明亮得好似只为她一人而闪耀。

夏天从未感受过如此浩瀚的美景，斗转星移，近在眼前。

远处还有流星划过。

夏天抽出了徐不周当年写给她的那封和好的信笺。这么多年了,她不忍再读第二遍。

夏天:

展信安。

原谅我冒昧地还是叫你一声宝贝,你一直都是徐不周的宝贝,从来没有变过。

我常常听人说,无论多么热恋的情侣,总是逃不过毕业季的分手魔咒。但我不信这个邪,所以在这个万籁俱寂的不眠之夜,提笔给你写信,你可以不理我,但希望你耐心读完这封信。

我知道你喜欢收到信笺,我们夏天是温柔的姑娘。

夏天,关于学生会的事。

我承认,很长一段时间,徐不周迷恋权力,享受它带来的某种快感,享受能够把控一切的那种感觉。写到这里,你大概又要说我狂妄傲慢。

没关系,我喜欢夏天教训我。在集训结束以后,希望夏天能当面狠狠骂我一顿。

那段时间,我真的迷失了,在别人笃定我是历年来最好的一任学生会主席的同时,我心里未尝不会沾沾自喜——为某些特权带来的优越感。

这样的徐不周,绝不是夏天曾经爱慕的少年。

无论如何,我还是决定放弃之前的想法,继续为成为一名优秀的飞行员而努力。

做出这样的选择是出于两个方面的考虑。

一则是我不想在权力的深渊里继续沉沦,这玩意儿太扭曲人心了,我不想变成自己曾经讨厌的样子。

二则是为了夏天。

我希望成为夏天喜欢的样子,也希望我们仍旧在凝望彼此的同时，还能瞭望同一片星辰，我还想和你一起开着飞机去沙漠里看星星。

写到这里，不知道夏天能不能原谅不周。

多年前，我很浑蛋地跟人定下了一个赌约。对不起，再见面，你可以揍我一顿。

但你说我素来喜欢用我们的关系开玩笑。夏天，你从来不是我的玩笑，从向你告白的那一天起，徐不周就在认真地考虑和你的未来。

这封信似乎写得有点冗长，希望你还没有失去继续阅读的兴趣。

夏天，关于当初徐不周为什么会选择你，这大概是你一直想不明白的地方，你总说自己不够漂亮，因此自卑，和我在一起更是如此。

第一次自我介绍，我说我喜欢《风沙星辰》；第二次在图书馆见到你，你取下了这本书。

从那时候起，我开始留意你。很惊讶，真的有人会在意我推荐的书或者我想当飞行员的梦想。

每当你望向我的时候，我都有一种被读懂的幸运的感觉。

在这个孤独的星球上，被理解，是多么奢侈的一件事。

谢谢夏天。

被你坚定不移地喜欢，也是徐不周此生最大的幸运。

夏天，有一次你告诉我，你不喜欢"夏天"这个名字，因为它似乎取得太随意。

你讨厌这种不被珍视的感觉，但我特别喜欢叫你的名字，夏天、夏天、夏天……

因为自认识你的那一天，徐不周不再喜欢春天、秋天和冬天。

希望这些表白，能让你感觉到某种珍视，虽然很肉麻，但我想告诉你，你永远是徐不周最珍视的夏天宝贝。

你是不是……要吐了。

这些话写在信里，真的太肉麻了，我自己都快受不了了，到此为止吧，如果集训营结束的那一天我能看到你。

徐不周会用余生的每一天，向你表达爱意。

再啰唆最后一件事。

现在是3：43，刚刚做了一个噩梦，也正是这个梦，驱使我提笔给你写信。

夏天，你不会想到这梦……有多恐怖。

我梦见我死了，死得像个英雄，但是夏天哭得很伤心，我醒过来的时候，心一阵阵钝痛。

夏天，就当我异想天开吧。以前我们说过，要在一个终年长夏雨季的青苔小屋里，死在一起。

忘记这件事，忘记这句话。

夏天，我绝不愿你与我同死，如果梦境成真，我希望你勇敢地为我而活。

因为人生漫长，雨季终将结束。

孤勇之后，世界近在眼前。

徐不周
2020年6月21日 夏至

图书在版编目（CIP）数据

分手那天雨很大 / 春风榴火著 . -- 成都 : 四川文艺出版社, 2025.6

ISBN 978-7-5411-6981-6

Ⅰ.①分… Ⅱ.①春… Ⅲ.①长篇小说—中国—当代 Ⅳ.① I247.5

中国国家版本馆 CIP 数据核字 (2024) 第 104094 号

FENSHOU NATIAN YU HEN DA

分手那天雨很大

春风榴火　著

出 品 人	冯　静
特约监制	王传先　临　渊
责任编辑	邓　敏
责任校对	段　敏

出版发行	四川文艺出版社（成都市锦江区三色路 238 号）
网　　址	www.scwys.com
电　　话	010-82068999（市场部）　028-86361781（编辑部）
印　　刷	嘉业印刷（天津）有限公司
成品尺寸	146mm×210mm　　开　本　32 开
印　　张	8.75　插页 4　　字　数　260 千
版　　次	2025 年 6 月第一版　印　次　2025 年 6 月第一次印刷
书　　号	ISBN 978-7-5411-6981-6
定　　价	52.80 元

版权所有・侵权必究。如有质量问题，请与本公司图书销售中心联系调换。电话：010-82069336